D. M. THOMAS

L'Hôtel blanc

ROMAN

TRADUIT DE L'ANGLAIS PAR PIERRE ALIEN

ALBIN MICHEL

Je suis reconnaissant d'avoir pu utiliser, dans la cinquième partie, des matériaux extraits de *Babi Yar*, par Anatoli Kouznetsov (New York, Farrar, Strauss & Giroux; Londres, Jonathan Cape, 1970), particulièrement le témoignage de Dina Pronicheva. La première partie du *Don Giovanni* a d'abord été publiée en tant que poème indépendant par le magazine *New Worlds* en 1979.

D.M.T.

Édition originale anglaise :

« THE WHITE HOTEL »

« Nous avions nourri notre cœur de
[visions,
A ce régime le cœur s'est endurci;
Plus de substance à nos inimitiés
Qu'à notre amour... »

W. B. YEATS
Méditations en temps de guerre civile

NOTE DE L'AUTEUR

On ne peut voyager longtemps au paysage de l'hystérie – le « terrain » de ce roman – sans rencontrer la majestueuse figure de Sigmund Freud. Freud lui-même devient l'un des personnages du drame, d'avoir découvert le mythe moderne immense et magnifique de la psychanalyse. Par mythe j'entends l'expression poétique, dramatique, d'une vérité cachée; et en insistant sur ce point je ne prétends pas mettre en question la validité scientifique de la psychanalyse.

Le rôle joué par Freud dans ce récit est entièrement inventé. Mon Freud imaginaire s'en tient généralement, néanmoins, aux faits connus de la vie du véritable Freud, et j'ai parfois cité ses œuvres et sa correspondance, *passim*. Les lettres du prologue et tous les passages concernant la psychanalyse (y compris la troisième partie, qui prend la forme d'une étude de cas racontée par Freud) relèvent entièrement de la fiction. Les lecteurs qui ignoreraient les véritables récits cliniques – qui sont par surcroît des chefs-d'œuvre littéraires – sont renvoyés aux volumes 3, 8 et 9 des œuvres de Freud (Penguin Books, Pelican Freud Library, 1974-1979)[1].

D.M.T.

1. *Études sur l'hystérie. Cinq Psychanalyses*, P.U.F., Paris.

PROLOGUE

Standish Hotel
Worcester, Massachusetts, U.S.A.
8 septembre 1909

Très chère Gisela,

Du Nouveau Monde, je t'envoie une chaleureuse étreinte! Avec le voyage, l'accueil, les conférences, les honneurs (surtout adressés à Freud, naturellement, et dans une moindre mesure à Jung), on a eu à peine le temps de se moucher et la tête me tourne. Mais d'ores et déjà il est parfaitement clair que l'Amérique ne demande qu'à accueillir notre mouvement. Brill et Hall sont d'excellents confrères et tous ceux de la Clarke University nous ont accablés de gentillesse et de compliments. Freud m'a même surpris par sa maîtrise en donnant cinq conférences sans la moindre note – les composant une demi-heure plus tôt au cours d'une promenade avec moi. Inutile de dire qu'il a fait une profonde impression. Jung a donné lui aussi deux bonnes conférences, au sujet de ses propres travaux, sans citer une seule fois le nom de Freud! Bien que dans l'ensemble nous nous soyons tous les trois merveilleusement entendus, dans des circonstances plutôt éprouvantes (y compris, je dois dire, des crises de diarrhée à New York), il y a eu quelque tension entre Jung et Freud. Là-dessus, détails plus loin.

Mais tu voudrais que je te parle du voyage. Un excellent voyage – mais nous n'avons presque rien vu! Un grand brouillard d'été s'est abattu avant notre arrivée. En fait, c'était plutôt impressionnant. Jung surtout fut saisi par cette idée d'un « monstre préhistorique » pataugeant vers son but à travers l'ombre et la lumière, comme si nous retombions aux premiers âges du monde. Freud s'en amusa, l'accusant d'être un chrétien, donc un mystique (sort auquel d'après lui les juifs auraient échappé!), mais avoua que l'idée n'était pas sans lui plaire, en regardant le vide par la fenêtre de notre cabine et en écoutant ce qu'il appela « le cri nuptial des sirènes de brume »! New York était d'autant plus impressionnant et invraisemblable, émergeant de cette obscurité. Brill est venu nous accueillir et nous a montré beaucoup de belles choses – mais rien ne fut si beau qu'un film animé, du « cinéma »! Malgré mon estomac délabré, je l'ai trouvé hautement divertissant, cela consistait surtout en policiers comiques poursuivant dans les rues des bandits encore plus comiques. Pas grand-chose comme intrigue, mais les personnages *bougent* vraiment d'une manière très convaincante et très vivante. Freud, je pense, n'en a pas fait grand cas!

Oui, je dois vous raconter un incident plutôt extraordinaire, à Brême, la veille de notre départ. Nous étions fort contents d'avoir réussi notre rendez-vous et bien naturellement excités par l'aventure qui nous attendait. Freud fut notre hôte à déjeuner dans un hôtel des plus luxueux et nous avons persuadé Jung d'abandonner son abstinence coutumière et de boire du vin avec nous. Probablement, en raison de son manque d'habitude, il devint plus bavard qu'à l'ordinaire et de très bonne humeur. Il porta la conversation sur des corps trouvés dans des tourbières, semble-t-il, en Allemagne du Nord. On dit que ce sont les corps d'hommes préhistoriques momifiés par l'effet de l'acide humique contenu dans la tourbe. Apparemment, ces hommes s'étaient noyés dans les marais ou avaient été enterrés là. Bon, c'était d'un intérêt moyen; ou ce l'aurait été si Jung n'avait continué à en parler indéfiniment. Finalement Freud lança, plusieurs fois : « Pourquoi vous préoccupez-vous tant de ces cadavres? » Jung continua de se laisser entraîner par sa fascination pour cette histoire, et Freud glissa de sa chaise, évanoui.

Jung, le pauvre, était bouleversé par le tour que prenaient les événements – comme moi – sans comprendre ce qu'il avait fait de mal. Quand il revint à lui Freud l'accusa de vouloir l'écarter de son chemin. Jung, naturellement, le nia dans les termes les plus vifs. Et c'est vraiment un aimable compagnon, plein de vie, bien plus agréable que ne le suggèrent ses lunettes cerclées d'or et sa tête aux cheveux ras.

Un bref désagrément survint encore sur le navire. Nous étions en train de nous distraire (dans le brouillard!) en interprétant chacun les rêves des autres. Jung fut particulièrement frappé par un rêve de Freud dans lequel sa belle-sœur (Minna) devait jeter des gerbes de blé au moment de la moisson, comme une paysanne, tandis que sa femme regardait sans rien faire. Jung, manquant quelque peu de tact, insista pour avoir d'autres informations. Il fit clairement comprendre qu'à son avis le rêve concernait le vif sentiment de Freud envers la jeune sœur de sa femme. Freud fut naturellement très contrarié et refusa de « risquer son autorité », comme il dit, en révélant quoi que ce soit de plus personnel. Jung me dit plus tard qu'à cet instant Freud avait *perdu* son autorité, en ce qui le concernait. Pourtant je pense avoir réussi à aplanir les choses, et ils sont de nouveau en bons termes. Mais j'ai eu quelque temps l'impression d'être l'arbitre d'un match de lutte! Tout cela très délicat. Garde-le pour toi.

Mon propre rêve (le seul dont je pus me souvenir) parlait de quelque déception d'enfance sans importance. Freud n'eut bien sûr aucune difficulté à deviner que cela te concernait, ma chère. Il alla droit à l'essentiel : que je crains que ta décision de ne pas divorcer de ton mari tant que tes filles ne sont pas mariées n'est de ta part qu'une illusion, et que tu ne souhaites pas couronner notre longue relation par un lien aussi absolu que le mariage. Or tu connais mes angoisses, et tu as fait de ton mieux pour les dissiper; mais je n'ai pu éviter d'en *rêver*, tu le vois, pendant notre séparation (étant probablement déprimé de plus, par ce brouillard marin). Freud m'a bien aidé, comme toujours. Dis à Elma qu'il a été touché par ses bons souhaits, qu'il a, dit-il, été profondément ému qu'elle ait trouvé si salutaire son analyse avec lui. Pour toi, il te présente ses hommages, et il a dit plaisamment que si la mère a autant de charme et d'intelligence que la fille (je l'ai assuré que oui!) je suis un homme enviable... Je le sais! Serre fort et embrasse Elma pour moi, et présente mes salutations à ton mari.

La semaine prochaine nous allons visiter les chutes du Niagara, ce que Freud considère comme l'événement marquant de tout ce voyage; et nous embarquons sur le *Kaiser Wilhelm* dans moins de deux semaines. Je serai donc rentré à Budapest presque avant que tu n'aies reçu ma lettre; et je ne puis te dire à quel point je désire retrouver ton étreinte. En attendant je t'embrasse (et par le ciel! bien pire! bien mieux!) dans mes rêves.

Pour toujours ton
SANDOR FERENCZI

19 Berggasse
Vienne
9 février 1920

Cher Ferenczi,

Merci pour votre lettre de condoléances. Je ne sais pas ce qui reste à dire. Pendant des années, je me suis préparée à la perte de mes fils; maintenant voici celle de ma fille. Comme je suis profondément irréligieux il n'y a personne que je puisse accuser, et je sais qu'il n'est pas de lieu où ma plainte puisse être adressée. « Le cercle invariable des devoirs du soldat » et la « douce habitude de vivre » veilleront à ce que les choses continuent comme avant. Nécessité aveugle, muette soumission. Tout au fond de moi, je sens l'existence d'une profonde blessure narcissique qui ne guérira pas. Ma femme et Annerl sont terriblement secouées – d'une façon plus humaine.

Ne vous inquiétez pas pour moi. Je suis comme j'étais, à part un peu plus de fatigue. *La séance continue* *. Aujourd'hui j'ai dû passer plus de temps que je ne puis me le permettre à l'hôpital général de Vienne, faisant partie de la commission qui enquête sur les accusations de mauvais traitements des névrosés de guerre. Je suis plus que jamais stupéfait que l'on puisse penser que l'administration de courant électrique à de prétendus simulateurs ait pu les changer en héros. Inévitablement, de retour sur le champ de bataille, la peur du courant les quittait devant la menace immédiate : d'où on leur faisait subir des chocs électriques plus sévères encore – et ainsi de suite, absurdement. Je suis enclin à accorder le bénéfice du doute à Wagner-Jauregg, mais je n'aimerais pas avoir à me porter garant de certains

* Les mots suivis d'un astérisque sont en français dans le texte *(N.d.T.)*

membres de son équipe. Il n'a jamais été démenti qu'il y eût dans les hôpitaux allemands des cas de décès pendant le traitement, et des suicides ultérieurement. Il est trop tôt pour dire si les cliniciens de Vienne ont cédé à ce penchant caractéristique des Germains qui est d'accomplir leur dessein sans la moindre merci. J'aurai à présenter un mémorandum à la fin de ce mois.

Je me suis aussi trouvé ramené à mon essai, *Au-delà du principe de plaisir*, qui traînait en longueur, renforcé dans ma conviction d'être dans le droit chemin en postulant un instinct de mort aussi puissant à sa manière (bien que mieux caché) que la libido. L'une de mes patientes, une jeune femme souffrant d'une grave hystérie, vient juste de « donner le jour » à quelques écrits qui semblent renforcer ma théorie : des phantasmes alliant un extrême de libidinosité à un extrême de morbidité. C'est comme si Vénus, regardant dans son miroir, y avait vu le visage de Méduse. Il est possible que nous nous soyons trop exclusivement attachés à l'étude des pulsions sexuelles et que nous soyons dans la position d'un navigateur au regard à ce point concentré sur le phare qu'il vient se jeter sur les brisants dans la nuit qui l'engloutit.

Peut-être pourrai-je présenter un article sur un aspect de cette question au congrès de septembre. Je suis sûr que cette réunion sera pour nous tous un réconfort après le découragement de ces années terribles. J'ai appris qu'Abraham se propose de lire un travail sur le complexe de castration féminin. Vos suggestions quant au développement d'une thérapie active en psychanalyse me paraissent un admirable sujet de discussion. Je demande encore à être convaincu « qu'on puisse aller beaucoup plus loin avec ses patients si on leur donne suffisamment de cet amour qui leur a manqué lors de leur enfance », mais je suivrai vos arguments avec grand intérêt.

Ma femme se joint à moi pour vous remercier de vos aimables pensées.

Bien à vous
FREUD

19 Berggasse
Vienne
4 mars 1920

Cher Sachs,

Si grandement que vous puissiez manquer à vos collègues en Suisse, je pense que vous avez tout à fait raison d'aller à Berlin. Berlin deviendra d'ici quelques années le centre de notre mouvement, de cela je n'ai aucun doute. Votre intelligence, votre optimisme plein d'entrain, votre bienveillance et l'étendue de votre culture font de vous la personne idéale pour entreprendre la formation de futurs analystes, malgré vos craintes de manquer d'expérience clinique. J'ai la plus grande confiance en vous.

Je prends la liberté de vous envoyer, comme un « cadeau d'adieu » – mais je suis sûr que la séparation ne sera pas longue – un « journal » sortant quelque peu de l'ordinaire auquel une de mes patientes, une jeune femme d'un caractère des plus respectables, a « donné le jour » après une cure thermale à Gastein. Elle était mince en quittant Vienne, elle est rentrée bien en chair et m'a aussitôt envoyé ses écrits. Une véritable *pseudocyesis*! Elle était en vacances avec sa tante et j'ai à peine besoin d'ajouter qu'elle n'a jamais rencontré aucun de mes fils, bien qu'il ait pu m'arriver de lui dire que Martin avait été prisonnier de guerre. Je ne vous ennuierai pas avec les détails de son cas, mais si quelque chose touche en vous la corde *artistique* je vous serai reconnaissant de vos observations. Cette jeune femme a vu s'interrompre une carrière musicale prometteuse, et de fait elle a écrit ses « vers » entre les portées d'une partition de *Don Giovanni*... Ceci est naturellement une copie complète du manuscrit (l'original était dans un cahier d'écolière), qu'elle n'a été que trop contente de faire à mon intention. Cette copie est en quelque sorte le placenta, et vous n'avez pas à me la renvoyer.

Si vous savez voir au-delà des expressions grossières que la maladie a fait surgir de cette fille normalement timide et prude, vous pourrez découvrir des passages qui vous plairont. Je dis cela, connaissant votre tempérament rabelaisien. Ne vous inquiétez pas, mon ami; je n'en suis pas choqué! Vos histoire juives vont me manquer – nos Viennois sont terriblement sérieux, comme vous le savez.

Je puis espérer vous voir à La Haye en septembre, sinon avant. Abraham annonce un article sur le complexe de castration féminin. Il brandira sans aucun doute un tranchant bien émoussé. C'est tout de même un homme sensé, et honnête. Ferenczi essaiera de justifier l'enthousiasme qu'il trouve depuis peu à embrasser ses patients.

Notre maison semble encore vide sans notre « enfant du dimanche », même si nous l'avions peu vue depuis son mariage. Mais assez sur ce sujet.

Salutations chaleureuses,

FREUD

Polyclinique de Berlin

14 mars 1920

Cher et estimé professeur,

Pardonnez cette carte postale : elle m'a paru

appropriée, en réponse à l'« hôtel blanc » de votre jeune patiente, cadeau pour lequel je vous prie d'accepter mes remerciements! Il m'a fait passer le temps de ce voyage en train (fort à propos, lui aussi!) de façon intéressante. Ce que j'en pense reste, je le crains, élémentaire; son phantasme me frappe comme celui d'un Eden avant la chute – non que l'amour et la mort n'y aient droit de cité, mais il n'y a pas de *durée* où ils puissent prendre un sens. La nouvelle clinique est splendide : non, hélas, qu'y coulent le lait et le miel comme dans l'« hôtel blanc », mais elle est sensiblement plus durable, j'espère! Lettre suit dès que je m'y retrouverai.

Cordialement à vous,
SACHS

19 Berggasse
Vienne
18 mai 1931

Au secrétaire du
Comité pour le centenaire de Gœthe
Mairie de Francfort

Cher monsieur Kuhn,

Je regrette d'avoir été si long à répondre à votre aimable lettre. Néanmoins, je n'ai pas été inactif pendant ce temps, lorsque mon état de santé l'a permis, et l'article est terminé. Mon ancienne patiente ne s'oppose pas à ce que vous fassiez paraître ses textes en même temps que l'article, et ils dont donc inclus. J'espère que vous ne vous alarmerez pas des expressions obscènes disséminées parmi mes modestes vers, ni des matériaux un peu moins choquants, bien que pornographiques, contenus dans l'amplification de sa fantasmagorie. Il faut tenir compte (a) que leur auteur souffrait d'une sévère hystérie sexuelle; et (b) que ces compositions sont du domaine de la science, où le principe du *nihil humanum* est universellement accepté et appliqué : en premier lieu par le poète qui conseillait à ses lecteurs de ne pas craindre et de ne pas se détourner de « ce qui, inconnu ou négligé par les humains, parcourt la nuit le labyrinthe du cœur ».

Très sincèrement vôtre,
SIGMUND FREUD

I

DON GIOVANNI

1

J'ai rêvé d'un grand vent abattant la forêt
où j'étais puis d'un rivage obscur désolé
venu vers moi et j'ai couru, épouvantée,
j'ai vu une trappe sans trouver l'ouverture
j'ai commencé une aventure
avec votre fils, quelque part dans un train
dans un tunnel sous ma robe il a glissé sa main
entre mes cuisses dans le noir m'étouffant
il m'a menée au bord du lac à l'hôtel blanc
de la montagne, le lac était comme un joyau
je ne pouvais me retenir j'étais en feu, là-haut
dès que j'ai ouvert les cuisses rien
n'a pu me faire baisser ma robe, repousser sa main,
les deux et trois doigts qu'il a plongés en moi
même quand le garde est passé, nous a fixés
avant de repartir au bout du train, ses doigts excités
m'emplissaient de désir, du plus profond émoi
il a dû me porter à moitié dans l'entrée
de l'hôtel où dormait le portier
il a pris la clef, nous avons couru, il a troussé

ma robe sur mes hanches sans me déshabiller,
le ciel était si bleu, le jus sur mes cuisses a coulé
mais vers la nuit un vent blanc a soufflé
des sommets enneigés au-dessus des forêts,
nous sommes restés la semaine, je ne sais,
sans plus quitter le lit, j'ai été déchirée
par votre fils, professeur, et je reviens brisée,
femme brisée, plus encore, j'ai idée,
et pouvez-vous comprendre et pouvez-vous m'ai-
[der.

Ce fut je pense à la seconde nuit, le vent
s'est engouffré dans les pins, les mélèzes, dure-
[ment
et le toit en pagode du kiosque est tombé,
des gens se sont noyés dans les vagues bombées,
on entendait partout courir comme des nains
mais votre fils a mis sa main contre mon sein,
il a collé sa bouche, le téton a durci,
il y a eu des chocs, il y a eu des cris
il nous semblait voguer sur un navire en mer
un grand paquebot blanc, il me suçait le sein
et je faillis pleurer, mes mamelons soudain
si durs et si sensibles, votre fils passant
d'un téton à l'autre, tous les deux se dressant,
je crois qu'il y a eu quelques vitres brisées
alors il m'a baisée, vous n'avez pas idée
comme là-haut les astres ont un éclat si pur,
grands comme des feuilles et tombant, comme
[mûrs,
dans le lac, nous avons entendu des gens bisser,
croyant que ces étoiles étaient des Léonides,
et pour un temps un de ses doigts humides
est entré avec sa bite en moi, pour glisser
et s'agiter dans un rythme sauvage,
on a rapporté des corps sur le rivage,
on entendait pleurer, son doigt m'a fait crier

enfoncé dans mon cul, mon ongle a commencé
de caresser sa bite à l'endroit si gonflé
qu'il n'était plus à lui tant il était caché
tout au fond de mon con, un éclair est tombé
en zigzag et si vite à nos yeux étonnés
qu'il avait disparu quand la foudre a tonné
sur notre hôtel, et ce fut à nouveau le noir
sauf quelques lumières sur le lac en miroir,
la salle de billard fut je crois inondée,
il ne choisissait pas de se laisser jaillir
quel rut, c'était si beau, cela me fait rougir
de ne pas tout vous dire, professeur,
mais je n'avais pas honte, même si j'ai pleuré,
au bout d'une heure il jouit, peut-être, à l'inté-
[rieur,
nous avons entendu des portes qui claquaient
on rapportait les corps, le vent soufflait encore
plus violent que jamais, et nous avons gardé
nos mains l'une sur l'autre en emmêlant nos
[corps.

Un soir on a sauvé un chat dont le poil ras
était presque perdu dans le vert des sapins,
nous étions nus, debout, quand alors une main
a fouillé le feuillage, main griffée par le chat,
deux jours qu'il était là, depuis l'inondation,
c'est cette nuit que j'ai senti couler mon sang
alors qu'il me montrait des photos, ses images
« cela vous gêne-t-il que les arbres soient rou-
[ges ? »
je ne dis pas vraiment que nous n'ayons quitté
le lit un seul instant, le chat une fois ôté,
nous nous sommes vêtus pour descendre dîner,
les tables laissaient libre un endroit où danser,
j'avais toujours la même robe où passait l'air
et je sentais le vent frôler ma chair,
j'essayais faiblement de repousser sa main,

« je ne peux pas ne pas te toucher, je t'en prie,
tu dois me laisser faire, c'est de toi que j'ai
[faim »,
des couples indulgents nous souriaient gaiement,
une fois assis il lécha ses doigts luisants,
mes yeux sur ses doigts rouges qui découpaient le
[gras,
puis nous avons couru vers les mélèzes, en bas,
je sentais un vent frais sur ma peau, c'était beau,
nous n'entendions plus l'orchestre et le piano
mais parfois des bouffées de musique tzigane,
cette nuit il fit presque exploser mon organe
serré, gonflé de sang, les étoiles sans brume
planaient sur le lac, énormes sous la lune,
plongeaient dans notre chambre, à nos pieds,
sur le toit écroulé du pavillon d'été
style pagode, et parfois le sommet plus clair
de la montagne était touché par un éclair.

2

Les serviteurs, un jour, ont refait notre lit.
Levés au petit jour nous sommes donc sortis
pour aller en bateau sur le lac faire un tour,
et naviguer de l'aube à la tombée du jour
sur un trois-mâts carré aux voiles enneigées.
Sous le châle glissée la main de votre fils
était plongée en moi, gainée de ma peau lisse,
le ciel était très bleu, sans nuage et sans soupçon,
l'hôtel se perdait dans la forêt banale
les arbres se fondaient dans le vert horizon.
« Je t'en prie, baise-moi! » Serais-je trop brutale?
Je n'en rougirai pas, le soleil m'accablait.
Sur ce navire hélas nul endroit où coucher

car on voyait partout des gens boire ou manger
du vin ou des poulets. Ces gens nous contem-
[plaient,
infirmes qui jamais leur tapis ne quittaient.
Une sorte de fièvre m'a prise, tant j'étais
affolée par la main obstinée, professeur,
de votre fils, allant venant comme un moteur
heure après heure en moi. Et ce ne fut qu'après
le coucher du soleil que les yeux ébahis
se portèrent non pas au couchant cramoisi
mais vers l'hôtel en feu, revenu à nos yeux
entre les pins dressés, plus rouge que les cieux
– un bâtiment brûlait, on courut à l'avant,
le navire pencha pour contempler l'horreur.
Or, m'attirant sur lui sans avertissement,
votre fils m'empala, si doux que je pris peur,
nul n'entendit ma voix mêlée à la clameur
des hôtes qui tombaient ou sautaient, s'écrasant
des étages élevés du bel hôtel si blanc.
Je fus secouée jusqu'à ce que sa bite épuisée
lâchât son jet si frais. Des corps carbonisés
pendaient aux arbres, il a bandé encore et moi,
oh, je ne puis vous dire où jaillit notre joie!
Une aile s'effondra, on pouvait voir les lits
sans savoir où le feu avait pris, quelqu'un dit
ce doit être le soleil inaccoutumé
passant par les rideaux ouverts qui embrasa
les draps encore chauds, ou (interdit de fumer)
les bonnes fatiguées, allumant du tabac,
ou une forte loupe, ou un bout de métal.

Je n'ai pu dormir de la nuit, tant j'avais mal,
je pense que j'étais déchirée en dedans,
et votre fils si tendre est resté sans bouger
au plus profond de moi, mais sans plus remuer.
Pendant ce temps des femmes allaient pleurer les
[morts,

là, sur notre balcon où reposaient les corps,
des femmes, professeur, savez-vous la douleur?
elle est rouge, et tandis que passaient les heures
je sentais s'élargir des frissons de terreur,
l'eau noire se rider sur le lac assoupi.
A l'aube nous n'avions ni bougé ni dormi.
Endormie, enfin, je fus la Madeleine,
une figure de proue à l'instar des baleines,
buvant le vent, empalée par un espadon,
ma peau de bois gravée par le temps, l'aquilon
des icebergs, au pays d'où l'aurore nous vient.
Sur la glace au début les baleines pleuraient,
chantaient une berceuse à mon corset chagrin,
les plaintes des bêtes et du vent se mêlaient
au troupeau infini des glaçons du Grand Nord.
La glace, peu à peu, a tailladé mon corps,
brise-glace j'étais, un sein j'avais perdu,
je me sentais mourir et j'ai donné le jour
à un bébé en bois dont les lèvres tendues
suçaient la neige avant de s'envoler
dans l'ouragan venu arracher durement
l'utérus de mon corps, et je l'ai vu planer
avez-vous déjà vu un utérus volant?

Vous ne pouvez rêver le bonheur que j'ai eu
à m'éveiller au soleil déjà chaud, venu
caresser notre lit d'une lueur de paix,
à voir votre fils, tendre, qui me regardait.
Si contente j'étais d'avoir encor mes seins
que je n'ai fait qu'un saut jusqu'au balcon où l'air
embaumait d'un parfum de feuilles et de sapin.
Je me penchai un peu et il vint par-derrière
s'enfoncer d'un seul coup si profond dans mon [corps
que sous le choc mon cœur qui frissonnait encor
explosa comme fleur, impossible de dire
dans quel trou il était, et je sentis frémir

l'hôtel et la montagne où de noirs ossements
soudain parurent là où tout était si blanc.

3

Nous nous sommes fait là des amis qui sont [morts,
dont une corsetière aussi jolie de corps
et potelée que son commerce l'exigeait,
mais la nuit profonde était à nous. Il pleuvait
des étoiles sans fin comme de grands rosiers,
et un soir un bosquet parfumé d'orangers
à nos yeux éblouis devant nous a flotté,
nos cœurs étaient sans voix en le voyant chuter
puis s'éteindre en sifflant dans les eaux noires,
un millier de lampions enfouis sous le brocart.
Dites-vous que la nuit, parfois, très doucement
nous écoutions la vie, le calme de l'instant,
son immense silence, sur le lit allongés
sans nous toucher sinon sa main douce posée
sur le mont qui dit-il évoquait les fougères
où il allait courir, enfant, dans les herbes amères,
Sur vous par ses murmures j'ai beaucoup appris,
sur sa mère et sur vous debout au pied du lit.
Soleils couchants, nuages-fleurs d'un rose élégant
enjuponnant les sommets neigeux, l'hôtel blanc
tournait, mes seins tourbillonnaient sur le balcon,
sa langue à l'air du soir faisait rugir mon con
et je buvais son jus qui se changeait en lait
dans ma gorge, et le lait sous ses lèvres coulait
à la deuxième nuit car ma poitrine enflait,
l'amour l'après-midi nous séchait le palais,
il a bu du vin, il s'est couché sur le lit,
j'ai ouvert ma robe et ma douleur a jailli

d'un seul jet avant qu'il ait léché le bout
de mon sein tandis que j'ai laissé le second
au vieux prêtre si bon qui dînait avec nous,
les hôtes nous fixaient, étonnés malgré tout
mais souriants, comme pour dire faites donc,
ici à l'hôtel blanc rien d'autre que l'amour
n'est offert à un prix que nous puissions payer,
et la porte montrait le chef émerveillé.
J'en avais trop pour deux, le gros chef est entré,
sous mon sein galamment un verre il a posé,
c'est bien bon a-t-il dit en le vidant d'un trait,
nous l'avons applaudi, la chère était ce soir
exquise, on nous porta des verres à boire
car tous les invités demandaient de la crème
et l'orchestre assoiffé, le soleil lui-même
a recouvert de beurre les arbres au-dehors,
les eaux du lac aussi, comme d'un manteau d'or,
le vieux prêtre si bon continuait à sucer,
pleurant sa mère qui mourait à l'étranger,
et votre fils aussi qui toujours me suçait
pendant ce temps sous la table glissait
sa main entre mes cuisses ouvertes qui trem-
[blaient.

Nous avons dû courir car sa bite bandait
et mon con s'inondait déjà sur l'escalier,
le prêtre conduisait le deuil sous les halliers
au flanc glacé du mont, les voix le long des pins
s'éloignaient sur la rive et il m'a pris la main,
il s'est glissé en moi et ses doigts avec lui,
d'autres doigts sont venus de notre belle amie,
vous ne le croiriez pas, tout tenait dans mon con
et je n'étais pas pleine, ils portaient sur le mont
en chariot les cadavres noyés et brûlés,
nous les avons entendus sous les pins s'en aller,
le calme est revenu, sa robe j'ai troussé
car elle lui faisait mal d'être trop serrée,

ce fut tout aussi bon qu'il aille jouir en elle
car l'amour sans couture courait de plus belle
du lac au ciel, de la montagne à nos amants,
et nous avons aperçu le rang des pénitents
à l'ombre du sommet, au bord de la tranchée,
un souffle a rappelé le parfum oublié
de roses et d'orangers qui lentement flottaient
dans l'univers secret, des mères se pâmaient
s'écroulaient dans la boue, une cloche sonnait
à l'église placée derrière l'hôtel blanc,
au-dessus, à mi-pente vraiment, en allant
vers l'observatoire, des paroles d'espoir
émanaient du pasteur, un homme goûtait le soir
sur le lac, à côté des filets, son béret
serré contre son cœur, le tonnerre a grondé
et le pic, un instant soutenu par leur chant
a basculé et puis l'avalanche est tombée
pour enterrer les morts avecque les vivants.
L'écho évanoui je n'oublierai de ma vie
le calme revenu, cataracte de nuit,
les eaux blanches du lac ont éteint les rayons
très vite ce soir-là la lune a disparu,
il l'a pénétrée jusqu'au fond de son con
elle a crié de joie et de ses dents mordu
si durement mon sein que le lait a jailli.

4

Un soir que notre lac était un drap sanglant
nous nous sommes vêtus pour monter lentement
derrière l'hôtel blanc l'ébauche de chemin
qui louvoyait entre mélèzes et pins, sa main
m'aidait à progresser, mais oh! bougeait aussi
en moi sans me lâcher. Nous nous sommes assis

quand nous avons atteint l'église et les cyprès
où broutant l'herbe rase un âne nous fixait,
une nonne portant des linges en paquet
passait quand il m'a prise : « La source là-bas
lave tous les péchés, ne vous arrêtez pas. »
Et cette source alimentait le lac en bas.
Le soleil s'est levé mais s'est changé en eau,
la nonne a lessivé, nous sommes allés plus haut,
au-delà des sapins dans la région du froid
qui ne cesse jamais. Soudain il a fait noir,
dans l'obervatoire nous étions sans voir.
Savez-vous, professeur, à quel point votre enfant
admire les étoiles, elles sont dans son sang,
nous avons regardé dans le grand miroir blanc,
mais plus d'étoiles au ciel, elles tombaient à nos
[pieds;
j'ignorais encor que les étoiles, en flocons,
venaient baiser la terre et le lac si profond.
Il était trop tard pour rentrer à l'hôtel blanc,
nous avons donc baisé et dormi sur un banc,
de son corps j'ai senti les visions cascader,
les fantômes, entendu les montagnes chanter
comme des baleines, les montagnes partout
se chantent des chansons quand elles ont rendez-
[vous.

Cette nuit en flocons le ciel entier tombait
dans un si haut silence que l'on entendait
les premiers soupirs joyeux de quand apparut
l'univers, autrefois, et puis l'aube est venue,
nous avons bu la neige, les étoiles mordu,
tout était blanc, le lac aussi, l'hôtel perdu,
c'est là qu'il a tourné l'instrument vers le bas
et vu notre fenêtre où j'avais de mon doigt
dessiné quelques mots inspirés sur la buée.
Puis il m'a montré là où étaient largués

quelques parachutistes et l'endroit où luisait
à l'éclat du soleil l'agrafe d'un corset,
celui de notre amie, et la marque lilas
qu'il avait sur sa cuisse imprimée de son doigt,
cette vue l'a excité, je l'ai senti bander,
me pénétrer, le téléphérique pendait
à un fil, balancé par le vent, je râlais,
mon cœur s'est affolé, les touristes tombaient
du haut du ciel, mon sein sous sa langue a grossi
et jamais mes tétons n'ont si vite durci,
les femmes descendaient plus lentement des
[nuées
flottant sur les jupons et les robes gonflées,
les hommes tombaient droit quand mon cœur se
[pâmait,
Les femmes voletaient comme dans un ballet
où de leurs mains dressées leurs cavaliers
[levaient
très haut des ballerines avant que de tomber
les premiers sur le sol, au contraire c'étaient
dans le lac ou les pins que les femmes chutaient,
suivies sans bruit de skis vivement colorés.

Nous avons fait halte à la source en descendant,
étrange, de si haut nous voyions clairement
les poissons naviguer dans les eaux cristallines,
de-ci de-là des flèches d'or ou d'opaline
me faisaient penser au sperme dans mon ventre
et certains venaient grignoter les cadavres.
Suis-je trop sexuelle? Car si je pense aussi
que je suis obsédée, ce n'est pas comme si
Dieu remplissait les eaux de folle frénésie,
les vignes de raisin, de dattes les palmiers,
faisait trembler la prune à l'odeur du bélier,
faisait devant la pêche bander le taureau
et couvrir la lune par le soleil si beau.
Votre fils a forcé ma pudeur de son rut.

Le service était parfait. Je n'ai jamais vu
personnel aussi prompt, téléphone incessant,
sonnette sans repos, des couples tout récents
pour leur lune de miel, un lit qui mendiaient
se voyaient renvoyés, des clients repartaient,
des douzaines arrivaient, on a trouvé un lit
pour un couple pleurant de devoir s'en aller,
on l'entendit hurler quelque part à la nuit,
de fait elle accouchait et les bonnes affolées
portaient des linges chauds. Le bâtiment brûlé
fut rebâti à la domesticité
et un matin que j'avais le visage sous
l'oreiller, la croupe offerte à ses coups,
inondée de plaisir, dehors on a frappé,
c'était le chef, souriant, échauffé,
qui repeignait de blanc les fenêtres fermées,
clin d'œil, peu m'importait qui m'avait pénétrée,
tendres et belles étaient les viandes qu'il cuisait,
les jus tout naturel et il me semblait vrai
de sentir qu'un autre faisait partie de nous,
nul n'était égoïste à l'hôtel blanc, là où
les eaux du lac pouvaient lécher les éboulis
du pic où s'ébattaient les cygnes merveilleux
au plumage si blanc que le mont semblait gris
avant de retomber, glissant du haut des cieux.

II

JOURNAL DE GASTEIN

ELLE trébucha sur une racine, se redressa et continua de courir en aveugle. Il n'y avait nulle part où aller, mais elle courait toujours. Le bruit derrière elle des feuillages brisés augmentait, c'étaient des hommes et ils étaient plus rapides. Même si elle atteignait l'orée de la forêt il y aurait des soldats pour l'attendre et lui tirer dessus, mais ces quelques instants de sursis étaient précieux. Sauf qu'ils ne suffiraient pas. Aucun moyen d'en réchapper sinon de se changer en arbre. Elle donnerait volontiers son corps, la chaleur de sa vie, pour devenir un de ces arbres, une humble vie figée, demeure des fourmis et des araignées. Alors les soldats poseraient leurs armes contre le tronc, fouilleraient leurs poches pour prendre une cigarette. Ils hausseraient les épaules, légèrement déçus, disant « Une seule, ce n'est pas grave », ils rentreraient chez eux. Et elle, un arbre, serait remplie de joie, ses feuilles chanteraient vers Dieu toute sa gratitude et le soleil se poserait tout près parmi les autres arbres.

Elle s'écroula enfin sur le terreau amer. Sa main toucha un objet dur et froid; en écartant les feuilles mortes elle découvrit l'anneau forgé d'une trappe. Elle se mit à genoux et tira sur l'anneau. Le silence subit, comme si les soldats l'avaient perdue, fut brisé à nouveau par le bruit qu'ils faisaient à travers le sous-bois. Bientôt, ils seraient là. Elle agrippa l'anneau de toutes ses forces mais il ne cédait pas. Une ombre s'abattit sur les feuilles tombées. Elle ferma les yeux, s'attendant à sentir sa tête exploser. Puis elle les rouvrit et trouva le visage effrayé d'un enfant. Il était nu comme elle et du sang s'écoulait d'innombrables coupures. « N'ayez pas peur, madame, dit-il, je suis vivant aussi. » « Silence! » lui dit-elle. L'anneau de fer ne voulait pas bouger et elle dit au garçon de ramper derrière elle dans le sous-bois. Peut-être les soldats confondraient-ils le sang sur leur dos avec le rouge des feuilles automnales. Mais à peine eut-elle bougé qu'elle sentit des balles pénétrer son épaule droite, comme avec douceur.

Le contrôleur était en train de la secouer. Elle s'excusa, se débattit avec le fermoir de son sac. Le fermoir ne cédait pas, pas plus que l'anneau de la trappe, et elle se sentit bête. Puis, quand il s'ouvrit, elle trouva son billet et le tendit à l'homme. Il y perça un trou et le lui rendit. Quand il eut refermé la porte du compartiment, elle défroissa sa robe rayée de noir et blanc et reprit une attitude plus confortable et plus décente. Elle jeta un coup d'œil au soldat qui s'était installé en face d'elle pendant son sommeil et se sentit rougir en croisant son regard. Alors elle entreprit de ranger le contenu de son sac. Elle remarqua que ce jeune homme avec qui elle avait dormi (en un certain sens) avait de paisibles yeux verts. Elle prit son livre et se remit à lire. De temps en autre, elle regardait par la fenêtre et souriait.

Tout était tranquille : le cliquetis des rails, les pages qu'elle tournait, le journal de son vis-à-vis.

Le jeune homme s'étonnait qu'on puisse sourire en regardant une plaine terreuse et monotone. Ce sourire ne semblait pas venir d'un souvenir heureux, ou d'un espoir, mais simplement du plaisir à contempler le paysage par la fenêtre, et il transformait le visage agréable mais terne de la jeune femme. Son corps était plutôt lourd, mais bien proportionné.

Un de ses sourires se changea en bâillement, qu'elle étouffa bien vite. « Un bon somme », dit-il, d'un ton décidé en repliant son journal, avec un sourire amical. Elle rougit, approuva de la tête et regarda une fois encore par la fenêtre. « Oui, dit-elle, morte plutôt qu'endormie. » Il fut déconcerté par sa réponse. « C'est l'absence de pluie », dit-elle encore. « En effet! » dit le jeune homme. Il ne trouvait toujours rien de plus à lui dire et elle retourna à son livre. Pendant quelques pages elle se perdit dans sa lecture puis ses yeux revinrent à la plaine desséchée que striait le passage des poteaux télégraphiques, et son sourire reparut.

« Intéressant? » demanda-t-il avec un geste du menton. Elle lui offrit le livre ouvert et resta ainsi penchée en avant. Il fut un instant déconcerté par les taches noires et blanches qui dansaient sur la page au rythme du train, comme les rayures de sa robe. Il s'attendait à un roman léger et trouva un langage étrange, difficile à comprendre. Il crut d'abord – pour quelque raison – que le livre était en tamoul ou tout autre dialecte exotique. « Vous êtes donc linguiste? » allait-il dire, quand il vit que c'était de la musique. Il y avait des mots italiens entre les portées, et en regardant la couverture cartonnée du livre – la reliure craqua sous ses doigts – il vit le nom du Verdi. Il lui rendit le volume, disant qu'il ne savait pas lire la musique.

« C'est beau », dit-elle en caressant la couverture du doigt. Elle lui expliqua qu'elle saisissait ainsi l'occasion d'apprendre un nouveau rôle, mais qu'elle était frustrée de ne pouvoir laisser aller sa voix, tellement les airs étaient mélodieux. « Allez-y, lui dit-il, chantez – cela dissipera l'ennui de cette damnée plaine! » Ce n'était pas, protesta-t-elle en souriant, ce qu'elle avait voulu dire; sa voix était fatiguée et elle devait la ménager. Il lui avait fallu interrompre sa tournée et rentrer chez elle un mois plus tôt. Sa seule consolation était de revoir bientôt son petit garçon. Sa mère à elle s'en occupait, mais bien que l'enfant aimât sa grand-mère il ne s'amusait pas beaucoup à rester claquemuré avec une vieille dame. Il serait ravi de son retour anticipé. Elle n'avait pas télégraphié pour les prévenir de son arrivée, voulant que cela soit une surprise.

Durant toute son explication le jeune homme hocha la tête d'un air compréhensif. « Où est son père? » demanda-t-il. « Ah! qui sait? » Elle baissa les yeux sur sa partition. « Je suis veuve. » Il eut un murmure de regret et sortit un étui à cigarettes. Elle refusa mais lui dit qu'elle aimait l'odeur de tabac et que sa gore n'en serait pas incommodée. De plus, elle n'aurait pas à chanter avant un certain temps.

Elle referma son livre et regarda dehors, tristement. Il se dit qu'elle pensait à sa mari et fuma en silence, par délicatesse. Il regarda monter et s'abaisser avec agitation le corsage attirant de la robe à rayures noires et blanches. Ses longs cheveux noirs et raides encadraient le visage un peu lourd. Les lèvres agréablement pleines ne compensaient pas entièrement son grand nez. Elle avait la peau grasse et le teint bistre, ce qui lui plut, peut-être parce qu'il avait subi trois ans durant un régime tout à fait inadéquat.

La jeune femme pensait à la fumée du train qui traînait derrière eux. Et elle voyait cet aimable et jeune soldat allongé dans son cercueil, déjà froid.

Elle réussit enfin à contrôler sa respiration. Pour écarter de son esprit ces visions horribles elle se mit à interroger son compagnon et apprit que c'était un prisonnier de guerre qui rentrait dans ses foyers. Son expression de pitié (il était maigre et pâle) se changea en plaisir stupéfait quand elle saisit ces mots : « Professeur Freud à Vienne. » « *Naturellement*, j'ai entendu parler de lui ! » dit-elle en souriant, toute sa tristesse oubliée. Elle admirait beaucoup son œuvre. Elle avait même pensé le consulter, à une certaine époque, mais le besoin en était passé. Comment était-ce d'avoir un père aussi célèbre ? Son visage se crispa, ce qui n'avait rien de surprenant, et il eut un haussement d'épaules.

Mais il n'était pas du tout jaloux de la renommée de son père. Il désirait seulement se trouver une jeune épouse et fonder une famille. Elle devait trouver sa vie de cantatrice, sans cesse demandée ici ou là et partout, terriblement éprouvante ? « Pas vraiment, dit-elle, rarement. » C'était la première fois qu'elle avait forcé sa voix. Elle avait imprudemment accepté un rôle trop haut pour son registre, exigeant plus de puissance qu'elle n'en avait – n'étant pas faite pour chanter Wagner.

Le train, qui roulait sans arrêt depuis bientôt deux heures, passant comme un éclair dans les villes sans même ralentir, les surprit en venant s'arrêter dans une petite gare tranquille au milieu de la plaine. C'était à peine un village – trois ou quatre maisons et un clocher d'église. Personne ne monta mais les couloirs du train retentirent d'efforts, de confusion, de cris, et ils virent une masse de voyageurs se déverser sur le quai. Quand le train repartit ils observèrent la troupe abandonnée poser d'un air mal assuré des valises sur le quai. Le hameau fut bientôt hors de vue. La plaine était encore plus triste et poussiéreuse.

« Oui, la pluie ne serait certainement pas de refus », dit le jeune homme. La femme soupira et lui dit, « Mais vous avez toute la vie devant vous. A votre âge vous ne devriez pas avoir des idées aussi noires. Par contre, pour ce qui est de moi, c'est certain. J'ai presque trente ans, je commence à perdre ma beauté, je suis veuve et d'ici quelques années ma voix commencera à s'éteindre, il semble que je n'aie guère à espérer. » Elle se mordit la lèvre. Il fut un peu agacé qu'elle ait ainsi ignoré ou mal compris ses remarques. Mais l'agitation renaissance de sa poitrine provoqua au centre de son corps une tension heureusement dissimulée par le journal.

Quand il sortit dans le couloir – toujours cramponné à son journal – pour se laver les mains, il vit que le train était vide et qu'ils semblaient être les seuls voyageurs qui restaient. A son retour, il découvrit que son absence, si brève qu'elle fût, avait détruit leur intimité. Elle lisait à nouveau sa partition en grignotant un sandwich au concombre (il eut un aperçu de ses petites dents nacrées, bien rangées, quand elle mordit). Elle lui fit un bref sourire avant de se replonger dans la musique. « Il y a tellement de corbeaux sur les fils », se surprit-il à dire. Cela lui semblait enfantin, vague, stupide; sa propre maladresse le dérangea.

Mais la jeune femme lui répondit d'un sourire joyeux. « C'est un passage très difficile, *vivace.* » Et elle fredonna d'une voix voilée, agréable, montant et descendant une forêt de doubles croches. Elle s'arrêta aussi brusquement qu'elle avait commencé et devint toute rouge. « Adorable! dit-il. N'arrêtez pas! » Mais elle secoua la tête et s'éventa le visage avec la partition ouverte. Il alluma une autre cigarette et elle ferma le livre et les yeux en même temps. « C'est du tabac turc, n'est-ce pas? » Elle pensait déceler de l'opium dans l'odeur du tabac, et la chaleur un peu étouffante du compartiment la fit de nouveau somnoler.

Il s'était changé, pendant sa courte absence, et avait mis un élégant costume civil bleu clair. Le train entra dans un tunnel et transforma leur compartiment en wagon-lit. Elle le sentit tendre le bras et lui toucher la main. « Vous transpirez, dit-il, compatissant. Vous devriez laisser respirer votre peau. » Elle ne fut pas surprise de sentir qu'il lui écartait les jambes de ses mains. « Vous êtes trempée de sueur », dit-il. C'était très calme, très libre, que de laisser ce jeune officier lui caresser les cuisses dans le noir. En un sens elle avait déjà dormi avec lui, elle lui avait offert une intimité plus grande en se laissant regarder endormie. « On étouffe », dit-elle à demi assoupie. « Dois-je ouvrir la fenêtre? » proposa-t-il. « Si vous voulez, murmura-t-elle. Seulement je ne peux pas me permettre d'être enceinte. »

Trouvant presque impossible de respirer elle écarta les cuisses et facilita les choses. Il regardait la tache sombre de son visage où brillait par instants le blanc de ses yeux. Ces cuisses délicieusement pulpeuses sous la soie tendue n'étaient que trop tentantes pour qui avait été en cage pendant plusieurs années. Une petite tache rouge apparut au-dessus de ses yeux. Elle grandit et augmenta d'intensité. Elle se fragmenta en petites pointes écarlates et il comprit que ses cheveux brûlaient. Il arracha sa veste et lui en couvrit la tête. Elle se redressa en suffoquant mais les flammes étaient éteintes. Le train ressortit à l'air libre.

La lumière vive et l'incendie avaient rompu le charme, le jeune homme écrasa rageusement sa cigarette. La femme se leva d'un bond et se mit devant le miroir pour arranger sa coiffure, couvrant l'endroit brulé d'une boucle noire et brillante. Elle prit dans le filet un béret blanc et s'en couvrit la tête. « Vous voyez comme je suis facilement excitée. » Elle eut un rire nerveux. « C'est pourquoi il vaut mieux que je ne commence pas. Il en faut si peu. » Il s'excusa d'avoir été si négligent, elle se posa sur le bord de son siège, lui prit les mains d'un air tendre et anxieux et demanda s'il se pouvait qu'elle fût enceinte. Il secoua la tête. « Alors, dit-elle, soulagée, il n'y a pas de mal. »

Il lui caressa les mains. « Avez-vous envie de moi? » demanda-t-elle. « Oui. Beaucoup », dit-il. Elle rougit de nouveau. « Mais qu'éprouverait votre père à vous voir épouser une pauvre veuve tellement plus âgée que vous? Avec un fils de quatre ans? Et c'est autre chose – mon fils. Comment le prendrait-il? Il vous faut le rencontrer et nous verrons comment vous vous entendrez. » Le jeune homme ne savait que répondre à cela. Il décida de ne rien dire, mais de recommencer à lui caresser les cuisses. A son grand soulagement les cuisses s'écartèrent aussitôt et elle se laissa aller en arrière, les yeux fermés. Sa poitrine se gonflait et il y posa sa main libre. « Nous pourrions passer quelques jours ensemble, suggéra-t-il.

– Oui », dit-elle sans ouvrir les yeux. Elle haleta et se mordit la lèvre. « Mais laissez-moi le voir seule et le préparer à votre rencontre. » « Je pensais à vous et moi, dit-il, tous les deux. Je connais un hôtel dans la montagne, près d'un lac. C'est très beau. Ils ne vous attendent pas? » Elle secoua la tête, le souffle coupé une fois de plus quand il glissa son doigt dans l'ouverture. Le jeune homme se désintéressa de la femme, absorbé par le mystère de son doigt perdu. Il le sentait glisser dans sa chair, et pourtant il avait disparu. Elle mouillait tellement qu'il put en introduire d'autres. Elle cria – tant de doigts qui glissaient dans son corps, comme si elle était un fruit qu'il pelait. Elle imagina ses deux mains enfoncées en elle pour atteindre le fruit. Sa robe était relevée jusqu'à la taille et les poteaux télégraphiques défilaient comme des éclairs.

Peu à peu, à travers l'affolement de ses sens, elle entendit une pluie torrentielle qui frappait la vitre du couloir, alors qu'en face la plaine était toujours aussi poussiéreuse et déserte, le soleil d'un jaune aveuglant. La pluie s'arrêta et en tournant la tête ils virent le contrôleur qui nettoyait la vitre avec une brosse souple. Son visage stupéfait les fixa mais ils continuèrent ce qu'ils avaient entrepris comme s'il n'était pas là. Les fesses de la jeune femme, rebondissant sur sa main, firent tomber la partition par terre, ce qui froissa le second acte du *Bal masqué*. « Ne devrait-on pas s'arrêter? » hoqueta-t-elle, mais il dit que ses doigts avaient besoin de rester là.

Il avait besoin qu'ils y soient; ils dépassèrent des rues bordées de maisons puis de hauts immeubles délabrés où des cordes chargées de linge couraient d'une fenêtre à l'autre. De plus, ils étaient si bien coincés qu'il doutait de pouvoir les retirer même s'il en avait envie. Elle approuva de la tête, convaincue qu'il était impossible de cesser.

Mais quand le train s'arrêta à leur correspondance c'est sans difficulté qu'il dégagea ses doigts; puis, dans le petit train qui les emporta vers les montagnes, ils n'eurent aucune occasion de recommencer. Elle resta pressée contre lui, se contentant de lui baiser les doigts ou d'appuyer la main du jeune homme contre son ventre. Les autres voyageurs étaient de belle humeur, s'exclamant de surprise à mesure que le train se hissait lentement de plus en plus haut dans la montagne. « Il y a encore beaucoup de neige! » jacassa la dame assise devant eux – une boulangère, à en juger par l'odeur de son humide que dégageait son corps. « C'est vrai. » La jeune femme lui rendit son sourire. « Je ne me sens pas souillée le moins du monde. » La boulangère lui sourit vaguement et fixa son attention sur sa fille qui se tortillait d'impatience. La petite fille était tout excitée : c'étaient les premières vraies vacances de sa vie.

Le lac, même en cette fin d'après-midi, avait l'éclat d'une émeraude. Ils furent heureux de se retrouver seuls pour faire en marchant le court trajet jusqu'à l'hôtel blanc. Il n'y avait personne dans le vestibule, sauf le réceptionniste qui ronflait derrière son bureau, endormi par la chaleur écrasante. La jeune femme, affaiblie par l'excitation de ce voyage en train, s'appuya au comptoir tandis que le jeune homme – qui avait téléphoné depuis l'embranchement pour retenir une chambre – consultait la liste des réservations, prenait une clef au tableau de l'hôtel et griffonnait un nom sur le registre. Il y avait sur le bureau une coupe de pêches jaunes d'une taille étonnante. Le jeune homme en prit une, y mordit à pleines dents et l'offrit à goûter à son amie. Puis il lui prit la main et la poussa devant lui sur les marches. La bouchée de fruit l'avait rafraîchie et elle courait presque en montant l'escalier en même temps qu'il remontait déjà sa robe jusqu'aux hanches. La soie crissait. Elle glissa une main par-derrière et sentit son érection. Il entra en elle, ils entrèrent dans la chambre, dans quel ordre elle n'en était pas sûre, mais sans avoir vu la chambre elle était sur le lit, sur le dos, les cuisses grandes ouvertes, recevant ses assauts. Ils ne s'arrêtèrent pas de faire l'amour quand il lui ôta son bonnet et l'envoya planer dans un coin de la pièce.

La jeune femme se sentit brisée en deux, elle vit venir la fin de leur relation avant même qu'elle n'ait vraiment commencé; et se vit de retour chez elle, déchirée par le milieu. Une série d'éclaboussures courait de la porte au lit, et quand ils eurent fini elle lui fit sonner une femme de chambre pour l'essuyer. Pendant que la bonne, une Orientale, nettoyait à genoux les taches de pêche sur le tapis usé, ils allèrent à la fenêtre donnant sur la véranda pour jouir du ciel encore bleu d'un début de soirée, juste avant le coucher du soleil qui allait embraser l'horizon.

Au matin, le ciel était à nouveau bleu, ils le virent de leur chambre, mais la seconde nuit (elle *croyait* du moins que c'était la seconde, n'ayant plus aucun sens du temps) un silex aussi gros que le poing d'un homme fut projeté par la fenêtre ouverte. C'était le vent qui s'était levé vers le soir et sifflait dans les mélèzes, brisant le vase de fleurs, que la servante avait posé sur leur commode. Le jeune homme bondit à la fenêtre et la ferma. Puis le vent menaça de faire sauter les vitres, et ils entendirent un fracas étouffé, le toit du pavillon d'été qui s'écroulait. Il était en forme de pagode, pittoresque mais vulnérable, et le vent sauvage l'emporta. Personne ne répondit de longtemps à leurs coups de sonnette, mais enfin la bonne vint ramasser les morceaux de vase, les fleurs, et éponger l'eau répandue. Elle avait les yeux rouges et le jeune homme lui demanda pourquoi. « Des gens se sont noyés, dit-elle. Les vagues sont très hautes ce soir. Leur bateau a chaviré. » Elle regarda d'un air surpris le morceau de silex resté où il était tombé. « Laissez-le, dit le jeune homme. Ce sera un souvenir. » Elle le ramassa, néanmoins, et le lui présenta. Il le soupesa dans sa main, étonné, sans pouvoir imaginer la force qui l'avait arraché de la montagne pour le projeter dans leur chambre.

Plus tard, elle demanda : « Mon sein est-il plus doux que cette pierre? » Il approuva, y reposant sa tête pour en éprouver la douceur. Ils entendirent distinctement, venant de loin pourtant, les bruits de gens qui se bousculaient confusément dans les couloirs, et quand ils sonnèrent pour le dîner on leur dit qu'il faudrait se contenter de sandwiches, tous les serveurs étant allés secourir les victimes de l'inondation. Ils étaient affamés, il demanda qu'on leur fasse monter aussi du chocolat. Il caressa son sein, tellement plus doux quc le silex, puis se baissa pour en sucer le bout. La jeune femme tendait tout son être aux lèvres qui la suçaient et le téton orange était sans cesse tiré plus loin. Elle fit courir ses doigts dans ses cheveux bouclés et il suça encore. Ils entendirent un bruit de verre brisé – une fenêtre, peut-être, ou bien de la vaisselle – et des cris. Les sons de la panique. Ils entendirent aussi des clients qui pleuraient. Cela lui rappela les pleurs de son bébé, elle caressa de plus belle les cheveux du jeune homme. Elle avait le sein gonflé comme un tambour, trois fois sa taille normale. Le vent fouettait les vitres. Il ôta ses lèvres de son sein pour lui dire, inquiet : « J'espère qu'il ne va pas crever. » Elle poussa de nouveau le téton dans sa bouche. « Je ne pense pas. C'était aussi gonflé quand j'ai nourri mon fils. »

L'hôtel oscillait sous l'ouragan et elle se crut sur un paquebot, entendant craquer les membrures du navire, sentant la morsure du sel par le hublot ouvert et, venant de la cambuse, le parfum léger du repas de ce soir, mêlé de mal de mer. Ils dîneraient avec le capitaine, il lui demanderait de chanter pour la soirée musicale. Peut-être n'arriveraient-ils jamais au port. Elle fut au bord des larmes, son bout de sein tiré si loin que c'était douloureux – pourtant, si la douleur se concentrait là, c'était comme si le téton ne lui appartenait plus, qu'il flottait au loin, appendice sanglant ôté par le médecin du bord. Elle souhaitait une pause mais il ne voulut pas. A son grand soulagement, il vint à l'autre sein et se mit à sucer la deuxième pointe déjà grossie par sympathie pour sa jumelle. « Sont-ils tendres? » dit-il enfin, et elle : « Oui, bien sûr, ils s'aiment l'un l'autre. » Elle entendit se fracasser, derrière leur couchette, le hublot de la cabine voisine.

D'une main, il ouvrit le vagin de la jeune femme et fit pénétrer son pénis si durement qu'elle eut un recul violent. Il se souleva pour voir l'endroit où il avait si mystérieusement disparu dans son corps. Il le fit paraître et disparaître à volonté. Elle sentit sur ses cheveux le plus léger des frôlements et en tendant la main elle toucha une chose mince et sèche comme du papier. C'était une feuille d'érable qui avait dû voler dans la chambre sans qu'ils la voient au début de la tempête, avant la chute de la pierre. Elle la lui montra, il sourit, mais son sourire fut noyé dans la grimace que lui arrachait le plaisir de pousser à grands coups et de se retenir au bord de la jouissance. Elle passa la main derrière les fesses du jeune homme et le caressa de la feuille d'érable mince et sèche comme du papier. Il se tendit, puis frissonna.

La pluie légère avait cessé, le vent était tombé; ils ouvrirent la fenêtre et avancèrent sur le balcon. Il tenait son amie par la taille et ils virent ensemble les nuages orageux s'écarter, révélant les étoiles les plus grandes qu'ils eussent jamais vues. Un de ces astres, à chaque instant, glissait en diagonale sur le ciel noir comme une feuille d'érable décrochée de son arbre, ou comme le geste tendre que les amoureux font en dormant pour changer de position. « C'est une pluie de Léonides », dit-il doucement. Elle posa la tête sur son épaule. Ils distinguaient vaguement quelques activités sur la rive du lac : on rapportait des corps à terre. Des gens se lamentaient; une voix cria qu'on apporte brancards et couvertures. Les amants retournèrent au lit et se perdirent à nouveau l'un dans l'autre. Cette fois elle sentit son doigt qui bougeait dans son ventre à côté de son sexe, un mouvement croisé à celui du pénis qui entrait et sortait, et plus rapide aussi. Cela lui rappelait les étoiles filantes et faisait naître en elle vertiges et tourbillons comme dans les eaux du lac. De fait, la tempête n'était pas terminée car un éclair blanc plongea droit jusqu'au lac; ils le virent du coin de l'œil qui striait le carré noir de la fenêtre tandis que les rideaux s'envolaient. « Quelle violence », murmura-t-il; et elle veilla à le caresser plus doucement du seul bout de son ongle, en même temps qu'il avait un doigt dans son anus, lui faisant mal. Mais elle voulait avoir plus mal encore.

Il y avait quelques lueurs sur le lac, là où les barques cherchaient toujours les noyés. Les sauveteurs étaient eux-mêmes sous le coup du tonnerre qui avait éclaté juste au-dessus de leurs têtes avant même, et non après, l'éclair qui avait changé la nuit en plein jour. Le vent se remit à souffler et ils se hâtèrent de ramer jusqu'au rivage, n'ayant plus cette nuit-là l'espoir de retrouver des corps. L'hôtel grouillait de gens affolés, surexcités, les portes en verre claquaient et on amenait sans cesse de nouveaux cadavres. Dans la salle de billard, qui était au sous-sol, le niveau de l'eau avait monté et arrivait maintenant presque à hauteur des hanches, mais le major pataugeait, imperturbable, autour du billard, résolu à terminer une série. Il visait la dernière boule rouge, ayant déjà expédié toutes les autres, y compris la rose. C'était un coup direct, très difficile, sur toute la longueur de la table, mais il la toucha de plein fouet et elle tomba dans le trou. L'eau montait encore, il but une gorgée de bière et frotta de craie sa queue. La noire s'était abritée contre la bande mais il donna de l'effet à la blanche et délogea la noire de son recoin. Ce fut un coup magnifique, et la noire plongea dans une tombe liquide. Le major avait joué toute la série contre lui-même, car son adversaire, un prêtre, s'était précipité dehors pour donner l'absolution aux mourants. Le major, satisfait, eut un sourire sévère, remit sa queue au râtelier et sortit à la nage de la salle de billard. Les amants dormaient tout en haut de l'hôtel, malgré les bourrasques qui faisaient trembler les vitres, gardant chacun la main sur le corps de l'autre comme s'ils avaient craint qu'il ne disparût pendant la nuit. Un chat noir s'agrippait, terrifié, sur une branche de figuier secouée dans tous les sens face à leur balcon. Il était tendu, prêt à bondir, mais sentait que le balcon était trop loin.

On ne découvrit le chat prisonnier sur son arbre que deux jours plus tard. Les jeunes amants entendirent des grincements tout près de leur fenêtre et sortirent du lit pour voir ce qu'il en était. Le major était en train de grimper sur une grande échelle qui pliait et craquait sous son poids. Ils assistèrent à ce sauvetage risqué derrière les rideaux qui flottaient doucement. Le chat bomba le dos, cracha sur le major et le griffa quand il tendit la main. Le militaire lâcha un juron obscène qui fit rougir la jeune femme, inhabituée à un tel langage. Finalement, le major redescendit l'échelle, le chat accroché à son cou.

Au moment où la jeune femme vit les stigmates sanglants perler sur les mains du major, elle eut la désagréable sensation d'un caillot qui tombait dans son corps, et annonça au jeune homme la mauvaise nouvelle. Il ne s'en émut pas, ce qui l'étonna et lui plut. Mais il restait un problème. Elle était sans bagage, ayant laissé sa malle dans le couloir du premier train : quand tous les voyageurs étaient précipitamment descendus à ce petit hameau au milieu de la plaine brûlée, l'un d'eux avait dû l'emporter par erreur. Elle ne pouvait croire qu'on la lui eût volée. De toute façon la malle avait disparu quand ils avaient dû changer de train à l'embranchement, et avec elle robes, lingerie, nécessaire de toilette, cadeaux pour son fils et sa mère.

Ils durent sonner la bonne. L'aimable fille, une étudiante japonaise travaillant pour payer ses études, eut du mal à comprendre le problème de la jeune femme. Il lui fallut dessiner sur un papier à en-tête de l'hôtel un croissant de lune à côté d'une silhouette féminine. La bonne rougit et sortit. Par bonheur, elle avait elle-même ses règles et revint apporter une serviette. Puis elle déguerpit, timide, refusant tout pourboire.

Ils s'allongèrent pour regarder les photos de famille du jeune homme. Elle s'amusa d'un instantané de Freud sur la plage, vêtu d'un costume de bain rayé noir et blanc qui aurait pu avoir été coupé dans le même tissu que sa robe. Lui aussi eut un petit rire. Mais il semblait avoir une tendresse particulière pour sa plus jeune sœur, et son sourire fit place à la tristesse quand il vit son image.

Ils descendirent dîner et il lui demanda si elle se sentait assez bien pour danser sur la musique tsigane. Elle accepta. Ils dansèrent doucement entre les tables. Elle s'appuyait sur lui. « Sentez-vous couler le sang? » demanda-t-il. « Toujours, dit-elle. Je tombe toujours malade à l'automne. » L'odeur de cerise de son rouge à lèvres l'excita et il l'embrassa; le parfum chaud et poisseux augmenta son désir. Elle dut s'écarter pour reprendre son souffle, mais elle aimait aussi le goût de cerise de son rouge sur ses lèvres à lui. Ils s'embrassèrent encore, innombrables effleurements de leurs bouches. Elle se dégagea une fois de plus, disant que la musique lui donnait envie de chanter. Mais trop de danseurs et de convives avaient les yeux fixés sur eux. Il releva le devant de sa robe, elle voulut la rabaisser, faiblement, mais le plaisir déjà lui serrait la gorge. « S'il te plaît, il faut me laisser. S'il te plaît. » Un ronronnement à son oreille, qui se mêlait à ses coups de langue. « Mais tu seras couvert de sang », murmura-t-elle « Cela ne fait rien, dit-il. J'ai envie de ton sang. » Alors elle remit ses bras autour de son cou et le laissa faire ce qu'il voulait. Les hommes qui dansaient et qui dînaient leur lançaient des clins d'œil, en souriant, et ils leur souriaient en retour.

« Est-ce assez saignant ? » demanda-t-il en coupant le gras de sa viande. Elle prit ses doigts dans les siens et les embrassa. « Cela n'a jamais été meilleur, dit-elle. Tu ne le vois pas ? » Le steak lui rendit le sang perdu, ils coururent ensuite sous les arbres et firent à nouveau l'amour, sur l'herbe au bord du lac. De temps en temps, quand une porte s'ouvrait, ils entendaient la musique tsigane, et les étoiles étaient toujours d'une taille exceptionnelle. Ce n'était pas si confortable de faire l'amour en perdant son sang, mais par contre elle pouvait d'autant plus se laisser aller qu'elle n'avait aucune conséquence à craindre. Quand ils montèrent les marches, un peu après minuit, d'autres feuilles d'érable avaient volé dans leur chambre. Elle dit, pour plaisanter, qu'elle en aurait l'usage. Elle lui emprunta sa brosse à dents et quand elle commença à s'en servir il l'entoura de ses bras et lui fit des petits baisers sur la nuque. Il y eut encore des éclairs, mais des éclairs diffus, sans tonnerre, qui rapprochaient les sommets enneigés et illuminaient la traînée de débris laissée par l'orage et par l'inondation.

Cartes postales de l'hôtel blanc :

Une infirmière âgée :

J'ai fait ce que j'ai pu pour un jeune couple charmant, tous les deux paralysés. Partir en vacances ensemble, de leur part, c'est très courageux. Ils restent blottis dans leurs chaises longues, partageant une couverture (nous sommes sur un yacht au milieu du lac). La nourriture est très bonne, Elise se rétablit, elle vous embrasse.

Une secrétaire :

Espérant que pour votre dernier jour il fait chaud et sec là où vous êtes; où nous sommes il fait très chaud, pas un nuage, de la brume, nous sommes en bateau sur le lac en train de grignoter des os de poulet et de boire du vin. Hôtel merveilleux, mieux que sur la brochure, avec des gens très bien.

Un prêtre :

Je vois les trois mâts comme un emblème de la passion du Christ et la voile blanche comme son suaire adoré. Je me sens d'autant moins coupable d'avoir déserté mon troupeau. Maman, j'espère que tu vas toujours bien. Le temps est au beau. Une charmante jeune catholique s'est noyée dans mes bras, il y a quelques jours. Ne t'inquiète pas pour moi. Je lis le petit livre que tu m'as envoyé.

Une femme de chambre japonaise :

Conte prodigieux, mes amoureux (le couple lunaire) debout à l'aube et en bateau. Cela fait que moi et mon amie devons faire leur lit tout le jour, leur lit indescriptible. Je n'ai pas le temps d'écrire même des haïkus.

Une corsetière :

L'eau semble terriblement froide, mais demain je dois faire le plongeon. Je laisse traîner ma main par-dessus le bastingage. J'aimerais mieux ne pas dire où le jeune homme avec la fille à côté de moi a mis la main. Enfin, la vie doit continuer. Bien sûr, ce n'est plus pareil quand votre partenaire a disparu, mais je dois tâcher de jouir de la fin des vacances par considération pour mon cher mari.

Un major de l'armée :

C'est moins un yacht qu'un transport de troupes. Différent de l'avant-guerre. Nous sommes les uns sur les autres. J'aimerais une bonne mitrailleuse pour dégager la place. L'inondation n'en a pas liquidé assez. Des corps! Partout! Dick arrive demain par le premier train.

Un horloger :

Cela flamba comme un chiffon gras. Nous goûtions le plaisir d'une agréable promenade en bateau et l'instant suivant nous vîmes notre hôtel s'enflammer comme du petit bois. Ce fut si brillant qu'on ne voyait plus le soleil. Résultat : tout ce que nous avions s'est envolé en fumée, sauf les vêtements que nous avions sur le dos.

Un botaniste :

A vous briser le cœur. Hier j'ai trouvé un spécimen d'edelweiss très rare. Je l'ai laissé à l'hôtel, bien entendu, et maintenant il a disparu dans les flammes.

Une épouse de banquier :

Je n'en croyais pas mes yeux. Voilà que notre hôtel brûlait de haut en bas devant nous sur la rive du lac, et ce jeune gaillard qui prend sa petite amie sur ses genoux et l'installe sur lui! Vous voyez ce que je veux dire? Comme un jeu de palets! Et tous ces gens qui s'égosillaient de tous les côtés, certains ayant des parents restés à l'hôtel!

Un agent d'assurance :

C'était tout bonnement terrible de les voir sauter par les fenêtres du haut. Ils avaient des lances pour arroser le feu mais cela ne semblait faire aucun effet. Elinor, Dieu merci, était avec moi. Aujourd'hui, j'ai tâché de la faire se reposer à l'hôtel. En tout cas nous sommes sains et saufs et espérons vous voir.

Sa femme :

Hubert était là, merci mon doux Seigneur. Il ne tenait pas trop à la balade en bateau, à cause de l'inondation, mais je l'ai fait venir. Le temps est merveilleux, bien que les nuits soient très fraîches. Ce repos m'a fait beaucoup de bien et nos avons rencontré des gens charmants.

Un enfant :

Ils pendaient aux arbres comme des lanternes magiques.

Un pasteur :

Mais les morts seront ressuscités, je n'en ai aucun doute. Et cette chair corrompue sera vêtue d'incorruptible. La vieille dame avec qui nous avons fait ce voyage en montagne est morte dans les flammes. Et pourtant mon âme loue le Seigneur.

Un couple en lune de miel :

Cela fait un nuage sur nos vacances, mais nous sommes tout de même très heureux. Il y a le lac et les montagnes, c'est un très bel endroit, un paysage à vous couper le souffle.

Une boulangère :

Nos cœurs se brisent. Chère mère est morte dans un terrible incendie à l'hôtel. Dieu merci nous étions en bateau, mais nous avons tout vu. Cela a flambé comme du papier. Et nous pouvions voir la chambre où elle était. Mais c'était une vieille dame, et il ne faut pas trop nous affliger. Nous essayons de rester gais pour donner l'exemple aux enfants, et vous devez faire de même.

Un voyageur de commerce :

Une des chambres a gardé longtemps ses rideaux fermés mais on les a ouverts hier, et on pense que cela peut avoir quelque rapport, bien que je ne voie pas comment.

Sa maîtresse :

On croit que c'est probablement une des bonnes qui fumait tranquillement en faisant les lits. J'ai vu la bonne japonaise fumer dans le couloir, ce qui fait drôle tant elles sont convenables d'habitude. Par chance, c'était dans un autre bâtiment que le nôtre, et nos affaires n'ont rien.

Un couple à la retraite :

On a dit quelque chose à propos de la montagne (où il y a encore beaucoup de neige) reflétant les rayons du soleil. Comme la loupe avec quoi nous lisons, je suppose. De toute façon c'est une tragédie terrible, alors faites bien attention au feu, très chère. Le personnel est merveilleux. Cela valait quand même la peine de venir, les vacances de toute une vie. Merci de l'avoir rendu possible.

Une chanteuse d'opéra :

Je suis allée passer quelques jours en montagne pour me reposer avant de rentrer. Je pense que cela me fait du bien. Les dernières semaines ont été épuisantes, et c'est merveilleux de n'avoir rien à faire que prendre plaisir à l'excellente cuisine et au magnifique paysage. Je ne dors pas bien, c'est le seul inconvénient, mais je commence à me détendre un peu. Je vous verrai bientôt.

Une couturière :

Ma petite fille est morte. J'ai le cœur brisé. J'ai promis de t'envoyer une carte, chérie, mais quel message ! On l'enterre ici. Je rentre aussitôt après.

Un homme de loi :

Seul inconvénient, les bruits nocturnes. On doit bien sûr sympathiser, mais nous sommes nous aussi victimes d'une perte, et ce n'est pas une excuse pour empêcher les autres de dormir. Nous nous sommes plaints, mais le directeur semble ne pas vouloir ou ne pas pouvoir y mettre fin.

Une ex-prostituée :

Un gentleman m'a complimentée pour ma silhouette, il est donc évident que cela ne se voit pas. Je reprends des forces un peu plus chaque jour et je m'habitue lentement. Je me sens encore un peu plus lourde du côté gauche, mais je pense que cela passera. J'ai de la chance, il y en a d'autres ici qui sont bien plus mal partis. Il fait beau et la cuisine est de première.

Personne n'était d'humeur à danser. Les clients dînaient calmement en écoutant l'orchestre tsigane dont les airs mélancoliques et tendres les touchaient profondément. Un des musiciens, un violoniste, avait été bloqué dans un ascenseur par l'incendie et brûlé vif au point de n'être plus reconnaissable. Les amants auraient peut-être dansé mais ils ne se montrèrent pas pour le dîner.

Lors d'une pause entre deux morceaux de musique, quand on n'entendait plus que le murmure étouffé des conversations lugubres et le cliquetis discret et poli des plats qu'on servait, le major se leva de sa table (il dînait toujours seul, dans un angle, à une petite table), alla sur l'estrade où il chuchota quelques mots à l'homme gras et suant qui dirigeait l'orchestre, lequel hocha la tête, puis s'adressa aux clients à l'aide du microphone. Il dit qu'il aimerait discuter avec le plus possible d'entre eux d'un sujet quelque peu urgent – qu'ils veuillent bien prendre leur verre au bar, à la fin du dîner, et se réunir dans la salle de billard. Après ces mots, il y eut un silence général, puis les conversations reprirent plus fort qu'avant. Un tiers peut-être des clients décidèrent d'aller voir ce dont le « major fou » (comme on le désignait souvent) voulait leur parler. Quand les tasses de café furent vides, les cognacs et les liqueurs distribués au bar, une troupe assez nombreuse se rendit à la salle de billard et s'installa sur les sièges alignés autour de la grande table. Le tapis vert était encore mouillé, depuis l'inondation, et chatoyait sous les lampes comme une piscine rectangulaire recouverte de mousse.

Le major, qui était anglais et s'appelait Lionheart, s'assit en bout de table et attendit que les retardataires s'entassent dans le fond. « Merci d'être venus », commença-t-il d'une voix ferme et sonore. « Laissez-moi briser la glace en disant d'abord que je ne vous ai pas fait venir ici pour parler de la mort. La mort et moi sommes de vieilles connaissances, elle ne me fait pas peur. Nous sommes affligés pour ceux qui sont morts dans l'inondation et l'incendie, mais ce n'est pas ce dont je désire vous parler. Ces choses arrivent. C'est la volonté de Dieu. Nous ne devrions pas laisser ces événements jeter sur nous un nuage trop sonore. » A ces mots un murmure d'assentiment parcourt l'assemblée. Un ou deux clients regardèrent la haute silhouette distinguée de l'officier avec un nouveau respect.

Le major baissa les yeux, éteignit sa cigarette, très lentement, comme s'il prenait le temps de rassembler ses idées. La salle était plongée dans un profond silence, brisé seulement par le ronronnement du chat noir, la mascotte de l'hôtel (très aimé des clients), qui s'était glissé à l'intérieur en même temps que la foule et qui était maintenent roulé en boule sur les genoux de la femme de l'horloger, laquelle le caressait. Le chat avait eu le poil en grande partie roussi par les flammes mais avait pu heureusement s'échapper sans grand dommage.

« Néanmoins, il s'est passé des choses étranges », ajouta le major d'un ton tranchant. Il fit une pause, laissant à ses mots le temps de faire impression. Sa voix était empreinte d'une autorité toute militaire. Il a dû être très bien à la guerre, pensa Henri Poussin, un ingénieur. Une nullité avant-guerre, et une nullité après, dans un autre style, mais quand l'urgence et la violence dominent une époque, un Lionheart est tout à fait indiqué.

« Voudriez-vous justifier cette affirmation, major? » dit Vogel, l'avocat allemand, d'une voix cassante.

Le major lui lança un regard de mépris à peine dissimulé. Vogel était un cynique et un poltron; on l'avait surpris à tricher aux cartes. « Certes, dit tranquillement le major. Les étoiles tombantes. » L'assemblée fut plongée dans un silence encore plus profond; tous, excepté Vogel, retenant leur souffle. « Tout le monde les a vues, poursuivit le major d'un ton calme. Non pas une ou deux personnes, tout le monde; et pas seulement une nuit mais presque chaque nuit. De grandes étoiles blanches, lumineuses.

– Grandes comme des feuilles d'érable », dit l'épouse du voyageur de commerce d'une voix douce, comme droguée. Puis elle se tordit les mains, effrayée d'avoir élevé la voix.

« Exactement, dit le major.

– Et les feuilles des ormes sont rouges », dit l'horloger qui bondit sur ses pieds, écartant d'une secousse la main de sa femme. « Quelqu'un l'a-t-il remarqué? » Excité, il regarda autour de lui, et plusieurs têtes approuvèrent. Il parlait d'un bosquet d'ormes derrière l'hôtel, au bout de la pelouse. Ceux qui avaient hoché la tête baissèrent les yeux et se passèrent nerveusement la langue sur les lèvres.

Mais d'autres voix affirmèrent avec passion que ce n'était pas vrai. Elles ne furent guère persuasives et se turent bientôt. Un silence absolu revint dans la pièce, dont l'atmosphère s'était nettement refroidie. Voulant surtout éviter que ne se répandent la crainte et le découragement, le major proposa de s'interrompre quelques minutes, le temps que les assistants montent remplir à nouveau leurs verres. Il se rassit, soudain fatigué. Au milieu du brouhaha de ceux qui bavardaient, entassés sur les marches, Vogel glissa vers lui, ses lunettes sans montures brillant d'un éclat méchant.

« Vous me surprenez, Lionheart », dit-il – d'un ton plutôt léger mais où se sentait toute la dureté de son dépit et de son ressentiment.

Le major s'adossa à sa chaise. « Vraiment? En quel sens?

– Répandre la panique chez les dames. Pourquoi ne les avez-vous pas laissées en dehors? Je n'accepte pas un seul instant vos idées alarmistes. Mais, à supposer qu'elles soient justes, pourquoi ne pas les avoir laissées en dehors de tout cela?

– Premièrement, Vogel, vous sous-estimez l'intelligence des dames. C'est l'habitude de ceux qui ont des occupations sédentaires – une habitude malavisée, parfois dangereuse. »

Vogel rougit légèrement mais réussit à se maîtriser. « Et deuxièmement?

– Pour leur propre sécurité – pour notre sécurité à tous – elles doivent se rendre compte que nous sommes peut-être menacés par des choses que nous ne comprenons pas. Moi, du moins, je ne prétends pas les comprendre. Mais il est vrai que je n'ai pas eu le bénéfice d'une éducation allemande. »

L'homme de loi tourna brusquement les talons. Le militaire fut agacé de s'être laissé pousser à lâcher un mot discourtois, mais il ramena bien vite son attention aux affaires sérieuses, car les autres clients étaient à nouveau rassemblés, le verre en main, et attendaient qu'il reprenne la discussion. Il se leva. Pris d'un vertige passager, chancelant légèrement, il se retint au rembourrage encore humide de la table de billard.

« L'important, dit-il, c'est de partager en toute franchise ce que nous avons vu, ou pensons avoir vu; et si possible de trouver des explications rationnelles. Par exemple, j'ignore si je suis seul à avoir vu la foudre tomber sur le lac. Un éclair blanc, absolument vertical. » Il promena un regard interrogateur. Il y eut un bref silence, tendu, puis une infirmière âgée rougit et dit calmement : « Non, je l'ai vue aussi. » « Et moi », dit un comptable décharné, au nez crochu, tandis que sa femme approuvait vigoureusement du chef. Plusieurs autres approuvèrent d'un geste retenu, gêné, sirotant leur verre d'un air pensif, préoccupé. Le major demanda si quelqu'un avait d'autres faits étranges à rapporter.

« Un banc de baleines, dit une jeune et jolie blonde, secrétaire dans un bureau. Tôt hier matin, quand je suis allée me baigner. J'ai cru que j'avais des visions, ou plutôt que je n'en avais *pas*, si vous voyez ce que je veux dire, puisque le lac n'a pas d'issue. C'est tout simplement impossible. Mais maintenant vous m'y avez fait repenser. Je suis sûre que ce n'étaient pas des nuages qui volaient bas.

– Peut-être était-ce votre gueule de bois, dit Vogel en ricanant.

– Non, je les ai vues aussi, dit sa sœur au teint blême. Je suis désolée, Friedrich, se pressa-t-elle d'ajouter, mais je dois dire la vérité. J'ai dû me lever à l'aube, pour une raison sur laquelle je n'ai pas à m'étendre, et j'ai regardé par la fenêtre.

– Et vous avez vu des baleines? insista le major avec un sourire aimable et doux.

– Oui. » Elle tordait son mouchoir et Vogel lui lança un regard de mépris et de haine.

Il se trouva que personne d'autre n'avait vu le banc de baleines, mais personne ne s'était levé à l'aube, le jour précédent, et l'héroïque sincérité de la sœur de Vogel avait fait impression.

« D'autres témoignages? demanda le major d'un ton bref. Evénements, spectacles étranges? »

Tous parcoururent la pièce des yeux dans un silence vide.

« Alors voyons ce que nous avons. Des étoiles tombantes. Des feuilles rouges. La foudre. Un banc de baleines... »

Bolotnikov-Leskov, qui était resté assis dans un coin, attentif et lointain, à caresser sa barbiche élégante, intervint à ce moment. La voix d'un homme d'Etat aussi éminent obtint le respect immédiat de ceux mêmes qui désapprouvaient sa politique. « Je n'ai rien à suggérer (avec un soupir et les bras écartés) pour expliquer les étoiles tombantes, les feuilles rouges ou la foudre. Mais je *crois* pouvoir proposer une explication pour les baleines. Mme Cottin – il salua la dame dodue en robe bleue, qui lui répondit d'une inclinaison de son visage souriant – est corsetière. Et tout corset renferme une part – pour parler net – de baleine morte. Il ne me paraît pas impossible que sa présence parmi nous – dont la chaleur et la vitalité exceptionnelles nous ont mis la joie au cœur – ait, pour ainsi dire, " convoqué " les baleines. Les ait attirées, ensorcelées, entraînées, dites-le comme vous voulez. »

Mme Cottin, éventant son visage soudain cramoisi, dit qu'effectivement elle avait déjà vu de ces occasions où certaines dames avaient vu des baleines quand elle-même – Mme Cottin – était aux environs.

Bolotnikov-Leskov lui témoigna sa gratitude d'un signe de tête, rougissant comme un enfant.

L'explication rationnelle, ou quasi rationnelle, de l'apparition des baleines réconforta l'assemblée et ragaillardit suffisamment certains pour qu'ils puissent mentionner des phénomènes dont ils avaient été témoins, mais qui les avaient trop effrayés pour qu'ils en parlent. Un pasteur luthérien raconta d'une voix hésitante qu'il avait vu un sein voler au travers des ifs lorsqu'il s'était promené vers l'église un soir avant le dîner. « J'ai d'abord cru à une chauve-souris, dit-il, mais le téton était clairement visible. »

Une femme aux cheveux grisonnants et à la lourde poitrine dit qu'on lui avait ôté un sein récemment à cause d'une tumeur. Le major Lionheart la remercia de sa franchise, et il y eut un murmure assourdi de sympathie. Vogel, le teint jaune, dit qu'il *croyait* avoir vu un fœtus pétrifié flotter sur les bas-fonds du lac, mais cela aurait pu aussi bien être un morceau d'arbre fossile. Sa sœur, qui se mit à pleurer, confessa un avortement, dix ans plus tôt. Il y eut un silence douloureux, scandalisé, et il fut clair pour chacun que Vogel n'en avait rien su. On vit tembler les muscles de son visage, et le major eut un tressaillement de pitié envers le juriste allemand desséché.

La sœur de Vogel était maintenant secouée de sanglots incontrôlables. Cela faisait un bruit sec, déchirant, presque intolérable; des hommes qui avaient survécu sans broncher au feu et à l'inondation allumèrent cigarettes et cigares pour tenter de se calmer les nerfs. Tous furent grandement soulagés quand le pasteur se pencha devant Vogel, prit le bras de sa sœur d'un geste aimable mais ferme et la fit sortir de la pièce en lui frayant un chemin entre les assistants et le billard. Pendant qu'elle se faisait escorter, ses voisins purent voir la femme du boulanger pousser son mari du coude et lui chuchoter à l'oreille, alors qu'il secouait la tête. Mais, le silence revenu, le boulanger se leva et dit, d'une voix hésitante de plébéien, à peine audible, qu'il avait vu glisser sur le lac une matrice, alors qu'il était seul, occupé à pêcher. La matrice avait à peine effleuré la surface avant de disparaître. « Quelquefois on se met à voir des choses quand on va pêcher seul, surtout à l'aube ou au crépuscule. Mais il n'y avait pas à s'y tromper. » Il se rassit et regarda sa femme pour y trouver un appui.

Le major Lionheart ne put réprimer une grimace qui découvrit ses dents jaunies en écoutant l'accent humble et comique du boulanger, bien qu'il prétendît faire jouer les muscles de ses joues; et même Bolotnikov-Leskov, en dépit de ses idéaux révolutionnaires, sourit en cachette. Le major demanda si quelqu'un avait vu glisser une matrice. Une voix, dans le silence, dit qu'elle avait vu peut-être une miche de pain, et quelques gloussements relâchèrent la tension. Mais alors une voix anonyme et mâle sortit d'un coin dans l'ombre et lança : « Quelqu'un a-t-il vu les glaciers? Dans la montagne. » Ce qui effaça les sourires et fit passer un frisson dans la pièce.

Plusieurs clients proposèrent diverses explications pour les étoiles tombantes, la foudre, les feuilles rouges et les glaciers. Mais rien n'emporta la conviction de ceux mêmes qui avaient avancé ces hypothèses. Le major mit fin à la réunion, conseillant la vigilance. Bolotnikov-Leskov le remercia au nom de l'assistance – il y eut encore un murmure d'assentiment – et proposa, au cas où quelqu'un serait à nouveau témoin d'un événement inexplicable, qu'il en informât aussitôt le major, lequel aurait pour mission de convoquer une autre réunion quand il le jugerait nécessaire. La proposition fut adoptée par des acclamations assourdies.

Quand les clients se groupèrent deux par deux

pour monter les marches, le boulanger se retrouva près de l'infirmière âgée. Elle saisit l'occasion pour lui dire que sa petite-nièce, qui ce soir était indisposée et donc s'était couchée plus tôt, avait subi à peine un mois avant une ablation de la matrice. « Je l'ai amenée ici pour se remettre », dit-elle doucement, ne désirant pas qu'on l'entende. « C'est très triste, car elle n'a pas trente ans. Je ne voulais pas le dire en public, elle serait bouleversée que cela se sache. Elle est déjà suffisamment troublée. Mais je voulais que vous et votre femme le sachiez. » Le boulanger lui serra le bras pour la remercier.

Il se passa plusieurs soirées avant que les jeunes amants ne s'aventurent une fois de plus à dîner. Quand ils le firent ce fut pour découvrir que leur table avait été attribuée à de nouveaux clients. On ne voyait pas de fin au flot de visiteurs pleins de confiance qui arrivaient à l'hôtel blanc, et une table vide était un luxe qu'on ne pouvait se permettre. C'est ce qu'expliqua le majordome au jeune couple, en manière d'excuse, ajoutant qu'à ce qu'il avait supposé ils souhaitaient prendre tous leurs repas dans leur chambre. Il les pria d'attendre et alla dire quelques mots à une blonde plantureuse, aux cheveux teints, d'un attrait tapageur. C'était Mme Cottin, seule à une table pour deux. Mme Cottin eut un sourire d'acquiescement et les accueillit d'un hochement de tête à l'autre bout de la salle à manger. Le majordome apporta promptement une chaise supplémentaire et escorta le couple jusqu'à la table de cette dame. Il fallut se serrer de près et le jeune homme s'excusa longuement d'envahir ainsi son intimité, mais Mme Cottin balaya ses regrets d'un rire et poussa des cris de bonne humeur quand leurs jambes se heurtèrent sous la table de façon indiscrète.

Elle était ravie, dit-elle, de trouver de la compagnie. Son mari était mort pendant l'inondation et elle supportait mal la solitude. Elle sortit un mouchoir pour écraser une larme, mais ce fut bientôt elle qui s'excusa de les contraindre à être témoins de sa douleur. « J'essaie de ne pas pleurer trop souvent, dit-elle. Au début, j'étais inconsolable, et je suis sûre d'avoir mis tout un chacun au supplice. Puis je me suis dit qu'il me fallait reprendre le dessus. Ce n'était pas juste pour les autres, qui étaient là pour prendre du bon temps. »

Le jeune homme dit qu'il admirait beaucoup son courage. Il l'avait remarquée la dernière fois qu'ils étaient venus dîner, l'avait vue rire et danser, être le boute-en-train de la soirée. Mme Cottin grimaça un sourire. « Ce n'était pas facile », dit-elle. C'était même affreusement pénible de prétendre s'en donner à cœur joie alors que son cœur était enfermé dans le cercueil de son mari.

C'était devenu un peu moins dur, ajouta-t-elle, depuis l'incendie, cette horrible tragédie. De voir la souffrance neuve d'autrui avait eu pour effet de mettre quelque distance entre elle-même et son deuil. De plus, à côté d'être brûlé vif, se noyer était une mort douce et clémente. On peut toujours trouver plus malheureux que soi, dit-elle. Elle se tamponna de nouveau le coin de l'œil, puis, ne voulant pas attrister la soirée, reprit sa bonne humeur et se mit à leur raconter des histoires joyeuses, la plupart au sujet de ses clientes. Tous deux tombèrent amoureux de Mme Cottin. Elle les fit rire aux larmes avec des récits drolatiques de comment elle ajustait femmes (et hommes, parfois) dans des corsets. Après avoir mangé de bon cœur elle se donna une claque sur son estomac bien maintenu, disant qu'elle était une publicité vivante pour son métier. « Pour ça, je me pose là ! » dit-elle avec un rire, écartant les mains comme un pêcheur qui raconte son exploit. De fait, le boulanger, croisant son regard à l'autre bout de la pièce, se méprit sur son geste et le prolongea de ses propres bras grands ouverts avec un sourire complice. La soirée passa sans qu'ils s'en aperçoivent, comme si l'horloger, à la table voisine, avait triplé l'allure des montres et des horloges.

Les amants accompagnèrent Mme Cottin à sa chambre – chambre qui en fait était adjacente à la leur, juste derrière le chevet de leur lit. Nuit après nuit, ils avaient entendu des sanglots déchirants venir de cette chambre. Ils l'admirèrent et la respectèrent d'autant plus – sentant comme il lui en coûtait de contenir sa douleur tout le jour. Et ce soir-là encore, quand les amants tombèrent dans les bras l'un de l'autre et commencèrent impatiemment à se déshabiller, ils entendirent la souffrance de Mme Cottin monter derrière le mur. Mais la faim qu'ils avaient l'un de l'autre les rendit bientôt sourds.

Plus tard, ils eurent leur première querelle d'amoureux. Cela resta sans malice et ne s'éleva jamais au-dessus du murmure. Il était persuadé que des étoiles tombaient dans le ciel noir, devant leur fenêtre, alors qu'elle affirmait que c'étaient des roses blanches. Alors ce qui était indiscutablement un bosquet d'orangers descendit en flottant et ils cessèrent de chuchoter pour admirer le spectacle. Les oranges luisaient doucement dans le feuillage sombre et bruissant. Les amants passèrent sur le balcon pour voir le bosquet d'orangers s'abîmer dans le lac. Chaque fruit, en touchant l'eau tranquille, sifflait et s'éteignait.

Mme Cottin, sans qu'ils la voient, était au même moment sortie sur son propre balcon. Elle ne pouvait dormir. Elle vit qu'il y avait trois cents lanternes sur le lac et qu'un drap noir les recouvrait une à une. Cette nuit encore elle était allée jusqu'au bout de ses pleurs. Après s'être déshabillée et avoir passé sa chemise de nuit en coton, elle vida le flacon presque plein de ses larmes.

Entièrement vidé, le couple était allongé sur le lit. C'était curieux et reposant de ne plus devoir entendre les échos du chagrin. Ils n'avaient pas idée de l'heure qu'il était. Le temps, si vite passé pendant cette soirée, se traînait maintenant pour Mme Cottin allongée dans le noir avec les yeux ouverts, tandis qu'il n'existait pas, de quelque façon que ce fût, pour les hôtes endormis, les morts en bas dans les chambres froides, ou les amants. Leurs âmes posées au bord du sommeil, comme celui qu'oppresse la chaleur et qui fait dangereusement son lit sur un balcon, s'accordaient au silence absolu. La jeune femme avait l'ouïe plus fine que lui, elle entendait des silences qu'il ne percevait pas. Leurs doigts mêmes ne se touchaient pas. De temps à autre la main lasse du jeune homme effleurait le buisson touffu de sa toison pubienne, par affection plutôt que par désir; elle aimait qu'il fasse ainsi.

Il brisa le silence en murmurant que cela lui rappelait une colline où il allait souvent jouer et pique-niquer lorsqu'il était petit. La colline était couverte de fougères et il y jouait au chasseur avec un sien cousin. Il se souvenait du plaisir effrayé d'être traqué ou de traquer un autre entre les tiges raides au lourd parfum d'été. C'était la seule fois où il s'était réellement senti proche de la terre.

« Mon père affirme que quatre personnes sont présentes chaque fois qu'on fait l'amour, dit-il. Ils sont là, bien sûr, en ce moment. Mes parents. »

La jeune femme vit le visage sévère de Freud au pied du lit, à côté de sa timide épouse. Le costume noir de Freud et la chemise de nuit blanche de sa femme se dissipèrent et se fondirent avec sa robe qui reposait dans l'ombre de la chambre, là où elle l'avait jetée.

Ils préféraient les couchers de soleil. Les montagnes tiraient d'elles-mêmes des nuages roses, comme des fleurs. (En fait l'infirmière âgée vit un soir le ciel entier se transformer en une énorme rose cramoisie aux pétales imbriqués les uns dans les autres, et elle alla respectueusement le rapporter aussitôt au major.) La rose, bien qu'immobile à jamais, semblait tourner sur elle-même, et les amants eurent l'étrange sentiment que la terre entière pivotait. Comme pivotaient ses seins, entre ses mains, quand la nuit les dérobait; comme tournait sa langue à lui quand il attaquait délicatement son sexe ou qu'il tentait d'y entrer de plus en plus profondément, comme s'il voulait la faire se fondre au flanc de la montagne. Elle s'ouvrait si grand qu'elle sentait son vagin s'élargir en caverne et projeter de l'air comme si elle lâchait un vent, ce qui la fit rougir bien qu'elle sût et qu'il sût que ce n'en était pas un.

Le temps, de ses douces mains de chirurgien, guérissait lentement Mme Cottin. Alors que les amants passaient leur journée dans la chambre sans air, elle sortait se promener autour du lac avec le père Marek, l'aimable vieux curé dont les certitudes la réconfortaient si bien. Il la pressait de revenir à l'église, comparant son effet à celui de ses robustes corsets. Les dogmes ecclésiastiques, dit-il en souriant, étaient les baleines de l'âme. Elle fut ravie de la comparaison et laissa échapper un rire. Après une belle promenade de toute une matinée à travers les arbres et les fleurs sauvages, le prêtre et la corsetière firent halte au bord du lac, dans une auberge accueillante, loin de tout, pour se rafraîchir. Apportant le pain et le fromage à leur table au bord du rivage, ils aperçurent Vogel et Bolotnikov-Leskov. Ils se sentirent tenus de les rejoindre, bien que ni les uns ni les autres ne se réjouissaient de la rencontre. Bolotnikov-Leskov était au milieu d'une péroraison politique et avait pris trop d'élan pour s'interrompre. Le problème, expliqua-t-il (pendant que Mme Cottin laissait son regard errer sur le lac avec un sourire triste), tenait à ce que c'était son parti qui convenait le mieux aux masses mais que malheureusement les masses ne s'en rendaient pas compte. La seule solution, pensait-il, c'était la bombe.

L'œil d'aigle de Vogel vit trembler la main du prêtre qui buvait un jus de prune, remarqua aussi son teint de brique. Sa formation juridique lui dit qu'on avait envoyé le curé en vacances pour qu'il arrête de boire. Les corsetiers, le mâle et la femelle, eurent bientôt fini leur pain et leur fromage. Ils s'excusèrent de partir si vite, voulant, dirent-ils, faire à pied le tour du lac.

Les jeunes amants en étaient à leur second différend, plus sérieux cette fois. Il lui posait des questions jalouses au sujet sa relation sexuelle avec son mari, elle s'en irritait, c'était si loin dans le passé et si hors de propos. La dispute fit ressortir, pour la première fois, le manque de maturité du jeune homme; jusqu'alors il avait semblé que les quelques années qui les séparaient ne comptaient pas. De fait elle n'y avait jamais prêté attention. Mais ce n'était que trop clair, maintenant, avec cette crise de jalousie puérile au sujet d'un mort. D'autres détails devenaient soudain agaçants, comme ses infectes cigarettes turques qu'il fumait sans arrêt, remplissant la pièce d'un air vicié et lui gâchant définitivement, sans doute, sa voix de cantatrice.

En fin de compte, bien sûr, ce fut plus délicieux que jamais. Allongés, unis dans l'amour, les yeux dans les yeux, ils ne pouvaient croire qu'ils eussent échangé des paroles hostiles. Mais il fallut qu'elle lui prouvât qu'il comptait plus que son mari en se livrant à un acte singulier – prendre son pénis dans sa bouche. C'était terriblement intime d'être ainsi face à face avec ce bulbe capiteux, comme celui d'une tulipe, ce monstre humide et fauve. A vrai dire, le prendre dans sa bouche était aussi peu concevable que d'y mettre la verge d'un taureau. Mais elle ferma les yeux et s'exécuta, peureuse, pour lui montrer qu'elle l'aimait mieux que son mari. Et ce n'était pas déplaisant, c'était si loin de l'être qu'elle se fit curieuse, pressant, caressant et suçant la tige si bien que celle-ci enfla de plus belle dans sa bouche et jaillit au fond de sa gorge. Sa jalousie le poussa à l'injurier en termes orduriers, ce dont elle fut étrangement échauffée.

C'était une sensation nouvelle, juste lorsqu'ils pensaient avoir épuisé toute leur nouveauté. Presque au même instant, par une bizarre transmutation, ses seins se mirent à donner du lait, tant et tant ils avaient été sucés.

Quand ils descendirent dîner, elle avait les seins près d'éclater. Ils prirent plaisir au vacarme, à l'activité, aux rires, à la vivacité des serveurs, à l'entrain des musiciens gitans, à l'arôme des plats; ses seins gonflés qui tressautaient sous la soie prirent plaisir à tout cela tandis qu'elle passait entre les tables. L'ambiance de l'hôtel blanc était reconstituée. Les Tsiganes avaient découvert parmi les clients un Italien qui était violoniste dans un des plus grands orchestres, infiniment meilleur que celui qui était mort brûlé, et s'ils portaient encore le deuil de leur camarade ils s'extasiaient de la splendide sonorité qu'ils obtenaient grâce au nouvel instrumentiste, capable de faire monter leurs modestes talents à des hauteurs inouïes.

Plusieurs personnes étant parties, le maître d'hôtel put offrir aux jeunes amants une table plus grande et mieux placée. Ils dînèrent en compagnie de Mme Cottin et du curé, d'humeur joyeuse et détendue après avoir passé la journée au soleil et au grand air. Le vieil homme aux joues rouges eut un geste de la main pour permettre et approuver que la jeune femme ouvrît le haut de son corsage, tant, dit-elle, ses seins étaient lourds et douloureux. Il comprenait fort bien, dans son jeune temps sa mère avait souffert des mêmes désagréments. Le jeune homme, épongeant d'une serviette ses lèvres tachées de vin, se pencha pour prendre le téton dans sa bouche, mais avant qu'il fût à bon port le lait jaillit et vint éclabousser la nappe. Elle rougit jusqu'aux oreilles et se répandit en excuses, mais le père Marek et Mme Cottin la désavouèrent d'un rire tandis qu'un serveur s'empressait, souriant, et nettoyait la tache d'un adroit coup de serviette, ne laissant qu'une trace légère. Il leur demanda s'ils voulaient qu'on les changeât de nappe, mais tous dirent que c'était inutile; il n'y avait là que du lait innocent.

La jeune femme, tandis que son amant la tétait, vit que le prêtre regardait son sein rebondi avec un désir silencieux. Il jouait avec son verre d'eau, soupirant sans le dire après une liqueur plus forte. Elle lui demanda s'il lui plairait de sortir l'autre sein et d'y boire.

« Etes-vous *sûre* que cela ne vous gêne pas? dit le vieil homme, touché et flatté. Je confesse que c'est très tentant. » Il regarda Mme Cottin qui l'approuva d'un sourire. « Très tentant. Oui! Nous avons marché longtemps, après tout. » Elle vida son verre de vin et s'en versa un autre. « Cela vous fera du bien. L'eau n'est pas un boisson pour un homme! » Il semblait encore hésitant, gêné.

« J'aimerais vraiment que vous le fassiez, dit la jeune femme. Je vous en prie. » Et le jeune homme écarta sa bouche du bout enflé pour dire : « Faites, je vous prie. C'est trop pour moi, franchement. » Le prêtre ne se fit pas prier plus avant et fut bien vite absorbé dans une bienheureuse tétée. La jeune femme s'adossa sur son siège, non moins satisfaite, soulagée, caressant les boucles dures et brillantes de son amant en même temps que le crâne chauve et fragile du curé. Il avait pris un coup de soleil sur la tête, se dit-elle. Au-dessus des deux têtes penchées, elle sourit aux gens de la table voisine, le boulanger, son épouse et leurs deux enfants, qui sirotaient des verres d'eau. Le boulanger économisait depuis plusieurs années pour ces vacances, mais ne pouvait pas se permettre d'extravagances. Néanmoins il sourit à son tour au quatuor assoiffé.

« Je ne les blâmes pas, n'est-ce pas? dit-il à sa famille. Quand on peut se le permettre, pourquoi ne pas en profiter tant que c'est possible? » Son épouse, sa rancœur adoucie par l'arôme du canard rôti qu'on posait devant elle au même instant, retint le commentaire acide qu'elle allait faire et dit simplement : « Enfin, c'est gentil de voir tout le monde à l'aise. »

En vérité on ne voyait point de visage affligé dans toute la salle, qui était grande. Comme si chacun avait décidé, d'un seul mouvement, de contrebalancer ce même soir la tristesse des autres jours. Les serveurs eux aussi étaient d'humeur joyeuse, la musique leur arrachait des gambades au hasard de leurs courses et ils faisaient croire qu'ils jonglaient avec leurs plateaux chargés. Le cuisinier ventru lui-même abandonna ses fourneaux pour s'enquérir des réjouissances. Il reçut une immense ovation et sourit d'une oreille à l'autre, épongeant la sueur qui coulait de son visage rond. Mme Cottin se leva, marcha jusqu'à lui et lui présenta son verre vide. Elle lui désigna ses amis absorbés à l'ouvrage et le tira par la manche. Le chef, à son corps défendant, permit timidement que sa masse imposante fût remorquée à travers la salle à manger, son large sourire découvrant une dent qui manquait. On les acclama et on trépigna quand Mme Cottin le mena à leur table. La jeune femme aux seins nus lui sourit, fit un signe de tête au géant timide et détacha doucement son amant du mamelon – le curé continua de téter, satisfait, sans même remarquer la scène débonnaire qui prenait place autour de lui. Le jeune homme, les lèvres cernées de blanc, approuva d'un sourire complaisant et le chef, courbant le dos, prit tendrement le téton arrondi entre le pouce et l'index pour en traire le lait qu'il fit couler dans le verre à pied. Une fois le verre plein, il s'en empara d'un air de triomphe, le leva et but d'un trait la liqueur substantielle. Sous les compliments qui fusaient autour de lui pour la qualité de ses plats, il regagna sa cuisine en se dandinant, toujours souriant, et les portes battantes se fermèrent sur lui.

A une autre table, occupée par une famille de huit personnes, le tapage des réjouissances rivalisait même, au grand amusement des autres dîneurs, avec celui qui venait du couple et de ses commensaux. On vidait en un clin d'œil des magnums de champagne, on brisait des verres, des voix avinées hurlaient des toasts, d'autres voix, fausses mais joyeuses, reprenaient les mélodies tsiganes. Le mot courut que le chef de famille, un vieux Hollandais presque aveugle, avait escaladé la montagne derrière l'hôtel et en avait rapporté des éphémères de montagne, ce qu'on appelle de l'herbe d'araignée, car elle ne pousse qu'en altitude et dans des fentes rocheuses accessibles aux seules araignées. Le vieillard s'était tourné vers la botanique au soir de sa vie et sa trouvaille du jour avait exaucé ses rêves les plus fous.

Quand elles l'apprirent, Mme Cottin et la jeune femme échangèrent quelques mots à mi-voix et firent venir leur serveur. Celui-ci s'approcha d'un bond, plein de prévenances, puis alla prestement transmettre leur invitation aux Hollandais. Avant même qu'il eût terminé sa phrase ils s'étaient levés et se précipitaient pour profiter d'une offre aussi aimable. Et quand ils eurent vidé leur verre, ou bu directement au sein, d'autres clients, souriants et un peu gris, se levèrent de table pour se joindre à la queue. L'orchestre, à son tour, voulut étancher sa soif. Même Vogel, sans jamais perdre son expression d'ennui et de hauteur – comme pour dire, si je suis là, autant hurler avec les loups – vint prendre son tour et suça un instant le téton. En retrouvant sa sœur il essuya le lait de ses lèvres avec un sourire sarcastique.

Le soleil tomba très vite, nimbant de lumière dorée les arbres qu'on voyait par les portes-fenêtres, et les dîneurs en furent dégrisés. Le prêtre décolla ses lèvres du sein de la jeune femme, content, et la remercia, puis il sentit son cœur se serrer en pensant à sa mère, se sentant coupable de la savoir si seule et si pauvre au fond de sa Pologne natale. De plus, hélas, il avait rompu ses vœux. Il devait maintenant préparer le service funèbre de ceux qui étaient morts dans l'inondation et l'incendie. Il se sentait plutôt d'humeur à faire la sieste, mais son devoir le réclamait. Il se leva, cherchant des yeux le pasteur : tous deux se partageraient la tâche. La jeune femme referma sa robe.

Elle sentait la main de son amant qui la touchait sous la nappe. La tête lui tournait d'avoir bu tant de vin. Mme Cottin et le jeune homme la soutinrent et lui ouvrirent la voie pour sortir lentement de la salle à manger. Elle protesta, assurant qu'elle y arriverait très bien toute seule, et dit à Mme Cottin de monter plutôt à l'étage pour y prendre son manteau en vue du service funèbre. Mais Mme Cottin dit qu'elle n'irait pas. Elle se sentait incapable d'y faire face.

Une fois dans la chambre, Mme Cottin déshabilla la jeune femme et la coucha doucement sur le lit. Son jeune amant avait pénétré la belle évanouie depuis qu'ils l'avaient à demi portée dans l'escalier, et Mme Cottin lui laissa son corset et ses bas afin qu'il pût rester en elle. Elle entendit vaguement les chants des processionnaires qui partaient pour le cimetière et resta paisiblement allongée à jouir du jeune homme. Les yeux fermés, elle sentit qu'il lui prenait la main et la guidait là où il voulait qu'elle glissât ses doigts, le long de son pénis, à l'entrée du vagin. Le jeune homme, outre la caresse des ongles de la jeune femme, sentit l'alliance de Mme Cottin. « Cela m'aide à supporter », chuchota Mme Cottin, et la jeune femme marmonna qu'elle comprenait : sa propre alliance lui avait été d'un grand secours lors de son deuil, et elle ne pouvait encore se faire à l'idée de l'ôter.

On emportait les corps sur des charrettes qu'on entendit cahoter quelque temps entre les sapins avant de s'éloigner. La jeune femme se sentit vide là où elle avait été si pleine, elle en demanda plus, d'une voix endormie, puis se força à ouvrir les yeux, pour découvrir Mme Cottin et son amant qui s'embrassaient passionnément.

Le chemin du cimetière de montagne, qui contournait le lac, était fort long, et le curé avait déjà ce jour-là fait le même trajet à pied. De plus, il se sentait alourdi par tout ce qu'il avait mangé comme par la liqueur si forte dont il avait tant bu.

Les autres, à l'évidence, étaient dans le même état, et ils se lassèrent bientôt de chanter les hymnes funèbres. Le silence retomba et ils écoutèrent le crissement des carrioles sur le gravier du chemin.

Le curé, incertain, entreprit de converser avec le pasteur. C'était la première fois qu'il parlait de façon quelque peu suivie avec un ministre de la foi adverse, mais les désastres, se dit-il, vous donnent d'étranges compagnons de lit. La discussion, sur des points de doctrine, se révéla intéressante. Ils étaient déjà d'accord sur ce que l'amour de Dieu était au-delà de toute analyse, qu'il parcourait sans faille ni jointure l'ensemble de sa création. Ils en étaient à trébucher de fatigue – le pasteur n'étant pas lui non plus un jeune homme – et durent cesser de parler pour conserver leurs forces. Le prêtre revint en pensée au sein auquel il avait bu. Il voulut se souvenir de sa rondeur, de sa chaleur. Il repensa aussi à Mme Cottin, qui aujourd'hui, lors de leur équipée, avait été de si bon conseil quant à la culpabilité qu'il ressentait.

La chair généreuse de Mme Cottin, libérée des baleines qui la torturaient après un bon repas, se faisait chatouiller et lutiner par ses deux jeunes amis, et la corsetière se débattait, riant et pleurant tout à la fois en tâchant d'échapper à leurs mains. Etourdiment, elle avait dit qu'elle était chatouilleuse et ils en abusaient alors qu'elle était bien incapable de résister à la force du jeune homme, sans compter la jeune femme qui s'était elle aussi jetée sur elle. Elle faillit une ou deux fois se libérer et sortir de leur lit, mais chaque fois le jeune homme enfonça ses pouces à l'endroit le plus tendre de ses cuisses; elle dut se soumettre et retomber en arrière, essoufflée. Puis, alors qu'elle était sans force, en porte à faux, ils lui prirent les jambes, les ouvrirent tout grand, et elle se remit à se débattre en poussant des cris tandis qu'ils lui chatouillaient la plante des pieds. Le jeune homme se mit entre ses jambes, il fit taire ses cris avec sa bouche et elle dut promettre, pour qu'on la laisse respirer, d'être bonne fille de le laisser faire. Elle rit, haletante, mais plus calme, et son rire se perdit dans son souffle qui s'accéléra au travers de ses lèvres souriantes, parfois jointes aux siennes pour un baiser rapide.

Une forte brise agitait les pans de sa capote d'officier, et le major Lionheart se souvint des autres fosses communes qu'il avait contemplées, des innombrables lettres qu'il avait dû écrire. Quand les couleurs commencèrent d'abandonner le ciel et que l'air s'assombrit sous l'ombre des montagnes, il crut voir un bosquet d'orangers descendre en planant vers le lac, et aussi des roses. Cela lui fit suffisamment impression pour qu'il décidât d'en parler à la prochaine réunion, prévue pour le soir même. Les roses rappelaient mystérieusement la rose entr'aperçue par l'infirmière âgée. Il ne lui avait pas prêté grande attention jusqu'alors, car elle était quasiment retombée en enfance, et il avait pitié de la jeune fille calme, triste et si charmante qu'elle avait sous sa garde. Mais peut-être avait-elle vu une rose au crépuscule. L'éphémère des montagnes – encore un mystère. Les assistants, raides et transis, écoutaient le père Marek qui commençait son allocution, et le major repensa au jeune et beau lieutenant, son neveu, qui devait arriver le lendemain matin par le premier train. Ils feraient de bonnes descentes. Il y avait là-haut la meilleure pente pour faire du ski.

L'univers, pensait Bolotnikov-Leskov, est une cellule révolutionnaire composée d'un seul membre : nombre idéal pour la sécurité. Dieu, s'il existait, ne desserrerait pas les dents sous la plus cruelle des tortures et ses lèvres ne pourraient trahir aucun secret : il n'aurait rien à livrer et il ne saurait rien.

N'écoutant qu'à moitié les marmonnements du prêtre il baissa les yeux avec un étrange détachement sur le cercueil cachant à ses regard la naïve jeune personne qui avait partagé sa ferveur, à ce point zélée, en fait, qu'elle lui parlait souvent de l'ère nouvelle alors même qu'ils faisaient l'amour.

Les chats, se disait Enrico Mori, le violoniste, n'ont personne pour lire sur leurs tombes des mensonges consolateurs. Les chats savent qu'il n'y a pas de résurrection, sinon dans ma musique, sous une autre espèce. Il caressa la tête du chat noir qui les avait suivis depuis l'hôtel et qui ronronnait maintenant dans les bras de la prostituée rongée par le cancer. Il savait que c'était une prostituée, car elle l'avait reçu un jour lorsqu'il était étudiant à Turin. Ils s'étaient reconnus dès le premier soir; la putain avait rougi et détourné les yeux.

Dans son discours le père Marek évoquait le suaire de Jésus, taché de Son sang, le visage miraculeux qui disait : « Fiez-vous à moi, pour vous j'ai souffert la nuit et le froid de la tombe. » Mori nota qu'à côté du curé le pasteur avait l'air mal à l'aise. Bien sûr, pensa-t-il, il n'apprécie pas le choix de ces images.

Quand le pasteur continua la cérémonie, lisant le service protestant, Mori regarda en bas à droite, là où se trouvait un tout petit cercueil. Les parents, en larmes, le recouvraient de fleurs. Mori n'avait vu la petite fille que les quelques minutes où elle était venue lui demander d'essayer son violon, mais cela avait suffi pour qu'ils se prennent d'amitié. Mori avait été secoué d'apprendre qu'elle avait brûlé vive.

Mais il s'amusa de voir le chat noir sauter des

bras de la prostituée et s'enfuir sur le sentier comme s'il était poursuivi par le démon. Il fut bien vite hors de vue, sur le chemin de l'hôtel. Rappelé à vêpres, pensa Mori, car les cloches de l'église qui surplombait l'hôtel blanc s'étaient mises à sonner. Les tintements leur parvenaient faiblement par-dessus le lac, et un pêcheur solitaire au milieu de l'eau se découvrit la tête. La mère de la petite fille, sur sa droite, s'effondra sur le sol et d'autres femmes de l'assistance, comme si elles s'étaient donné le mot, s'évanouirent à leur tour. C'est l'ennui des enterrements mixtes, pensa Mori : c'est trop long, c'est un effort trop grand.

Le tonnerre leur éclata aux oreilles et Lionheart, levant les yeux, sut que c'était la fin. Il avait connu des orages plus violents, en son temps, et les avait traversés sans dommages; mais cette fois c'était sans issue. Le sommet enneigé s'était fragmenté et d'énormes rochers dévalaient la montagne. L'assistance entonna en chœur un hymne religieux et on put croire un instant que la musique retenait les rochers en plein vol. Puis la terre s'ouvrit sous leurs pieds.

La jeune femme vit les membres du convoi tomber un à un dans la fosse, comme si un deuil insurmontable les avait pris un à un. Elle vit qu'ils tressaillaient encore, puis les rochers s'amoncelèrent sur eux. Ce soir-là la nuit tomba d'un coup et ils restèrent allongés, écoutant le silence revenu après le fracas du tonnerre. L'air, glacé à l'ombre des montagnes, était encore tiède autour de l'hôtel blanc, et ils laissèrent la fenêtre ouverte. Le lac but le soleil d'un trait, sans que la lune prît sa place. Ils avaient tous très soif, et le jeune homme sonna la bonne. La petite Japonaise fut stupéfaite en voyant trois têtes sur l'oreiller, et ils gloussèrent de sa confusion. Elle leur apporta un litre de vin et trois verres.

Le vin corsé les fit revivre. C'était une expérience unique, pour chacun d'eux, et ils prirent plaisir à en parler.

Mme Cottin était contente de voir les jeunes amants se témoigner une affection intacte par des baisers et de gentilles morsures.

Loin d'entamer leur amour, l'expérience l'avait renforcé; c'est du moins ce que croyait la jeune femme. Qui se montre généreux en est le premier récompensé, et leur bonté envers cette femme seule et affligée les avait rapprochés l'un de l'autre. Elle se sentait donc heureuse. Et son amant était heureux, douillettement installé entre elles deux comme une viande savoureuse entre deux tranches de pain frais. Il but, alluma une turque pour Mme Cottin, la lui donna, s'en alluma unc autre, aspira une bouffée, exhala la fumée avec un soupir d'aise et se tourna vers sa maîtresse pour lui donner un baiser affectueux.

Mme Cottin enviait leurs corps jeunes et fermes, sachant qu'à trente-neuf ans elle n'était plus dans sa fleur. Et les cloches de l'église, qui semblaient sonner dans la chambre au-dessus de leurs têtes, assombrirent encore son humeur. Ce qu'elle pouvait espérer de mieux, probablement, là où en était sa vie, c'étaient quelques brèves aventures de ce genre; quant au reste, la solitude. Elle s'empara de la bouteille et se versa un autre verre, mais le vin s'épuisa, son verre à moitié plein. « Est-ce tout ce qu'il y a ? demanda-t-elle d'un ton excuse.

– C'est tout ce que nous en savons, dit la jeune femme d'une voix pensive. C'est tout ce dont nous pouvons être sûrs, vraiment sûrs. »

Ayant fini son vin le jeune homme se mit à caresser les seins plantureux et plutôt mous de Mme Cottin. Il lui écarta les cuisses et regrimpa sur elle. La jeune femme lui offrit un téton, car le vin était passé dans son lait et ses seins étaient à nouveau lourds et douloureux. Reconnaissante, Mme Cottin le prit entre ses lèvres, dans le même temps que l'amant lui suçait un sein, et le cercle du plaisir fut presque refermé. Le jeune homme était très excité, son sexe très dur, et il poussa si fort que Mme Cottin cria; en criant elle serra les dents et mordit le sein de la jeune femme, lui tirant du sang mêlé de lait. Il était très tard quand Mme Cottin se rhabilla et rentra dans sa chambre. L'hôtel était obscur, silencieux.

Le veilleur de nuit, assoupi, fut réveillé par la sonnette. Quand il ouvrit la porte il vit Bolotnikov-Leskov et Vogel qui se traînèrent à l'intérieur, épuisés, sales, les vêtements en désordre. Ils demandèrent chacun qu'on fasse monter dans leurs chambres un pot de café, un grand verre de cognac et une assiette de sandwiches, et ils commandèrent leurs journaux habituels pour le matin. Bolotnikov-Leskov souhaita sèchement bonne nuit à Vogel quand ils se séparèrent au premier étage. Il n'aimait pas le personnage, mais ils avaient dans la vie les mêmes principes généraux. De plus Vogel était un survivant, comme lui, et de tels hommes valent un millier de perdants en puissance.

Le lendemain, vers le soir, il devint impatient et proposa qu'ils sortent du lit pour aller marcher dans la montagne. Elle se sentait lasse et eût préféré une courte promenade au bord du lac, peut-être avec Mme Cottin. Mais il avait en tête une expédition plus importante, sans personne d'autre.

Il sonna et dit à la bonne de leur servir le thé et d'ouvrir les rideaux. Ajustant sa vue au soleil qui remplit la chambre, la jeune femme vit que la petite Japonaise avait pleuré. Elle lui en demanda la raison et la bonne lui apprit l'effroyable glissement de terrain qui avait englouti le convoi funèbre. Elle était d'autant plus touchée qu'elle s'était prise d'affection pour le major anglais, une des victimes. A sa grande surprise, elle avait découvert qu'il avait visité sa patrie, et même qu'il connaissait quelques mots de sa langue. Solitaire, attendant l'arrivée de son neveu, un lieutenant de l'armée, il lui avait demandé de l'accompagner dans ses promenades, pendant le temps libre qu'elle avait l'après-midi. Il s'était intéressé sérieusement à ses études et s'était révélé dans l'ensemble un ami plein d'intelligence et de bonté. Il lui manquerait.

Reconnaissante de la sympathie que lui avait témoignée la jeune femme, la bonne s'excusa quelques instants et revint en serrant sur son cœur un petit livre que le major, dit-elle, ne lui avait donné qu'hier, au cours de leur dernière promenade. La jeune femme prit le livre et lut, sur la couverture unie : « *Reine des Prés,* poèmes par Harold Lionheart ». Elle parcourut rapidement la vingtaine de courts poèmes et rendit le volume avec un hochement de tête compréhensif. « C'est de quoi se souvenir de lui », dit-elle. La bonne, les yeux humides, ouvrit le livre à la page de titre et le lui tendit à nouveau. La jeune femme vit quelques vers imprimés en taille-douce et signés « Avec l'amour du major Harold Lionheart ». La petite Japonaise expliqua qu'elle lui avait récité quelques brefs poèmes que son professeur lui avait ordonné de composer pendant ses vacances. Et hier, en prenant son thé du matin, il lui avait offert ce livre, la traduction qu'il avait faite de ses vers gravés sur la première page. Elle avait été si émue qu'elle avait fondu en larmes. La jeune femme lut ces quelques lignes :

Au couchant, même
noyau de prune
rougit l'eau verte du lac.

Prune qui épouse
bœuf peut s'attendre
à grand souci, grande joie.

Mordre la prune,
et atteindre le noyau,
c'est passion du moment.

Quand prune mûrit
cygne vole. Quand l'amour
est près, mon cœur chante.

Derrière l'hôtel, le chemin de montagne était raide et caillouteux, serpentant entre des massifs de mélèzes et de pins. Ils marchèrent au début les bras passés à la taille l'un de l'autre; mais quand le sentier se rétrécit et se fit plus abrupt il la laissa passer devant. Elle était on ne peut plus mal vêtue pour l'escalade, mais c'était la seule robe qu'elle avait. Dans l'air chaud et stagnant la sueur collait sa robe à ses fesses et à ses jambes; il ne put résister à la tentation de glisser sa main de temps à autre dans la fente entre ses cuisses. Ils arrivèrent sur une terrasse herbeuse et fraîche où le clocher de l'église était niché parmi les ifs. S'arrêtant pour reprendre son souffle il lui entoura la taille de ses bras et lui inclina le visage afin de pouvoir baiser sa gorge et ses lèvres, puis l'attira sur l'herbe fraîchement tondue.

« Quelqu'un pourrait venir », chuchota-t-elle quand d'une main il troussa sa robe jusqu'à la taille. « Cela ne fait rien, dit-il. J'ai envie de toi. Je t'en prie. Je t'en prie. »

Un âne, au piquet, paissait l'herbe rase, enroulant sa longe autour d'un poteau et diminuant peu à peu son domaine. L'animal appartenait à des religieuses qui vivaient et faisaient leurs dévotions dans le couvent attaché à l'église. A l'insu des amoureux une vieille nonne voûtée en était sortie en clopinant avec un panier de linge à laver; car près de là où ils étaient allongés jaillissait une source. Ils crurent entendre une avalanche au-dessus de leurs têtes, mais c'était la vieille religieuse qui battait le linge sale avec un solide bâton.

Gênée, la jeune femme s'écarta de son amant et rabattit nerveusement sa robe. La vieille nonne interrompit sa tâche et leur lança un sourire édenté. « C'est bien, dit-elle. Il n'y a pas de péché, ici, à cause de la source, savez-vous. Buvez-en avant de partir. Mais ne vous pressez pas. Je suis désolée de vous avoir interrompus. Je ne serai pas longue. » Elle expliqua que les nonnes avaient besoin de linge propre pour le service en mémoire du père Marek et des autres catholiques qui avaient péri lors de l'avalanche. Ce disant, elle se signa pieusement.

Les amoureux se remirent à l'amour, s'arrêtèrent encore pour un sourire de remerciement quand la nonne leur souhaita bonne chance et bonne journée avant de remporter clopin-clopant son lourd panier de linge mouillé. Les amants mirent leurs mains en coupe et burent à la source. L'eau était glacée, rafraîchissante. En enlevant l'herbe collée à leurs vêtements ils regardèrent en bas, vers le lac, étonnés de le voir si rouge, comme la plus juteuse des prunes.

A mesure qu'il montait, le sentier se perdait entre des rochers et des plaques de neige trompeuses, et ils durent avancer avec prudence, parfois même sur les mains et les genoux, alors que la nuit qui tombait rapidement rendait leur progrès difficile.

« J'ai déchiré ma robe », remarqua-t-elle; il dit qu'ils iraient voir demain à la gare et que ses bagages seraient peut-être arrivés. Sinon, ils pourraient demander à la bonne s'il y avait un magasin où acheter des vêtements. « Et une brosse à dents, dit-elle. Cela me serait égal, si seulement j'avais une brosse à dents. »

Le but de leur escalade était un petit observatoire jadis installé sur la montagne mais abandonné depuis longtemps. Ils le trouvèrent au moment même où le soleil se cachait derrière un sommet, les plongeant instantanément dans la nuit. Il faisait terriblement froid, et la jeune femme regretta de ne pas avoir apporté son manteau. Ils entrèrent dans la carcasse obscure. L'intérieure était vide, il n'y avait au toit qu'une fente pour le télescope jamais installé.

Il avait gravement sous-estimé le temps qu'il fallait pour grimper aussi haut. Ils n'avaient aucune chance de redescendre cette nuit-là. « Je te tiendrai chaud », dit-il; ils s'allongèrent sur le sol gelé et il la serra fort dans ses bras. Par le dôme ouvert des pincées de neige tombaient sur eux.

« Je t'en prie, il ne faut pas que je tombe enceinte », murmura-t-elle. Il pouvait voir le blanc de ses yeux, plus pâle que la neige. Elle pensa : c'est ainsi que cela peut très facilement arriver. Non pas, ironiquement, dans un lit douillet sous une pluie de roses et d'orangers, mais dans une nuit glaciale où les étoiles tombent comme des flocons de neige par une fente minuscule. Une traînée froide lui toucha la joue et elle pensa : c'est la semence de Dieu. L'ardeur amoureuse de son amant la réchauffa. Elle entendit chanter les cascades, non seulement celles de cette montagne, mais toutes celles qui entouraient le lac et l'hôtel blanc. Et les cascades chantaient parce que la nuit et la neige permettaient aux montagnes de se retrouver, elles chantaient comme avaient chanté les baleines, à l'aube, ignorées de tous, quand la secrétaire et Vogel les avaient aperçues.

La jeune femme se réchauffa aussi grâce au monceau de neige qui tomba et enfouit à moitié leur igloo. Le ciel entier tomba cette nuit-là, toutes les étoiles et les constellations. Elle entendit les tout premiers soupirs de l'univers, un bruit très doux.

Au matin, ils étaient couverts de gelée blanche, et affamés, mais ils durent se contenter de ramasser de la neige, tout un amas d'étoiles blanches, et de la boire à mesure qu'elle fondait. Ils brisèrent la muraille d'étoiles qui s'était édifiée dans l'entrée et eurent le souffle coupé de voir comme tout était blanc devant eux. Même le lac était couvert de glace. Neige et glace n'étaient trouées par endroits que par le sommet vert sombre de quelques pins et sapins. L'hôtel blanc lui-même était perdu dans la blancheur.

« Il faut essayer de retrouver le chemin, dit-il sans y croire.

– Tu le sais, c'est impossible, dit la femme. Nous ne pouvons pas revenir sur nos pas; et d'ailleurs pourquoi devrions-nous le faire? Souviens-toi de ce qu'a dit la nonne, qu'il n'y a pas de péché ici. »

Le jeune homme ne dit mot. Il toucha du doigt sa moustache bien taillée comme pour se rassurer sur sa propre existence, et se mit à patauger. Quand le soleil perça les nuages, qui se dissipèrent rapidement, leur humeur s'améliora. L'effort qu'il fallait pour avancer dans la neige leur fouetta le sang; ils vibraient d'énergie et de chaleur. Ils virent la glace du lac se briser comme une banquise dont les fragments s'évanouirent dans l'eau bleue. Quelques oiseaux chantaient. La neige glissa en sifflant du clocher de l'église, et grâce à ce point de repère ils n'eurent aucune peine à suivre le sentier. A mi-chemin entre l'observatoire et l'église il y avait une terrasse avec un banc pour se reposer, et une lunette grâce à quoi on pouvait observer de l'autre côté du lac.

Ils s'assirent sur le banc et se bécotèrent joyeusement. Le jour s'annonçait beau, la neige fondait en mille cascades qui se déversaient dans le lac et il n'y avait déjà plus un seul nuage dans le ciel. Mais ils ne trouvaient toujours pas l'hôtel blanc.

Le jeune homme se leva et alla jusqu'à la lunette. Il l'abaissa dans la direction de l'hôtel, et, quand une plaque de neige glissa et tomba sur une véranda, il vit la fenêtre de leur chambre. Car elle portait encore les mots qu'elle y avait tracés du doigt sur la buée de son haleine, une phrase de Heine. Il lui dit de venir voir. Elle sourit de soulagement en distinguant dans la chambre ses brosses à cheveux, le plateau non desservi et le lit défait. Elle s'inquiéta pourtant de ne pas avoir parlé à la bonne des taches de sang sur les draps. Mais elle devait être habituée aux lits chaotiques, ce journal des amours des autres.

Elle laissa son amant lui reprendre la lunette, qu'il se mit à faire pivoter au hasard. Il vit des edelweiss frissonner sous la brise, peut-être à dix milles de là. Quittant les monts lointains pour les eaux bleues du lac, un reflet du soleil frappa l'instrument et il dut écarter son œil. Y revenant avec précaution il vit que c'était le reflet d'une agrafe métallique sur les bretelles blanches d'un corset. Le métal avait un peu usé l'élastique, et, croyant le reconnaître, il eut un sursaut étonné.

« N'est-ce pas Mme Cottin ? » dit-il.

Elle prit sa place à l'oculaire et vit une cuisse pâle et charnue, marquée d'un bleu qui s'effaçait, contre le bleu aveuglant du lac. Et là – redressant légèrement la lunette – un visage rond et tendu.

« Oui, c'est Denise », dit-elle. Il regarda encore, et sourit. Il y avait près d'elle des gens qui tombaient; pourtant on ne voyait rien à l'œil nu qu'une cabine rampant sur son câble comme une fourmi entre les deux montagnes. Le bleu qu'il avait imprimé sur cette cuisse charnue lui fit culbuter son amie, surprise, sur l'herbe rase et mouillée. Elle voulut crier que l'air était trop raréfié, mais sa passion soudaine la fit à demi suffoquer.

Quand la cabine s'était décrochée d'un de ses câbles et les avait projetés à travers le toit ouvert, hurlant dans l'air glacé, le fils du boulanger avait eu la présence d'esprit de se cramponner au chat noir qui s'était glissé à bord après lui. Simplement parce qu'il l'avait caressé sur le perron de l'hôtel, le chat l'avait suivi tout le long du chemin jusqu'au téléphérique. Maintenant, l'animal miaulait et le griffait, mais le garçon ne lâcha pas prise.

Il ne suçait pas son téton mais le faisait vibrer rapidement du bout de sa langue, comme un enfant ride la surface de l'eau en y faisant ricocher une pierre plate. Leurs robes se gonflaient sous la vitesse de l'air, et les femmes tombaient moins vite que les hommes. Mme Cottin, le cœur au bord des lèvres, vit un beau Hollandais tomber quelques pas plus loin, tout à fait vertical, comme elle était elle-même, et elle eut l'étrange sentiment, non de se précipiter vers la mort, mais d'être soulevée bien haut par ses bras vigoureux. Une fois, elle ne l'avait jamais oublié, elle avait vu danser la Pavlova; maintenant, jeune et mince, elle *était* la Pavlova. Les hommes et les garçons touchèrent en premier le sol ou la surface du lac. Mme Cottin vit le fils du boulanger atterrir dans un pin, les pieds devant, et réussir on ne sait comment à se mettre sur le dos (qui se brisa aussitôt) d'une façon qui garantit la vie sauve au chat noir. L'animal s'arracha aux bras de l'enfant et descendit le pin en s'aidant de ses griffes.

Les femmes et les jeunes filles tombèrent en second, et enfin, après ce qui parut une éternité, une pluie de skis étincelants s'abattit sur les arbres et dans le lac.

Ils se reposèrent à nouveau près de la source – où l'âne broutait encore – et burent dans leurs mains l'eau pure. Ils visitèrent l'église, qu'on avait remplie de fleurs pour le service funèbre, puis vagabondèrent dans le cimetière entouré de murs que se réservaient les habitants de l'endroit. Les grands ifs et les murs conservaient la chaleur. Chaque pierre tombale était munie d'une photo du mort, qui souriait, et il y avait beaucoup de bocaux pleins d'immortelles. Devant une tombe une vieille femme en noir se penchait sur une photographie, et la jeune femme eut honte qu'on la voie dans sa robe déchirée. « Je n'aime pas les immortelles », dit-elle en prenant le bras de son amant et en l'entraînant dehors.

A mesure que le lac se rapprochait, elle pouvait voir les poissons qui le peuplaient : des millions de flèches d'or ou d'argent qui viraient et tournaient sans cesse et sans but – du moins lui semblait-il. En fait, ce n'est pas le hasard qui les guidait : elle les vit courir après la nourriture, leurs yeux ronds et bornés observant curieusement les immenses formes grises qui sombraient lentement et allaient leur servir de festin. Le frétillement des poissons la fit penser aux têtards dans une mare, puis au sperme, une image que lui avait montrée sa gouvernante : des spermatozoïdes grossis un millier de fois, se tordant apparemment en vain alors que leur quête ne cessait pas.

A dîner, ce soir-là, le jeune homme s'étonna de la voir silencieuse et déprimée. Ce n'était pas que l'humeur générale fût à la tristesse, au contraire, la gaieté l'emportait. Une foule de nouveaux touristes avait emménagé et on ne pouvait naturellement s'attendre à ce qu'ils se rongent les sangs au sujet des malheurs qui les avaient précédés. Bien au contraire, c'était le début de leurs vacances : ils étaient d'excellente humeur. Seuls restaient quelques visages de connaissance : Vogel, les Hollandais les plus âgés (qui mangeaient en silence), Bolotnikov-Leskov et la jeune femme pâle, triste, d'une maigreur pitoyable, avec sa vieille infirmière.

L'orchestre tsigane et le personnel essayaient de paraître gais par considération pour les nouveaux venus, bien qu'ils eussent eux-mêmes subi des pertes. L'accordéoniste avait persuadé la petite Japonaise, que tout le monde aimait, de s'essayer au ski pendant sa demi-journée de congé. La jeune femme fut bouleversée quand leur serveur lui apprit la nouvelle. Elle se souvint d'un des petits poèmes de la bonne, traduit par le major anglais, et le récita à son ami :

Prune qui épouse
bœuf peut s'attendre
à grand souci, grande joie.

Elle ne s'en amusa pas, au contraire de son ami; elle trouvait ces vers troublants, émouvants, érotiques même. Elle se mit à la place de la prune, exsudant son humide rosée et tremblant dans le lit nuptial quand l'heure approche de la venue du bœuf. Elle imagina le terrible déchirement de son hymen, l'effrayante pénétration. Elle en frissonna et se couvrit de sueur.

Mais elle savait qu'elle ne devait pas s'y complaire. C'est cela qui la déprimait, et finalement, alors qu'ils mangeaient un sorbet au citron, elle s'expliqua. Elle se demandait si elle n'était pas envahie par l'obsession du sexe. Elle confessa qu'elle y pensait sans cesse et qu'elle prenait même plaisir, au fond de son cœur, au mot sale qui l'avait fait rougir quand elle avait entendu le major perché dans les branches du sapin. Et d'autres mots encore qu'elle avait honte de savoir. Qu'ils fussent le plus sales, c'est cela qui lui plaisait. Jamais elle n'avait parlé à quiconque de cette perversion qu'elle avait.

Il eut un sourire indulgent et lui prit les mains. Elle les retira, tout à la fois absente et agitée, et fit courir ses doigts sur le bord de sa tasse à café.

« Ce n'est pas, dit-elle, comme si autour de moi le monde était sexuel. Si cela était j'en serais en partie excusée. Si les poissons frayaient par millions, les vignes se chargeaient de raisins, les palmiers croulaient sous les dattes sucrées, si les pêches convoitaient la venue du taureau dans la nuit. »

Elle leva les yeux de sa tasse, cherchant ses yeux verts pour y puiser des forces, mais il évita son regard et posa sa tête sur sa main pour regarder l'orchestre. Son refus de l'aider la mit en colère, car il était lourdement à blâmer quant à ses obsessions. Avant de le connaître elle les avait maîtrisées.

« Et si je ne pense pas au sexe, je pense à la mort, ajouta-t-elle d'un ton amer. Parfois les deux ensemble. » Elle prit un couteau sur le plateau de fromages et le tordit entre ses doigts nerveux.

Elle ne dit pas qu'elle avait prévu la mort de Mme Cottin, celle de l'étudiante japonaise, ou celle de la dame qui n'avait plus qu'un sein, ou celle de tous les autres; ni qu'elle prévoyait sa mort, à lui, et la sienne propre.

La jeune femme se dérida quant il lui eut rapporté du bar une liqueur et l'eut conduite sur la terrasse pour profiter des derniers rayons du soleil. Parmi les nouveaux venus certains avaient grande envie de leur parler, sachant qu'ils avaient vu de leurs yeux la tragédie du téléphérique. Leurs visages avaient des expressions d'horreur et de pitié qui recouvraient un jeu d'émotions et de passions autrement plus fortes devant le drame extraordinaire qu'ils avaient manqué, en même temps qu'un infini soulagement que cela se soit passé le jour même plutôt que le lendemain.

Vogel, debout et titubant près de Bolotnikov-Leskov, au milieu d'un groupe de nouveaux arrivants, était ivre. Il dit d'une voix trop forte que cela aurait pu être pire – il y avait beaucoup de juifs parmi les victimes. Il pensait à Mme Cottin et aux jeunes Hollandais.

Cette remarque, en présence du vieux couple de Hollandais et de la jeune infirme, était d'une grossièreté impensable. Un silence tomba. Le Russe, gêné, emmena Vogel à l'écart. Quand il revint il s'excusa devant les juifs qui avaient entendu les remarques de Vogel. C'est inexcusable, dit-il, mais ils pourraient trouver quelque indulgence en se souvenant que Vogel avait souffert plus que d'autres au cours des dernières catastrophes, ayant perdu un cousin pendant l'inondation, une amie très chère dans l'incendie et sa sœur dans l'avalanche. De plus lui-même – Bolotnikov-Leskov – et Vogel avaient échappé de très peu à la mort, puisqu'ils s'étaient rendus au téléphérique avant le gros de la troupe, avec l'intention d'y monter, mais avaient changé d'avis à la dernière minute à cause du temps incertain. Eux aussi auraient pu être précipités dans le vide.

On pouvait donc peut-être excuser Vogel d'avoir trop bu et d'avoir laissé échapper des mots venus d'un esprit dérangé. Néanmoins – devait-il dire – même à ses meilleurs moments ce n'était pas le plus aimable des hommes.

L'un des nouveaux, un médecin belge, demanda s'il pensait que la rupture du câble pouvait être attribuée à un acte de terrorisme. Bolotnikov-Leskov répondit qu'on pouvait fort bien l'imaginer. Si c'était le cas, il le déplorait; bien qu'à son avis de tels actes de désespoir continueraient d'avoir lieu tant que le monde subirait l'injustice, et le peuple la violence.

Ces mots de violence et de terrorisme commençaient à mettre mal à l'aise les nouveaux arrivés, et la conversation obliqua peu à peu vers des sujets plus aimables, comme l'éventualité d'avoir le lendemain une neige ferme et des eaux calmes.

Les jeunes amants allèrent se mettre au lit, où rien de plus menaçant ne les dérangea que les sonneries du téléphone, atténuées mais fréquentes, dans les profondeurs de l'hôtel. Presque chaque fois c'était pour s'enquérir d'une chambre, car l'hôtel blanc était extrêmement populaire et il y avait hiver comme été plus de demandes qu'on ne pouvait en satisfaire. De ce seul point de vue les morts catastrophiques des derniers jours étaient un bienfait du ciel, mais même ce roulement exceptionnellement rapide ne pouvait suffire à la demande et il fallait en refuser beaucoup. Le personnel faisait des miracles pour loger autant de gens qu'il était humainement possible. Le jour même où Mme Cottin était morte les jeunes amants entendirent qu'on traînait dans la chambre voisine un lit de camp afin de pouvoir installer un jeune couple et son enfant.

On trouva aussi une place pour un autre jeune couple qui avait un bébé bien en train. Il n'y avait vraiment pas de chambre, mais la fille était si bouleversée et pleurait tellement qu'on leur aménagea un cagibi. Dans les nuits les cris de la fille réveillèrent les amants, qui entendirent ensuite les infatigables domestiques se précipitant avec des serviettes, de l'eau chaude et tout le nécessaire pour un accouchement. Ce fut encore une nuit très froide où la neige tomba, et il était bien heureux qu'on eût trouvé de la place pour accueillir cette pauvre jeune femme. Pourtant, de leur part, c'était folie que d'être venus sans être sûrs d'être logés alors que la grossesse était si avancée.

A l'honneur des domestiques surchargés de travail, on doit dire qu'ils n'avaient pas regimbé. Ils étaient tout simplement prodigieux – une appréciation qu'on retrouvait exprimée de cent façons dans le livre d'or... « Cuisine merveilleuse, rien n'est trop difficile pour eux. A l'année prochaine. »... « Le meilleur en tout. On nous a traités comme des princes. »... « Merci de nous avoir reçus. Installation et service de premier ordre. Nous reviendrons. »... « Vaut son prix. »... « Sans rival. Un plaisir sans mélange. »... Tout le personnel, du cireur au directeur, se mettait en quatre à chaque instant de liberté pour reconstruire l'aile endommagée afin que toutes les chambres soient disponibles. Même le chef, hilare et ventru, mettait la main à la pâte – parfois de façon gênante, car un jour les amants furent dérangés par un grattement à la fenêtre, et en se retournant ils virent le chef qui les regardait, jovial, le pinceau à la main. La jeune femme se faisait monter par-derrière : rose de honte, elle fit comme si elle s'était agenouillée pour prier. Mais ils étaient déjà allés si loin, et il leur fit un clin d'œil si joyeux, qu'il leur parut innocent de l'appeler et de l'inviter à se joindre à eux. Et il devait être bon à autre chose qu'aux steaks, car la jeune femme, les yeux fermés et le visage enfoui dans l'oreiller, ne pouvait dire lequel des deux lui faisait l'amour, tout étant également fameux, tendre et gorgé d'excellent jus. Elle était contente que cette partie de son corps fût occupée par quelqu'un d'autre. L'esprit de l'hôtel blanc n'était pas à l'égoïsme.

Parfois elle se renfermait, mal à l'aise, mais si elle proposait de sortir il la prenait dans ses bras en disant qu'ils avaient si peu de temps à eux. C'était triste de ne plus voir, dehors, la silhouette familière du boulanger jeter ses filets au milieu du lac. Le fils du boulanger faire voler son cerf-volant. Le vieux prêtre lire dans sa chaise longue. Mme Cottin rire avec le jeune serveur effronté. Mais les cygnes s'élançaient entre les pics enneigés, plongeaient vers le lac pour repartir à nouveau dans les airs. Ils avaient le plumage si blanc que la neige au soleil semblait grise à côté.

III

FRAU ANNA G.

A L'AUTOMNE 1919 je fus prié par un médecin de ma connaissance d'examiner une jeune femme qui souffrait depuis les quatre dernières années de sévères douleurs au sein gauche et dans la région pelvienne, ainsi que d'une affection respiratoire chronique. En faisant cette requête, il ajouta qu'il s'agissait à son avis d'un cas d'hystérie, bien que certaines indications contraires l'eussent fait l'examiner de façon la plus consciencieuse afin d'écarter la possibilité d'une atteinte organique. La jeune femme était mariée, mais vivait séparée de son mari, chez une de ses tantes. Notre patiente avait eu une carrière musicale prometteuse interrompue par sa maladie.

Mon premier entretien avec cette jeune femme âgée de vingt-neuf ans ne me fit faire aucun progrès dans la compréhension de son cas, et je ne pus apercevoir aucun signe de la vitalité intérieure qu'elle possédait, à ce qu'on m'avait assuré. Son visage, dont les yeux étaient ce qu'elle avait de mieux, portait les traces d'une grande souffrance physique; mais il y avait des moments où il n'accusait que le vide, et ces moments me rappelaient les visages des victimes des traumastismes de guerre qu'il avait été de mon triste devoir d'examiner. Quand elle parlait, il m'était souvent difficile de la comprendre, à cause de son souffle rapide et rauque. Par suite de ses souffrances, elle avait une démarche disgracieuse, se tenant courbée à partir de la taille. Elle était extrêmement maigre, même d'après les critères de cette année malheureuse où peu, à Vienne, mangeaient à leur faim. Je soupçonnais, pour couronner ses infortunes, une anorexie d'origine nerveuse. Elle me dit que l'idée seule de nourriture la rendait malade, et qu'elle vivait d'oranges et d'eau.

En l'examinant, je compris le peu d'empressement qu'avait eu mon collègue à abandonner la recherche d'une base organique pour ses symptômes. Je fus frappé par la précision de toutes les descriptions du caractère de ses douleurs que me donna la patiente, un genre de réponse que nous en sommes venus à attendre d'un patient souffrant d'une affection organique – à moins qu'il ne soit névrosé de surcroît. L'hystérique est encline à décrire indéfiniment sa souffrance, et tend à répondre par une expression de plaisir plutôt que de douleur à la stimulation de la région atteinte. Frau Anna, au contraire, désignait avec calme et précision l'endroit où elle souffrait : le sein gauche et l'ovaire gauche; mon examen la faisait tressaillir et se reculer.

Elle était elle-même convaincue que ses symptômes étaient organiques, et fut très déçue que je ne puisse en trouver la cause et y remédier. De plus en plus convaincu que j'avais affaire, malgré toutes les apparences du contraire, à une hystérie, j'en fus persuadé lorsqu'elle confessa qu'elle souffrait aussi d'hallucinations visuelles de nature délirante et terrifiante. Elle avait craint de dévoiler ces « tempêtes dans sa tête », car il lui semblait reconnaître ainsi qu'elle était folle et devait être enfermée. Je fus en mesure de lui assurer que ses hallucinations, comme ses souffrances et ses difficultés à respirer, n'étaient pas un signe de démence; qu'à vrai dire, étant donné le caractère intraitable de la réalité, l'esprit le plus sain peut être la proie de symptômes hystériques. Par la suite, ses manières devinrent un peu plus détendues, et elle fut capable de me raconter en partie l'histoire de sa maladie et de sa vie en général.

Elle était le deuxième enfant et la seule fille de parents moyennement aisés. Son père venait d'une famille de marchands juifs russes, et sa mère d'une famille de Polonais catholiques et cultivés qui s'étaient installés en Ukraine. En s'épousant malgré les barrières raciales et religieuses, les parents de Frau Anna prouvèrent la liberté de leurs idéaux mais souffrirent en conséquence d'être coupés de leurs familles. Le seul proche parent qui ne se retourna pas contre le couple fut la tante de la patiente (avec qui elle vivait désormais), la sœur jumelle de sa mère. Cette femme avait épousé un professeur de langues viennois, de sa propre foi, qu'elle avait rencontré en allant assister à une conférence à Kiev, la ville natale de sa sœur. Les deux sœurs furent donc obligées de vivre fort loin l'une de l'autre, mais la force de leur attachement n'en fut pas diminuée.

Effet de sa loyauté envers sa jumelle, la tante de Frau Anna s'était de plus en plus aliéné sa propre famille, à l'exception de son père qui vint habiter avec elle lors de sa vieillesse. La patiente pensait elle-même que son existence avait été appauvrie par ces brouilles familiales. Et il n'y avait guère, en compensation, de parents de sa propre génération. Sa mère avait donné le jour à un fils au début de son mariage, suivi cinq ans plus tard par Anna. La tante, à son regret, était restée sans enfant.

La patiente avait de sa mère le souvenir le plus

tendre. Elle avait un naturel maternel et chaleureux, une fort belle apparence, un esprit créateur (c'était une aquarelliste de quelque talent) et une gaieté impulsive. Si elle était parfois d'humeur sombre, due le plus souvent à un automne misérable ou à un temps d'hiver, elle gâtait d'autant plus ses enfants une fois ce moment passé. Avec le père d'Anna, elle faisait un beau couple. Le père était doué lui aussi d'énergie et de charme, et l'enfant l'adorait, souhaitant toutefois qu'il fût moins occupé. Il avait travaillé extrêmement dur, sans soutien de ses parents, pour s'établir en affaires. Peu après la naissance d'Anna il installa sa famille à Odessa où il devint propriétaire d'une firme exportant du grain. Pour seule distraction il faisait de la voile : il était fier de posséder un yacht splendide.

L'oncle et la tante de la patiente les rejoignaient chaque été dans cet agréable port de mer. La petite fille se faisait une fête de ces visites, lesquelles, grâce à la coutume viennoise des vacances prolongées, duraient plusieurs semaines. Etant donné les invités et le temps propice à la navigation, son père passait d'autant plus de temps loin de ses affaires, devenait plus accessible et de meilleure humeur; tandis que sa mère s'épanouissait positivement à l'arrivée conjointe de sa sœur bien-aimée et du soleil. Naturellement sa sœur, elle-même sans enfant, était en adoration devant sa petite nièce. La tante était de caractère tranquille et pieux. Pianiste douée, elle préférait le calme du salon de musique à l'éventuelle agitation du yacht. L'oncle d'Anna était plus tourné vers l'extérieur : un homme jovial et chaleureux, comme les oncles sont censés être. La patiente se rappelait son goût de la plaisanterie – comme de mettre une casquette blanche d'officier sur le yacht. Pour Anna son oncle et sa tante avaient de l'importance, c'était sa seule « famille » en plus de ses parents et de son frère – et elle n'était pas très attachée à son frère.

Si je n'étais pas familiarisé avec notre tendance à idéaliser lorsque nous sommes adultes, j'aurais pu croire que la petite enfance de la patiente n'avait connu aucun ennui ni désagrément, mais s'était entièrement passée à construire des châteaux de sable sur la plage, sous le ciel bleu, devant les falaises qui bordent la mer Noire; et que cet état bienheureux avait duré un temps interminable. En fait, ces souvenirs vivants et heureux n'allaient que jusqu'à son cinquième été; car l'ombre de l'événement qui allait provoquer brutalement sa cruelle expulsion du paradis planait déjà au-dessus d'elle – la mort de sa mère.

Sa mère avait pour habitude de varier la routine de l'hiver en faisant parfois des visites à Moscou, pour les magasins, les galeries et les théâtres. Anna y trouvait deux consolations : elle avait son père pour elle seule, et sa mère revenait chaque fois chargée de cadeaux. Cette année-là, peu avant Noël, elle n'apporta pas les cadeaux attendus. Au lieu de quoi un télégramme arriva avec la nouvelle d'un incendie qui avait détruit l'hôtel où elle se trouvait. Pour l'esprit enfantin d'Anna cela signifiait seulement que sa mère ne serait pas là encore de quelques jours. Pourtant, alors qu'elle se déhabillait avant de se coucher, elle fut troublée par les pleurs de sa nurse. Elle se souvient d'être restée éveillée, se demandant où sa mère pouvait être, écoutant la tempête qui semblait battre son plein. Deux de ses hallucinations périodiques de l'âge adulte – une tempête en mer et un incendie d'hôtel – se rapportent clairement à cette tragédie.

Son père, accablé de douleur, abandonna presque complètement le soin de ses affaires; de toute façon, il préférait la compagnie de son fils, assez âgé maintenant pour soutenir une conversation raisonnable. Anna fut laissée aux mains de sa nurse et de sa gouvernante. Il n'y eut plus de visites de ses oncle et tante, car son oncle, par une triste coïncidence, mourut lui aussi quelques mois plus tard d'une crise cardiaque. En tant que professeur, il n'avait joui que d'un maigre revenu et sa jeune veuve dut vendre sa maison, emménager dans un appartement bon marché et gagner chichement sa vie en donnant des leçons de piano. Sauf par des lettres et des petits cadeaux de temps en temps, la pauvre femme accablée par le malheur perdit contact avec l'enfant de sa sœur. Ni elle ni le père de la patiente ne s'étaient jamais remariés.

On peut aisément concevoir la solitude et la souffrance de la jeune fille, privée si cruellement de sa mère, abandonnée par sa tante et son oncle (c'est ainsi qu'elle dut le prendre), et traitée par son père avec indifférence. Elle se trouvait heureusement aux mains de gardiens raisonnables et dévoués, particulièrement sa gouvernante. A l'âge de douze ou treize ans Anna savait parler trois langues en sus de son ukrainien natal; elle était habituée à la bonne littérature et montrait en musique un talent remarquable. Elle aimait danser et put suivre des cours de danse classique au *lycée**. Cela eut pour avantage de lui donner l'occasion de nouer des amitiés, et de devenir, à son dire, tout à fait sociable et populaire. Dans l'ensemble, elle supporta donc la perte de sa mère mieux que ne l'auraient pu beaucoup d'enfants, la plupart peut-être.

Quand elle eut quinze ans, un incident déplaisant ne laissa pas de la marquer. Il y eut des troubles politiques; un soulèvement de la marine, des violences et des manifestations de rue. La patiente, avec deux amies, s'aventura imprudemment dans le quartier des quais pour observer les événements.

Etant donné leur apparence et les toilettes qu'elles portaient, elles furent menacées et insultées par un groupe d'insurgés. Physiquement les jeunes filles n'eurent aucun mal, mais elles furent terrorisées. Ce qui toucha le plus Anna ce fut l'attitude de son père lorsqu'elle rentra chez elle. Au lieu de la réconforter, il lui reprocha froidement d'être allée s'exposer au danger. Peut-être ne faisait-il que dissimuler son inquiétude, et était-il réellement ému par les risques graves que sa fille avait courus; mais pour la jeune fille son attitude hostile lui prouva définitivement qu'il ne se souciait aucunement d'elle. A l'avenir, elle lui rendit réserve pour réserve, froideur pour froideur. Ce fut peu de temps après cet épisode qu'elle eut sa première attaque de suffocation, laquelle fut traitée comme étant de l'asthme, mais sans résultat. Au bout de plusieurs mois, cela disparut tout seul.

Peu après son dix-septième anniversaire elle quitta Odessa et la maison de son père pour Saint-Pétersbourg, sans autre raison que l'éventualité d'une audition dans une compagnie de ballet. Elle n'avait pas d'amis dans la capitale, et aucunes ressources sinon le petit héritage de sa mère qu'elle était maintenant assez âgée pour réclamer. Elle réussit son audition et vécut sobrement dans une chambre meublée d'un quartier pauvre de la ville. Elle entreprit une liaison avec un jeune homme qui vivait dans la maison : un étudiant, A., très engagé dans le mouvement pour les réformes politiques. Il la présenta à un cercle d'amis de convictions semblables.

Son intérêt pour la lutte politique était entièrement subordonné à son attachement pour A. Elle lui donna toute l'ardeur pure et généreuse d'un premier amour; leur relation était une *affaire de cœur**, non de chair. Mais au bout d'un certain temps il l'abandonna, préoccupé par des soucis plus importants – la conflagration imminente. Presque en même temps elle fut abandonnée par la profession qu'elle avait choisie : non qu'elle eût manqué d'application ou de talent, mais simplement parce qu'elle devenait une femme et prenait de l'embonpoint sans pouvoir le perdre, bien qu'elle ne mangeât presque rien. Elle dut en conclure que la nature n'avait pas voulu faire d'elle une *prima ballerina*. Par bonheur, dans ces circonstances désolantes, un de ses professeurs de danse, une jeune veuve qui vivait seule, se prit d'amitié pour elle et l'invita à partager sa maison jusqu'à ce qu'elle eût décidé ce qu'elle voudrait faire de sa vie. Mme R. devint son mentor autant que son amie. Elles allaient ensemble au théâtre et au concert, et durant le jour, quand Mme R. était à l'école de danse, Anna puisait dans la bibliothèque bien garnie, ou allait faire d'agréables promenades. Ce fut une période tranquille et heureuse qui lui rendit sa joie de vivre.

Cet arrangement confortable et de commodité mutuelle prit fin quand Mme R. décida à l'improviste de se remarier. L'homme en question, un officier de marine en retraite, était devenu un excellent ami des deux femmes, et Anna n'avait soupçonné nul attachement qui menacerait la tranquillité de son existence. Elle ne pouvait pourtant que se réjouir pour son amie de cette bonne fortune largement méritée. Mme R. et son nouveau mari supplièrent Anna de rester, mais elle ne voulait pas s'immiscer dans leur bonheur. Elle ne savait trop où aller ni que faire; mais, juste au bon moment, un sort exceptionnellement clément poussa la jeune femme vers un nouveau pays et une nouvelle profession. Sa tante lui écrivit de Vienne, lui disant que son père, le grand-père d'Anna – qui vivait avec elle depuis quelques années – était mort et qu'elle était seule à nouveau. Elle demandait à sa nièce si elle n'envisagerait pas de venir vivre chez elle, au moins quelques mois. La jeune femme accepta sans hésiter l'invitation et partit pour Vienne après de tristes adieux d'avec sa bonne amie Mme R. et son mari.

Se retrouvant devant sa tante pour la première fois depuis la mort de sa mère, elle fut envahie de chagrin et de bonheur mêlés. Elle eut d'abord le sentiment d'être accueillie par sa mère qui aurait doucement pris de l'âge*. Sa tante, pour sa part, trouva sans aucun doute mille rappels poignants de sa sœur chez cette jeune femme de vingt ans intelligente et sensible. Tante et nièce s'installèrent aussitôt dans un rapport chaleureux et Frau Anna n'eut jamais lieu de regretter sa décision de quitter son pays natal.

Comme il arrive souvent, le changement de milieu entraîna des changements chez Frau Anna elle-même. Sa nurse l'avait élevée dans une foi catholique plutôt tiède, la religion de la famille de sa mère. Elle s'en était éloignée pendant ses années d'adolescence, mais désormais, sous l'influence de sa tante, elle devint pieuse. Dans un ordre de choses plus pratique, et là encore parce qu'elle se retrouvait dans le milieu musical que fréquentait sa tante, elle retrouva un enthousiasme et un talent qui promettaient de combler le vide qu'avait laissé son échec à devenir danseuse. Grâce aux leçons d'un ami intime de sa tante la jeune femme apprit à jouer du violoncelle et découvrit, à son propre étonnement, qu'elle était extrêmement douée pour la musique. Elle fit des progrès si rapides que son professeur lui prédit qu'elle pourrait devenir en quelques mois une véritable virtuose.

* Presque littéralement, puisqu'elles étaient de vraies jumelles.

Trois ans après son arrivée à Vienne, elle jouait dans un orchestre professionnel et elle avait un mariage en vue. L'homme en question était un jeune avocat de bonne famille, profondément attaché à la musique, qui avait fait sa connaissance lors d'une réunion mondaine au Conservatoire. Le jeune homme était bien élevé, modeste et plutôt timide (combinaison qui plaisait à Frau Anna), et leur affection grandit rapidement. Sa tante approuvait entièrement son choix, et Anna s'entendait fort bien avec les parents du jeune homme. Il la demanda en mariage, et – après une très brève hésitation entre son désir de bonheur domestique et une carrière de musicienne professionnelle – elle accepta.

Ils passèrent leur lune de miel en Suisse, puis s'installèrent dans une maison agréable. Sa tante, souvent invitée et toujours bienvenue, était heureuse de penser qu'un petit neveu ou une petite nièce allait bientôt la consoler des affres qu'elle pouvait éprouver à se retrouver seule une fois de plus; car elle savait combien Anna avait envie d'avoir un enfant.

Le seul nuage à l'horizon du jeune couple était la menace de guerre. Quand les hostilités furent déclarées le mari fut appelé à servir au département juridique de l'armée. Ils se firent de tristes adieux, un peu consolés toutefois de savoir qu'il resterait hors de la zone des combats et qu'il serait affecté assez près pour venir souvent à la maison. Ils s'écrivirent tous les jours, et la patiente se consacrait fructueusement à sa carrière musicale, dans une cité affamée des derniers restes de culture et de civilisation. En vérité, quand son jeu s'améliora grâce à l'expérience, sa carrière devint florissante. Pour lui tenir compagnie elle avait sa tante et de nombreux amis. Dans l'ensemble, à part l'inconvénient majeur d'être séparée de son mari, elle était active et heureuse.

Juste à cette époque, alors que son mari s'apprêtait à venir en permission pour la première fois, elle subit un retour de cette suffocation dont elle avait souffert à Odessa, éprouvant de plus au sein et à l'abdomen des douleurs qui la rendaient invalide. Elle perdit tout appétit et dut abandonner sa musique. Informant son mari qu'elle était tombée malade et qu'elle comprenait maintenant qu'elle ne pourrait jamais le rendre heureux, elle retourna vivre avec sa tante. Son mari obtint une permission d'urgence et vint la supplier, mais elle se montra inflexible. Bien qu'il ne dût jamais lui pardonner le mal qu'elle lui faisait, elle l'adjura de l'oublier. Le mari ne cessa de vouloir la regagner, et ce n'est que ces derniers mois qu'il a consenti à une séparation légale. Frau Anna a vécu les quatre dernières années dans un isolement presque complet. Sa tante l'a conduite chez de nombreux médecins, mais aucun n'a été capable de trouver l'origine de sa maladie ni d'obtenir quelque amélioration.

Voici donc l'histoire que me raconta l'infortunée jeune femme. Elle ne jetait aucune lumière sur les causes de son hystérie. Il y avait, c'est exact, un terrain favorable à la venue d'une névrose, notamment la perte prématurée de sa mère et le manque d'attention de son père. Mais si la mort prématurée d'un parent et l'insuffisance de l'autre étaient une base suffisante à la formation d'une hystérie, on les compterait par milliers. Qu'est-ce qui, dans le cas de Frau Anna, était le facteur caché qui avait déterminé la venue de sa névrose?

Ce qu'elle avait dans sa conscience n'était qu'un secret, non un corps étranger. Elle savait et elle ne savait pas. De plus, en un sens, son esprit essayait de nous dire ce qui n'allait pas; car une pensée réprimée crée le symbole qui lui convient. La psyché d'une hystérique est comme un enfant qui possède un secret : nul ne doit savoir, mais tout le monde doit s'en douter. Ainsi il doit faciliter les choses en semant des indices. Il était clair que l'enfant dans l'esprit de Frau Anna nous disait de regarder son sein et son ovaire : précisément le sein et l'ovaire gauches, car l'inconscient est un symboliste précis et souvent pédant.

Durant de nombreuses semaines, je ne pus faire que très peu de progrès dans ma tentative de lui venir en aide. Il faut en blâmer en partie les circonstances où nous devions travailler; il est difficile d'établir une atmosphère de confiance dans une pièce non chauffée en hiver, la patiente et le médecin enveloppés dans un manteau, un cache-col et des gants[1]. De plus, il fallait souvent interrompre l'analyse, plusieurs jours de suite, quand ses douleurs se faisaient si alarmantes qu'elle était obligée de garder le lit. Son anorexie connut néanmoins une certaine rémission; je pus la persuader de prendre quelque nourriture consistante – pour autant qu'on pût trouver à cette époque dans toute la ville des aliments nourrissants.

Sa forte résistance était un facteur bien plus décisif quant à la lenteur de nos progrès. Bien que moins prude que beaucoup de mes patientes, la jeune femme était réticente au point de se taire dès qu'une question sur ses sensations et son comportement sexuels s'élevait au cours de la discussion. Une question innocente, comme par exemple au sujet de la masturbation enfantine (un phénomène presque universel), se heurtait à un refus absolu. J'aurais aussi bien pu, impliquait son attitude, poser

1. Le combustible pour se chauffer ou s'éclairer manquait terriblement après la guerre. *(N.d.E.)*

la question à la Sainte Vierge. Je découvris de bonnes raisons de mettre en doute certains souvenirs superficiels qu'elle avait mentionnés; ce qui n'augurait rien de bon pour une enquête plus approfondie. Elle était incertaine, évasive; et je m'irritai de perdre ainsi mon temps. Pour être juste envers elle, je dois dire que j'appris vite à distinguer sa sincérité de sa fausseté; quand elle cachait quelque chose elle maniait nerveusement la croix qu'elle portait au cou, comme pour demander pardon à Dieu. Il y avait donc en elle une *propension* à dire la vérité, même si ce n'était que sur la base d'une superstition, et cela me fit persévérer dans ma tentative[2]. Je dus ruser pour lui faire sortir la vérité, souvent en lui lançant une suggestion provocante. Le plus souvent elle mordait à l'appât et m'offrait un démenti ou une modification de son histoire.

Une de ses rétractations concerne sa liaison avec A., l'étudiant qu'elle avait aimé à Saint-Pétersbourg. Jusque-là, elle ne m'avait appris sur lui que des détails insignifiants : qu'il était étudiant en philosophie, d'un milieu fortuné et conservateur, qu'il avait quelques années de plus qu'elle, etc. Elle s'en tenait à cette version que leur liaison était restée « blanche ». Je fus frappé de l'adjectif qu'elle employa et lui demandai ce qu'elle associait avec le mot « blanc ». Elle dit que cela évoquait les voiles d'un yacht, et il semblait raisonnable de supposer qu'elle pensait au yacht de son père. Même en psychanalyse il ne faut jamais conclure à la légère : au lieu de quoi elle dit qu'elle pensait à un week-end à Saint-Pétersbourg où elle et d'autres membres de leur groupe politique, y compris A., bien sûr, étaient allés faire de la voile dans la baie. Il faisait un temps

2. Elle me dit un jour que cette croix lui venait de sa mère, par héritage. Ainsi la piété filiale renforçait la crainte religieuse.

d'été magnifique, elle était contente de naviguer à nouveau, soulagée d'interrompre les discussions « sérieuses » qui commençaient à l'ennuyer et même à lui faire peur. Elle ne s'était jamais sentie aussi amoureuse de A., qui se montrait plus tendre et respectueux que jamais. Ils durent partager une cabine, mais il n'essaya pas une fois de la toucher; leurs consciences restèrent aussi blanches que les voiles, ou que la nuit blanche[3].

Pourtant, elle tripotait sa croix, et son visage avait un air de tristesse. Je lui dis sèchement qu'elle ne me disait pas la vérité, que je savais qu'il y avait eu une relation sexuelle. Frau Anna confessa qu'elle avait couché avec lui plusieurs fois, vers la fin; il l'avait suppliée, suppliée encore, et finalement, presque par lassitude, elle était « tombée ». Elle employa le mot anglais; nos entretiens étaient en allemand, mais il n'était pas rare qu'elle interposât de temps en temps des termes étrangers. J'avais appris à être vigilant quant à leur sens possible. Je décidai de « risquer ma chance », comme on dit. « Je suis content de votre honnêteté, dis-je. Il n'y a là rien dont vous puissiez avoir honte. Et pourquoi, pendant que vous y êtes, n'admettriez-vous pas que vous êtes tombée enceinte, mais que vous avez perdu l'enfant lors d'une chute dans un escalier? »

La pauvre fille se battit contre elle-même, puis reconnut que j'avais raison; non dans un escalier, mais à cause d'une mauvaise chute dans le studio de danse. Personne n'en avait jamais rien su, sauf Mme R., ni ne l'avait même soupçonné, et elle était stupéfaite que j'eusse découvert son secret. Elle me demanda comment j'avais pu le deviner.

Je répondis : « Parce que votre histoire selon

3. Allusion aux longues nuits d'été, dans le Grand Nord, quand les journées ne sont séparées que par de brefs crépuscules.

laquelle vous avez grossi et dû par conséquent arrêter de danser ne sonnait pas juste. Il me semble que *vous* auriez du mal à prendre du poids, à n'importe quelle période de votre vie, malgré le bien que cela vous ferait. C'était de toute évidence une façon de me dire, indirectement, ce qui s'était passé – car vous vouliez vraiment que je sache. Vous avez probablement continué à danser trop longtemps, dans votre état, et vous avez eu les plus grandes craintes de commencer à *grossir*, vous tourmentant en général de ne savoir que faire dans cette situation impossible. »

Le silence de la jeune femme me dit que je n'avais touché que trop juste, et je fus heureux de n'avoir pas poussé mon interprétation à sa conclusion logique – qu'en continuant de beaucoup danser c'est justement une telle conséquence qu'elle souhaitait en secret, qu'elle avait peut-être effectivement brusquée. Elle fut assez troublée par la mise au jour de son péché de jeunesse.

Mais à partir de là, elle s'anima un peu et devint plus franche, comme soulagée d'avoir été déchargée de sa perfection irréelle. Elle se permit même, peu après, un trait d'humour espiègle. Elle me décrivait une de ses hallucinations récurrentes, trouver la mort en tombant de haut. Ses yeux étincelèrent un instant et elle dit : « Mais je n'attends pas un enfant[4] ! »

Elle arriva un jour avec un rêve. Habituellement, elle dormait mal et rêvait peu : en soi un aspect de ses résistances. Un rêve entier était donc une rareté bienvenue, et je fis beaucoup d'effort à essayer de le

4. Dans le texte, il y a un jeu de mots sur *niederkommen* qui signifie à la fois « tomber » et « accoucher ».

comprendre. Voici le rêve comme le raconta Frau Anna :

Je voyageais en train, assise en face d'un homme qui lisait. Il engagea la conversation et j'eus le sentiment qu'il se montrait trop familier. Le train s'arrêta dans une gare au milieu de nulle part, et je décidai de descendre, pour me débarrasser de lui. Je fus surprise de voir que beaucoup de gens descendaient en même temps que moi, car c'était un endroit minuscule et complètement mort. Mais les écriteaux du quai disaient Budapest, *ce qui expliquait cela. Je dépassai le contrôleur, ne voulant pas montrer mon billet, parce que j'étais censée aller plus loin. Je traversai un pont et me trouvai devant une maison qui portait le numéro 29. J'essayai de l'ouvrir avec ma clef, mais à ma surprise elle ne voulut pas s'ouvrir; j'allai donc plus loin et arrivai au numéro 34. Ma clef ne voulut pas tourner mais la porte s'ouvrit. C'était un petit hôtel familial. Il y avait un parapluie en argent qui séchait dans l'entrée et je pensai : Ma mère habite là. J'allai dans une pièce blanche. Ensuite un vieux monsieur entra et dit : « La maison est vide. » Je sortis un télégramme de la poche de mon manteau et le lui donnai. J'avais du chagrin pour lui car je savais ce qu'il contenait. Il dit, d'une voix terrible : « Ma fille est morte. » Il était si bouleversé et si triste que j'eus le sentiment de ne plus exister à ses yeux.*

Quand j'entendis ce rêve pour la première fois, je fus alerté, car il me disait que le rêveur était fort capable de résoudre ses problèmes en mettant fin à sa vie. Les voyages en train sont en eux-mêmes des rêves de mort, et plus particulièrement elle était descendue « avant son arrêt » et « au milieu de nulle part ». Eviter le contrôleur était une allusion évidente à la proscription du suicide; et le pont était encore un autre symbole de mort. En un sens le rêve de Frau Anna n'aurait pu être plus clair; pourtant j'étais sûr par ailleurs qu'il contenait beaucoup d'autres matériaux de nature plus personnelle. Je lui demandai donc de reprendre le rêve morceau par morceau et de me dire ce qui lui venait à l'esprit en rapport avec chaque élément. Elle avait déjà quelque expérience de l'analyse des rêves, pour en avoir auparavant interprété quelques spécimens mineurs; de plus, comme elle était intelligente, j'avais encouragé son désir de lire certaines de mes études de cas.

« Quelque chose me vient à l'esprit, dit-elle, mais cela ne peut appartenir au rêve, car c'est arrivé il y a longtemps et n'a vraiment eu aucune importance dans ma vie.

– Cela ne fait aucune différence, dis-je. Allez-y!

– Très bien, alors. Je suppose que l'homme dans le train m'a rappelé quelqu'un qui m'a importunée quand j'allais d'Odessa à Saint-Pétersbourg pour essayer de me construire une vie à moi. Il y a de ça – combien? – douze ans et je l'avais complètement oublié. Ce n'était pas particulièrement effrayant, parce qu'il y avait beaucoup de monde. Mais il se penchait et n'arrêtait pas de me parler d'une façon plutôt transparente; de me demander ce que j'allais faire en arrivant à Saint-Pétersbourg, de m'offrir son aide pour trouver un endroit où habiter. C'est sutout devenu ennuyeux, et finalement j'ai dû me trouver un autre compartiment. »

Je lui demandai s'il lui était récemment arrivé quelque chose qui pût lui faire rêver à cet incident, et je l'aiguillonnai en lui rappelant quelques détails, comme le livre que lisait son compagnon dans le rêve.

« Enfin, oui, à vrai dire je me souviens que le jeune homme du train de Saint-Pétersbourg était d'autant plus fâcheux qu'il parlait quand je voulais continuer mon livre. C'était un exemplaire de Dante, et je devais me concentrer pour le comprendre, ne connaissant pas très bien l'italien. Et maintenant que vous m'en parlez, je suppose que mon frère vient dans le rêve. »

Je dois faire une interruption à ce point pour dire que Frau Anna avait fait récemment une expérience assez troublante. Son frère, avec sa femme et leurs deux enfants, avait décidé de quitter la Russie à cause de l'agitation révolutionnaire et d'émigrer aux Etats-Unis. Ils s'étaient arrêtés à Vienne pour dire, étant donné la situation, bonjour et au revoir à Anna et à sa tante. La patiente n'avait pas vu son frère depuis plusieurs années, et pouvait maintenant ne plus jamais le revoir. Bien qu'ils n'eussent jamais été très proches – ou pour cette raison même – ces retrouvailles et cette séparation avaient déprimé Frau Anna de plus belle.

« Quand nous nous sommes dit adieu à la gare, mon frère a dissimulé notre embarras en prenant le temps de choisir des livres pour le voyage. Je me souviens d'avoir pensé que *La Vita Nuova* de Dante aurait été un choix adéquat; à part que mon frère ne s'intéresse pas aux classiques, il a surtout l'esprit pratique; il s'est acheté quelques romans d'aventures. C'était absurde, de toute façon, de croire qu'on pouvait trouver Dante dans une bibliothèque de gare. »

Je commençais à voir où se dirigeait le rêve. Je lui rappelai les numéros des maisons, et lui demandai s'ils avaient quelque signification.

Elle réfléchit dur, et admit que cela lui échappait.

« Se pourrait-il que vous soyez vous-même âgée de vingt-neuf ans? lui suggérai-je. Et que votre frère ait – combien d'années de plus que vous? Cinq? »

Frau Anna acquiesça, surprise par la logique mathématique de son rêve.

« Vous vous êtes d'abord arrêtée à la porte de votre propre maison. Cela aurait dû être la bonne clef mais ne l'était pas. A la place vous avez pu marcher jusqu'au numéro 34 – la demeure de votre frère, pour ainsi dire. Vous n'êtes là qu'une invitée, vous la voyez donc comme un hôtel familial. » Je lui demandai si elle reconnaissait l'homme qui était entré dans la pièce. Je lui dis de réfléchir à ses paroles : « La maison est vide. »

Au bout d'un temps, elle fut capable de faire une association, comme quoi son frère avait raconté de façon plutôt indiscrète combien son père était bouleversé de leur départ; car, après son mariage, il s'était mis dans les affaires de son père et avait continué à vivre près de chez lui. Frau Anna se souvint d'avoir pensé avec une certaine amertume que son père, *maintenant*, allait se sentir seul dans sa maison vide; alors qu'il n'avait jamais exprimé que des regrets conventionnels quand elle était partie, ni montré grand désir de jamais la revoir.

A ce point, mes impressions quant au rêve devinrent une certitude. Le départ de son frère, avec armes et bagages et toute sa famille, *en route** pour une *nouvelle vie*, contrastait avec sa propre impression d'avoir atteint un cul-de-sac, ou plutôt de suivre une route sans issue. Son frère n'avait jamais manqué d'assurance, ayant été le favori du père, et il savait où il allait : au contraire du départ de la petite Anna vers une ville lointaine, qui avait été de toute évidence une dernière tentative désespérée pour obliger son père à remarquer son existence. Et ce père avait été tout à fait disposé à laisser cette innocente fille s'affronter à des dangers physiques ou moraux – préfigurés par l'insistance du jeune homme du train.

Dans son rêve, suggérai-je, se mêlaient deux phantasmes. Si son père recevait un télégramme disant qu'elle était morte, peut-être la regretterait-il enfin. Mais à côté de ce souhait, ne le contredisant pas tant que soulignant son intention tragique, était celui de n'être jamais née – en tant que fille, qu'Anna. Si seulement elle avait pu prendre la place de son frère! Elle quitte le voyage en train, qui est son propre destin, pour recommencer une autre vie, impossible, comme si elle était son frère. Dans l'hôtel familial, la pièce blanche représente le ventre de sa mère, qui n'attendait que la venue du père d'Anna pour concevoir un enfant mâle. Le parapluie qui sèche dans l'entrée est le symbole du pénis après qu'il se fut déchargé. Son père apporte une vie nouvelle, parce que sans un *fils* sa « maison est vide. ». Anna était morte – par suicide ou par prophylaxie, peu lui importait, et il n'en avait cure. Le choc qu'il éprouve et son chagrin viennent de ce que le désir d'Anna est exaucé. Son rêve savait aussi cela : pour lui « elle n'existait pas ».

La jeune femme fut accablée par la tristesse de son rêve, et peu encline à sérieusement contester mon interprétation – sauf sur un point, de caractère mélancolique, dont elle n'eut pas le cœur de me parler, et que je laisserai moi-même en réserve jusqu'au moment propice. En tout cas, cela ne mettait pas en cause le sens global du rêve, qui était parfaitement clair.

Pendant nos discussions, alors que je la questionnais sur la nature des attentions par trop familières du jeune homme dans le train, elle se souvint d'un fragment oublié. Elle ne pensait pas que ce nouveau matériau eût la moindre importance, mais l'expérience m'a appris que les éléments du rêve qu'on commence par oublier pour s'en souvenir par la suite sont habituellement d'une importance essentielle. Comme cela devait être prouvé dans ce cas, bien que son sens ne se révélât entièrement que beaucoup plus avant dans l'analyse.

Je dis au jeune homme que j'allais à Moscou rendre visite aux T., et il me répondit qu'ils ne seraient pas en mesure de me loger, et qu'il me faudrait dormir dans le pavillon d'été. J'y aurais très chaud, ajouta-t-il, et je devrais me déshabiller entièrement.

Les T., expliqua-t-elle, étaient des parents éloignés du côté de sa mère qui s'étaient installés à Moscou. Sa mère et sa tante y avaient passé des vacances au temps de leur jeunesse, et ils avaient maintenu des rapports affectueux avec la mère d'Anna après son mariage. Frau Anna ne les avait jamais rencontrés, mais d'après sa tante, c'étaient des gens pleins de chaleur et d'hospitalité. Sa tante, en fait, les avait mentionnés tout juste la veille : rappelant avec nostalgie les vacances qu'elle y avait passées et souhaitant pouvoir y emmener Anna pour les lui présenter, certaine qu'un changement ferait à sa nièce le plus grand bien. Mais ils étaient vieux, maintenant, et peut-être même n'avaient-ils pas survécu aux désordres.

Ce fragment me parut exprimer le violent désir qu'avait la jeune femme de se libérer des affligeantes contraintes de sa vie actuelle et de retrouver le paradis perdu des années où sa mère était là : c'est-à-dire, en fait, d'être nue dans le « pavillon d'été », la maison des étés merveilleusement chauds. Elle ne donna pas tort à cette interprétation, et aussi cela ramena en surface un souvenir de ces années lointaines dont le rappel l'amusa autant qu'il l'émut.

A Odessa leur maison était au milieu d'une grande étendue d'arbres et de buissons semi-tropicaux qui poussaient jusqu'au bord de la mer. Il y avait une minuscule plage privée. Le pavillon d'été se trouvait au milieu d'un bouquet d'arbres, au fond de ce jardin. Les propriétaires précédents l'avaient laissé tomber en ruine, et en conséquence il était rarement utilisé. Un après-midi qu'il faisait une chaleur torride, tout le monde s'était éparpillé sur la propriété et dans la maison, poussé par la chaleur à s'isoler. Le père d'Anna était probablement à ses affaires, et elle pensait que son frère était parti pour la journée avec des amis. Elle avait chaud, elle s'ennuyait et jouait négligemment sur la plage où sa mère était installée devant son chevalet de peinture et ne voulait donc pas qu'on la dérange. On l'avait déjà grondée pour son bavardage, et Anna se dit qu'elle allait partir à la recherche de son oncle et de sa tante. Elle parcourut le jardin et finit par tomber sur le pavillon d'été. Elle se réjouit de voir à l'intérieur son oncle et sa tante, mais ils se conduisaient d'une façon qu'elle ne pouvait comprendre; sa tante avait les épaules nues, alors qu'elle les abritait normalement du soleil, et son oncle la tenait embrassée. L'étreinte continua, trop absorbés qu'ils étaient pour voir au milieu des arbres Anna qui s'approchait, et la petite fille repartit. Elle retourna sur la plage pour raconter à sa mère cette drôle d'histoire; mais sa mère avait abandonné son chevalet, s'était allongée sur un rocher plat et paraissait dormir. L'enfant savait qu'il y avait deux occasions où elle ne devait déranger sa mère sous aucun prétexte : quand elle peignait, et plus encore quand elle dormait. Alors, déçue, elle repartit une fois de plus et rentra dans la maison pour prendre un peu de limonade.

Que devais-je faire de ce souvenir? Il montrait nettement un point de vue d'adulte; mais cela ne prouvait pas qu'il s'agissait d'un phantasme. Je doute que nous ayons jamais à faire avec un souvenir *venu de* l'enfance; des souvenirs *relatifs* à l'enfance sont peut-être tout ce que nous avons en notre possession. Nous nous rappelons nos premières années non comme elles furent vécues mais comme plus tard nous les avons vues, évoquées par la mémoire. La jeune femme s'amusait de ce souvenir, son premier aperçu de la sexualité adulte; alors qu'en même temps son cœur était ému de penser à la tendre intimité entre son oncle et sa tante, dans l'atmosphère divertissante des vacances d'été à Odessa; d'autant plus que sa tante trouvait maintenant trop douloureux d'évoquer cette période.

Néanmoins, il était nécessaire que je lui demande si elle en avait peut-être vu plus que ce dont elle se souvenait. Si c'était le cas, sa mémoire ne put la mener plus loin; et de fait il semblait hautement improbable qu'un couple de jeunes mariés, libres de se retirer dans l'intimité de leur chambre, pût risquer de causer un tel embarras. Pourtant l'apparition de ce souvenir dans le rêve de Frau Anna semblait suggérer qu'il était significatif. Il n'était pas impossible qu'il eût un rapport avec son hystérie; car ceux qui sont pétrifiés par Méduse ont déjà vu son visage, à un âge où ils ne savaient pas lui donner son nom.

Les jours et les semaines qui suivirent ne nous permirent guère d'avancer. C'est pour quoi il faut probablement blâmer le médecin autant que la patiente. Frau Anna, pour sa part, se retira complètement derrière ses défenses et fit parfois de l'aggravation de ses symptômes une excuse pour ne pas venir. Pour être juste, je suis certain qu'elle éprouvait des douleurs insupportables. Elle me supplia d'arranger une opération, afin de lui ôter son sein et son ovaire. Quant à moi je dois reconnaître que j'étais irrité par le peu d'aide qu'elle m'apportait, et exaspéré par son apathie. Elle mentionna un jour qu'elle avait jeté une bribe de nourriture à un chien dans la rue, qu'il était trop amaigri et trop faible pour s'en approcher; et qu'elle se sentait dans le même état. Je me vis parfois abandonner entièrement l'analyse et la presser sans détour de ne pas penser à mettre fin à ses jours. Je lui soulignai que le suicide n'est qu'une forme déguisée du meurtre, et que ce serait un acte vain, peu susceptible d'avoir le moindre effet sur sa victime désignée, son père. Frau Anna répondait que ses souffrances intolérables étaient la seule raison qui la faisaient penser à en finir. Pendant ces discussions elle était parfaitement rationnelle. A l'exception des symptômes qui la diminuaient, nul ne l'aurait prise pour une hystérique. Il y avait là quelque chose d'impénétrable, et j'en étais d'autant plus irrité. Je pensai prendre prétexte de son attitude évasive pour mettre fin à la cure; mais en toute honnêteté je ne pus me résoudre à le faire, car c'était malgré tout une jeune femme de caractère, intelligente et de bonne foi.

Sur ces entrefaites, il survint un événement tragique qui aurait pu me fournir une excuse idéale pour cesser le traitement : la mort soudaine et inattendue d'une de mes filles[5]. Peut-être mon humeur oppressée des semaines précédentes en avait été la prémonition. Il ne faut pas s'attarder sur de tels événements, bien que celui qui est porté au mysticisme puisse bien demander quel traumatisme secret dans l'esprit du Créateur s'est converti dans les symptômes de souffrance qui nous entourent de tous côtés. Comme je n'y suis pas enclin, il ne reste rien que « *Fatum & Ananke* ». Quand je me remis à la tâche je trouvai une lettre de Frau Anna. Outre

5. La seconde fille de Freud, Sophie, âgée de vingt-six ans, qui mourut à Hambourg le 25 janvier 1920. Elle laissait deux enfants, dont l'un n'avait que treize mois.

qu'elle exprimait ses condoléances à propos de mon deuil, et m'informait qu'elle était partie avec sa tante pour un bref séjour à Bad Gastein[6], sa lettre faisait allusion au rêve de ces dernières semaines.

Je me suis beaucoup tourmentée de la part de prédiction dans mon rêve. Je ne le mentionnerais pas si je n'étais sûre que cela n'a pas non plus échappé à votre souvenir.

A l'époque, j'étais à moitié persuadée que l'homme qui recevait le télégramme était vous-même (en partie tout du moins), mais je craignais de vous indisposer sans objet, connaissant les tendres sentiments que vous portez à toutes vos filles. Je soupçonne depuis longtemps qu'outre mes autres infirmités je suis affligée de ce qu'on appelle un don de seconde vue. J'ai prévu la mort à la guerre de deux de mes amis. C'est quelque chose dont j'ai hérité du côté de ma mère, apparemment – un reste des bohémiens – mais ce n'est pas un pouvoir dont je pourrais tirer du plaisir, bien au contraire. J'espère que cela ne vous attristera pas plus que vous ne l'êtes déjà.

Je n'ai pas de commentaire à faire sur la « prédiction » de Frau Anna, sinon pour dire que la triste nouvelle arriva effectivement (ce qui n'est pas exceptionnel) par télégramme. Il peut paraître plausible que l'esprit sensible de la patiente ait discerné l'angoisse que j'éprouvais, bien en dessous du niveau de la conscience, à propos d'une fille et de ses deux jeunes enfants vivant au loin à une époque où les épidémies étaient si fréquentes.

Ce qui se passa lorsque Anna revint de Gastein fut complètement inattendu et illogique. Tant et si

6. Station thermale en vogue dans les Alpes autrichiennes.

bien que si j'étais un auteur de romans au lieu d'un homme de science, j'hésiterais à offenser la sensibilité artistique de mes lecteurs en décrivant l'étape suivante de la cure.

Arrivant à son rendez-vous avec cinq minutes de retard, elle entra en coup de vent avec l'air insouciant de quelqu'un désirant simplement vous saluer avant de repartir pour faire des courses ou aller au théâtre avec une amie. Elle parla d'abondance, d'une voix ferme et sonore sans plus de trace d'essoufflement. Elle avait pris peut-être une vingtaine de livres, gagnant ainsi, ou regagnant, tous les attributs d'une féminité accomplie. Ses joues luisaient de vitalité, ses yeux brillaient, elle avait une robe neuve de charmante allure et une nouvelle coiffure qui seyait à son visage. En bref ce n'était plus l'infirme affreusement maigre et déprimée que je m'attendais à voir, mais une jeune dame attirante, un peu coquette, pleine de vie et de santé. Elle n'avait guère besoin de m'apprendre que ses symptômes avaient disparu.

J'avais souvent passé des vacances à Gastein, mais je n'avais jamais vu sa cure thermale avoir des effets aussi miraculeux. Je lui en fis part, ajoutant sèchement que je devrais peut-être cesser d'exercer pour me faire hôtelier à Gastein. Elle éclata positivement de rire; puis, se rappelant la perte que j'avais subie, se montra contrite de s'être laissée aller à une gaieté irréfléchie. Je l'assurai que sa bonne humeur ne pouvait que me remonter. Il apparut néanmoins très vite que, loin de s'être débarrassée de son hystérie, celle-ci n'avait fait que changer de direction[7]. Alors qu'auparavant elle avait miné sa force physique avec de violentes souffrances, laissant sa raison intacte, elle lui rendait maintenant son corps au prix de son esprit. Sa

7. Pratiquement, du terrain avait été *reconquis* sur l'ennemi. Nous assistions à une contre-attaque désespérée de l'hystérie.

volubilité sans frein laissa bientôt paraître une irrationalité sans limite. Sa belle humeur était comme l'humour désespéré des soldats qui plaisantent au fond d'une tranchée; et ses efforts pour soutenir la discussion s'égarèrent dans un monologue rêveur, presque une transe hypnotique. Avant, elle était malheureuse mais sensée; elle était maintenant heureuse et privée de raison. Son discours s'encombrait des produits de son imagination et d'hallucinations; parfois ce n'était plus tant une parole qu'un *Sprechgesang*, pour ainsi dire un récitatif d'opéra, exalté, lyrique et dramatique. Il me faut ajouter que depuis qu'elle appartenait à l'orchestre d'une de nos troupes d'opéra les plus en vue, elle était entièrement dévouée à son art[8].

Elle semblait inconsciente de l'effet qu'elle produisait, et restait joyeusement convaincue de sa guérison complète. Ne pouvant rendre intelligible le récit de son séjour à Gastein, je lui suggérai d'essayer de mettre ses impressions noir sur blanc. Elle avait une fois déjà répondu favorablement à une telle proposition, puisqu'elle avait du goût pour les lettres et se plaisait à écrire – c'était, par exemple, une correspondante invétérée. Mais je n'étais pas le moins du monde préparé aux nouvelles productions littéraires de Frau Anna, dont elle se pourvut le lendemain pour venir me voir. En hésitant, elle me mit entre les mains un volume broché. Je vis que c'était la partition du *Don Giovanni* de Mozart. Elle avait, appris-je alors, écrit ses « impressions » de Gastein entre les portées, comme un contre-livret; et s'était même essayé au rythme et à la rime, dans un certain genre, afin

8. « Frau Anna G. » était en fait une chanteuse d'opéra, non une instrumentiste. Le désir de Freud de protéger son identité donna lieu à ce changement, bien qu'il regrettât toujours d'avoir à s'écarter des faits réels, même pour les détails apparemment sans importance.

qu'on puisse presque lire son texte comme des vers de mirliton. Néanmoins, on eût chanté le Mozart de Frau Anna dans une de nos salles d'opéra que le directeur aurait été poursuivi pour outrage aux bonnes mœurs; car c'était aussi absurde que pornographique. Elle employait des expressions qu'on n'entend pas hors des bas-quartiers, des casernes ou des réunions masculines. J'étais stupéfait qu'elle ait appris un tel langage, car à ma connaissance elle n'avait jamais fréquenté les endroits où on le parle.

A première vue, rien ne me frappa sinon quelques références à ses hallucinations, ainsi que l'aveu audacieux du transfert. Dans son récit fantastique le rôle de Don Juan était pris par un de mes fils – dont, ai-je à peine besoin de préciser, elle n'avait jamais fait la connaissance. Il paraissait assez clairement qu'elle souhaitait en quelque sorte prendre la place de ma fille disparue, grâce à un mariage. Quand je lui mis cette déduction devant les yeux, Anna, d'un air un peu honteux, dit que ce n'était qu'une plaisanterie, « pour me désattrister ».

Trouvant le flot d'images irrationnelles trop abondant pour en venir à bout, je l'invitai à s'en aller et à écrire sa propre analyse des matériaux qu'elle avait produits, sobrement et avec retenue. Elle prit ma requête pour une réprimande, ce qui n'était pas déraisonnable, et je dus l'assurer que j'avais trouvé intérêt à son libretto. Après une interruption de plusieurs jours elle me remit un cahier d'écolière couvert de son écriture peu soignée. Elle attendit, le souffle coupé (littéralement, car elle souffrait d'une légère recrudescence de son symptôme asthmatique) pendant que je feuilletai quelques pages. Je vis qu'au lieu d'écrire une interprétation, comme je l'avais demandé, elle avait choisi d'amplifier sa première version, brodant sur chaque mot, si bien qu'il semblait que je n'avais rien gagné sinon la tâche herculéenne de lire un document fort long et fort désordonné. Bien qu'elle eût tempéré dans une certaine mesure la crudité de ses descriptions sexuelles, c'était encore un déversement érogène, une *inondation* d'irrationnel et de libidineux; les vagues n'étaient plus hautes comme des montagnes mais le terrain qu'elles couvraient s'était largement étendu. J'avais maintenant affaire à une imagination boursouflée qui ne connaissait plus de bornes, comme la monnaie de cette époque – une valise de billets de banque n'aurait pu vous payer une miche de pain. Nous travaillâmes une heure en vain, après quoi je lui promis de lire soigneusement son texte dès que j'en aurais le loisir. Quand je m'y attelai je commençai à entrevoir un sens derrière la crudité de l'apparence. Il y avait surtout des souhaits exprimés comme des réalités, insipides ou répugnants; mais on trouvait par endroits des passages qui n'étaient pas dépourvus de talent ou d'émotion : des descriptions naturalistes du genre « océanique » mêlées à la fantaisie érotique. On ne pouvait s'empêcher de penser aux paroles du poète :

Le lunatique, l'amant, et le poète
Sont tout entiers en imagination[9]...

Quand je reposai le cahier j'étais persuadé qu'il pourrait tout nous apprendre, si seulement j'étais en position de tout déchiffrer.

On dit pour rire que « l'amour est un mal du pays »; et que chaque fois qu'un homme rêve d'un lieu ou d'un pays et se dit à lui-même, tout en rêvant : « Cet endroit m'est familier, j'y suis déjà venu », nous pouvons interpréter cet endroit comme étant le corps ou les organes génitaux de sa mère. Tous ceux, aptes à comprendre, qui ont déjà

9. Shakespeare, *Le songe d'une nuit d'été.*

eu l'occasion de lire le journal de Frau Anna ont eu ce sentiment : ils connaissent cet « hôtel blanc », c'est le corps de leur mère. C'est un lieu sans péché, sans le fardeau du remords; car la patiente nous dit qu'elle a égaré sa valise en y venant, et qu'elle y arrive sans même une brosse à dents. L'hôtel parle le langage des fleurs, des odeurs et des saveurs. Inutile d'entreprendre une classification rigide de son symbolisme, comme l'ont tenté certains étudiants : d'affirmer, par exemple, que le vestibule est la cavité orale, l'escalier l'œsophage (ou, selon d'autres, l'acte du coït), le balcon la poitrine, les sapins environnants la toison pubienne, et ainsi de suite; il est plus approprié de voir l'impression d'ensemble de l'hôtel blanc, son abandon sans réserves à l'oralité – sucer, mordre, manger, se gorger, engloutir, avec tout le narcissisme bienheureux d'un bébé au sein. C'est l'unité océanique des premières années de l'enfant, le paradis auto-érotique, la carte de notre premier pays d'amour – dessinée avec toute la *belle indifférence** d'une hystérique.

Là se trouvait, me semblait-il, la preuve de la profonde identification d'Anna avec sa mère, précédant le complexe d'Œdipe. Ce qui, sauf pour l'intensité atteinte dans ce cas, ne devrait pas nous surprendre. Le sein est le premier objet d'amour; l'enfant qui tète au sein maternel est devenu le prototype de toute relation d'amour. La découverte d'un objet d'amour, lors de la puberté, est en fait une redécouverte. La mère d'Anna, chaleureuse, ouverte au plaisir, légua à sa fille un auto-érotisme de toute une vie[10], et par conséquent son journal

10. Il y a aussi toute raison de penser qu'elle aida sa fille à traverser les stades ultérieurs avec un minimum de répression. Des passages du journal laissent entendre qu'Anna avait heureusement en partie conscience de ce que l'appareil génital reste le voisin du cloaque, et qu'en fait (pour citer Lou Andreas-Salomé) « dans le cas d'une femme il n'en est que le locataire ».

représente une tentative pour retourner à l'époque où l'érotisme oral régnait en maître et où le lien entre mère et enfant n'était pas encore brisé. Ainsi, à l'hôtel blanc, il n'y a pas de séparation entre Anna et le monde extérieur; tout est avalé entier. La libido nouveau-née passe outre tous les dangers potentiels, comme le chat noir qu'elle montre échappant d'un cheveu à la mort. C'est le bon côté de l'hôtel blanc, sa généreuse hospitalité. Mais on ne peut oublier un seul instant l'ombre du pouvoir destructeur, moins que jamais au moment du plaisir le plus intense. Notre mère à tous annonçait sa visite à l'hôtel condamné.

J'avais désormais l'impression ridicule de savoir absolument tout ce qu'il y avait à savoir au sujet de Frau Anna, sauf la cause de son hystérie. Et il survenait un deuxième paradoxe : plus je me convainquais que le « journal de Gastein » était un document remarquablement courageux, plus Anna devenait honteuse d'avoir écrit un texte aussi répugnant. Elle ne pouvait imaginer où elle avait entendu ces expressions grossières, ou pourquoi elle avait cru bon de les utiliser. Elle me supplia de détruire ses écrits, car ce n'étaient que des fragments diaboliques rejetés par une « tempête dans sa tête » – elle-même résultant d'être une fois encore libérée de sa souffrance. Je lui dis que je ne m'intéressais qu'à pénétrer jusqu'aux vérités que contenait, j'en étais persuadé, son remarquable document; ajoutant que j'étais très heureux qu'elle eût évité le censeur, le contrôleur du train, sur le chemin de l'hôtel blanc!

Ce ne fut qu'avec la plus grande répugnance que la jeune femme consentit à revoir son récit avec moi, s'arrêtant chaque fois qu'il lui venait une association. Sa légère crise de suffocation ayant disparu, elle était convaincue d'être pleinement guérie, et ne pouvait comprendre pourquoi je la pressais de poursuivre. Heureusement l'effet du transfert la faisait aussi hésiter à mettre fin à l'analyse.

« L'hôtel blanc est celui où nous sommes descendus, commença-t-elle. J'étais heureuse d'être à la montagne, c'était un tel soulagement après la détresse où j'étais à Vienne; mais j'avais aussi envie d'un lac, d'un lac énorme, parce que je me sentais plus libre auprès de l'eau. L'hôtel avait une piscine d'eau verte, je lui permis donc de se changer en lac! La plupart des gens étaient des clients de l'hôtel. Il y avait un mélange extraordinaire – les gens essayant, je suppose, de reprendre leurs habitudes après la guerre. Par exemple il y avait vraiment un officier anglais, très raide et très courtois, qui avait été commotionné par un obus en France. Il écrivait des vers, et me montra un de ses livres. Cela me prit par surprise; bien que cela ne me parût pas très bon, pour autant que je puisse juger de l'anglais. Il mentionnait souvent un neveu qui devait venir le rejoindre plus tard, pour faire du ski. Mais j'entendis quelqu'un dire que son neveu avait été tué dans les tranchées. Un jour, le major nous convoqua à une réunion, pour nous dire que nous allions être attaqués. J'ai pensé que j'allais en tirer une scène amusante, parce qu'après tout il y a tant de choses que nous ne comprenons pas, commes les feuilles en automne et les étoiles tombantes. »

Je l'interrompis pour demander si la comparaison qu'elle faisait souvent entre les étoiles tombantes et les fleurs n'était pas un rappel de son enfance.

« Que voulez-vous dire?

– Vous disiez, je me souviens, que sous l'eau les méduses ressemblaient à des étoiles bleues.

– Oh! oui! Le matin, je commençais par courir jusqu'à la plage pour voir si des méduses[11] n'étaient pas venues pendant la nuit. Oui, bien sûr, beaucoup de vieux souvenirs y sont mêlés. A Odessa nous avions une petite femme de chambre japonaise, et elle me disait souvent des haïkus – de brefs poèmes – pendant qu'elle balayait et qu'elle frottait. J'ai pensé que ce serait bien, en un sens, si elle se liait d'amitié avec le major anglais de Gastein, puisqu'ils étaient seuls, tous les deux, et aimaient la poésie. Le major avait l'air triste, et il essayait de persuader des gens de jouer avec lui au billard. C'est un mélange du passé et du présent, comme moi. Le Russe, par exemple – c'est mon ami de Pétersbourg tel que je l'imagine aujourd'hui. C'est devenu un homme important, j'ai vu son nom dans le journal. »

Je lui fis remarquer qu'elle en faisait un portrait très ironique.

« Il m'a quittée, voyez-vous. Plus exactement il s'est quitté lui-même, car il y avait beaucoup de bien en lui quand nous nous sommes rencontrés; il pouvait se montrer affectueux, tendre, et même timide. C'est pour cela que je l'ai aimé. »

Frau Anna s'interrompit pour reprendre son souffle, puis reprit :

« Il y avait à l'hôtel une quantité étonnante d'égoïstes. Vraiment, ils auraient continué à écrire joyeusement leurs cartes postales si l'hôtel avait pris feu, tant qu'ils ne risquaient pas eux-mêmes de brûler. (Allusion à ce passage de son journal écrit sous forme de cartes postales, le genre de banalités qu'on écrit souvent à des amis lorsqu'on est en vacances.) Il y avait un orchestre tsigane, et un

11. Frau Anna employait le mot russe, *medusa :* encore un de ces mots étrangers qu'elle introduisait de temps à autre, ce dont il fallait soigneusement tenir compte.

pasteur luthérien au teint de papier mâché, et un gentil petit homme dont tout le monde se moquait, parce que ce n'était qu'un boulanger et qu'il parlait mal; et une famille nombreuse de Hollandais. Mais le vieux Hollandais ne faisait pas de botanique. L'herbe d'araignée, c'était un petit cadeau à votre intention. » Elle rougit, souriante. « Je sais combien vous aimez découvrir des pièces rares. J'ai regardé dans un livre sur les fleurs de montagne, et il m'a semblé que c'était la plus rare.

– Et la prostituée en retraite? demandai-je. Etait-elle à l'hôtel?

– Non. Ou plutôt, oui. Moi-même.

– Comment cela? »

Elle fit une pause, puis répondit : « J'ai une imagination désordonnée. »

Je remarquai que si la possession d'une imagination désordonnée était une preuve d'immoralité, toutes mes patientes, et même toutes les femmes respectables de Vienne, étaient elles aussi des prostituées. Je la respectai, ajoutai-je, pour la franchise de sa confession, qui avait exigé un grand courage.

Deux ou trois semaines après la reprise de nos séances, les symptômes de Frau Anna revinrent en force. Ce fut pour elle un rude coup. Je lui dis que je n'en étais pas surpris, et qu'elle ne devait pas désespérer. Je l'en avais avertie, les rémissions sont chose fréquente, mais les symptômes reviendraient tant que nous ne serions pas allés jusqu'à la racine de son hystérie; et je l'assurai, avec plus de confiance que je n'en éprouvais, que nous nous rapprochions de la lueur au bout du tunnel.

A relire le journal d'Anna je fus à nouveau frappé par l'exubérance et l'impudeur des matériaux sexuels. Je lui demandai si elle avait eu d'autres liaisons, outre l'étudiant A. et son mari, et elle me répondit par une dénégation énergique. Sa vie sexuelle était donc limitée à une brève liaison lors de ses dix-huit ans et aux quelques mois du début de son mariage. Je ne pouvais m'empêcher de supposer que cette femme qui était de toute évidence passionnée et capable d'émotions violentes n'avait pu vaincre les exigences de sa sexualité sans un combat sévère, et que ses tentatives d'étouffer le plus puissant des instincts avaient soumis son esprit à des efforts épuisants.

Il était temps de s'affronter franchement à l'histoire d'amour narcissique qui était au centre de son journal. Car, si nous faisons une analogie avec sa forme d'art préférée, dans le théâtre du corps de sa mère il n'y avait sur la scène que deux premiers rôles chantant leur duo d'amour, quel que fût le nombre des personnages au second plan. Voilà en tout cas ce qui m'avait frappé.

De ce mari devenu pour elle un étranger elle parlait toujours d'une manière montrant à l'évidence qu'elle l'aimait encore. Elle ne le blâmait pas le moins du monde pour leur séparation, il n'avait eu dans tous les domaines que des bontés pour elle, s'était montré doux, attentionné, généreux et fidèle. C'est à elle que revenait entièrement la responsabilité de la rupture, mais la raison qu'elle en donnait, sans jamais varier n'était clairement qu'une échappatoire : elle désirait plus que tout au monde lui donner des enfants, mais elle en était arrivée à se convaincre que, pour elle, avoir un enfant n'apporterait que du malheur. Bien qu'elle éprouvât du remords à rendre ainsi son mari malheureux, il serait bien pire de lui dénier le droit d'avoir une famille. Il était heureux, disait-elle, qu'elle eût insisté pour qu'ils pratiquent le coitus interruptus, car cela signifiait qu'il pouvait faire annuler le mariage pour épouser quelqu'un capable de faire son bonheur. Elle ne voulait, ou ne pouvait, s'expliquer plus avant et, point n'est besoin de le dire, son explication ne me satisfaisait pas du tout.

Convaincu que les inventions narcissiques de son journal devaient avoir un rapport étroit avec ses épousailles, je lui demandai un jour qui elle pensait que les amants représentaient. « A part le fait que le jeune homme puisse être mon fils! » ajoutai-je.

Mais ses défenses étaient toujours intactes. Elle affirma que les amants avaient pour modèle un couple passant sa lune de miel à l'hôtel de Gastein. Leur manque de pudeur en public leur avait valu la notoriété. Les femmes de chambre se plaignaient qu'ils dormaient fort tard dans la matinée; et ils eurent un comportement scandaleux lors d'une excursion, sous les yeux mêmes d'Anna et de sa tante : moins scandaleux, admit-elle néanmoins, que les amants de son journal. Elle avait été à la fois choquée et amusée de leur conduite; mais de plus le jeune couple avait touché son cœur, car son don de Cassandre lui disait que le jeune marié ne vivrait pas longtemps.

« *Vous* n'êtes pas présente dans la jeune dame? demandai-je non sans ironie.

– Naturellement, oui! Je vous ne l'ai pas caché.

– Avec votre mari.

– Pas précisément. Je pensais surtout au couple en lune de miel. » Elle jouait avec sa croix.

« Allons! Vous allez bientôt me dire que vos amis en lune de miel ont rencontré une corsetière et l'ont invitée dans leur lit!

– Non, bien sûr que non! Je crois que ce devait être Mme R. »

Ceci n'était pas inattendu, car elle avait toujours parlé de son amie et mentor de Saint-Pétersbourg avec une chaleur exceptionnelle. Je m'enquis de savoir pourquoi elle en avait fait une corsetière. « Parce qu'elle insistait toujours sur la discipline, si nous voulions réussir dans la danse. L'autodiscipline poussée jusqu'à la souffrance.

– Alors l'hôtel blanc...

– C'est simplement ma vie, vous voyez! » m'interrompit-elle avec une certaine véhémence; comme pour dire, avec Charcot : « *Ça n'empêche pas d'exister** [12]. »

« Et votre amie s'adonnait-elle à des aventures galantes? demandai-je.

– Très certainement pas! C'est une juive convertie à l'orthodoxie, et vous savez qu'il n'y a pas plus dévot! » Frau Anna raconta ensuite qu'elle avait pensé au mariage de son amie (espérant qu'ils étaient heureux et en bonne santé malgré la dureté des temps), et à l'imagerie mystique du Cantique des Cantiques. « Ils faisaient un couple idéal. Elle a eu de la chance d'épouser un homme aussi beau et distingué. Il n'était plus jeune, bien sûr, mais certains hommes semblent embellir en vieillissant. » Elle s'arrêta, troublée. Je lui demandai s'il n'avait pu y avoir quelque rivalité entre elle et Mme R. Alors qu'elle m'opposait une dénégation son souffle se fit plus court et sa voix plus rauque, tandis que sa main volait à sa poitrine d'un geste involontaire. Je lui rappelai que leur liaison l'avait prise de court. « Vous n'avez jamais pensé que son intérêt pût s'adresser à vous, Frau Anna? » Elle ne répondit pas, mais secoua la tête en s'efforçant de retrouver son souffle. « Pourtant, dans votre journal, n'êtes-vous pas poussée de côté par cette dame? insistai-je. Votre lit est envahi par une rivale, n'est-ce pas?

– Cela n'a rien à voir avec ça! » répliqua-t-elle,

12. Une des citations favorites de Freud. La maxime complète de Charcot était : « *La théorie, c'est bon, mais ça n'empêche pas d'exister**. »

très angoissée. Puis, dans son trouble, elle laissa échapper un aveu surprenant. « S'il faut que vous le sachiez, c'est au sujet de ma lune de miel avec mon mari – vous avez raison. Pour cette partie, tout du moins. Les deux femmes n'en sont vraiment qu'une. Voyez-vous, je pensais que si seulement j'avais été douée de la vitalité et de l'optimisme que mon amie avait gardés malgré tout ce qu'elle avait souffert, je ne serais pas si affreusement crispée.

– Et pourquoi donc, Frau Anna?

– J'avais peur de ne pas être à la hauteur de son attente.

– Je vois. Il vous croyait vierge, naturellement, et vous aviez peur qu'il soit détrompé?

– Oui. » Derechef elle toucha son crucifix.

Je lui dis qu'elle me faisait perdre mon temps; que je ne pouvais pas tolérer ses mensonges plus longtemps; qu'à moins qu'elle ne fît preuve envers moi d'une entière franchise il n'y avait aucun sens à continuer l'analyse. Eventuellement, grâce à de telles menaces, je réussis à lui arracher la vérité sur son mariage. Dans l'intimité cela avait été non une déception, mais un complet désastre – un cauchemar, de son point de vue en tout cas. La cause en était ses hallucinations, qui n'avaient jamais complètement disparu de sa vie, mais qui, pendant cette période, l'oppressèrent sans répit. Elles se dressaient devant elle chaque fois qu'un rapport sexuel avait lieu. C'étaient des obsessions du genre de celles qu'elle décrivait dans son journal, ne différant que sur des détails. L'inondation, l'incendie de l'hôtel pouvaient se relier à la mort de sa mère; les deux autres hallucinations, la chute dans le vide et le convoi funèbre enfoui sous l'avalanche, lui restaient inexplicables; la dernière était la plus fréquente, la plus terrifiante aussi, car elle souffrait de claustrophobie.

Elle pensait que son mari ne s'était douté de rien. Pouvais-je imaginer la torture, dit-elle, d'avoir ces images devant les yeux alors qu'elle devait feindre d'être transportée de bonheur? Et ne pensais-je pas comme elle que ce mariage ne pouvait continuer sans faire grand tort à son mari?

Elle s'excusa de ne pas avoir admis tout cela plus tôt, au cours de l'analyse, disant qu'elle ne voulait pas paraître blâmer son mari. Et elle était inébranlable sur ce point, nul blâme n'existait. Il s'était montré tendre, patient et habile; elle avait aimé toutes les caresses intimes amenant au coït; cela du moins jusqu'à ce qu'elle se fût rendu compte qu'elles entraînaient inévitablement ses hallucinations et qu'elle en vînt à redouter même ces préliminaires. En outre, dit-elle, c'était sans importance, car elle était sûre que les hallucinations ne se dressaient que pour l'avertir de ce dont elle m'avait déjà informé : elle ne devait en aucun cas tomber enceinte. Même le coitus interruptus comportait un élément de risque.

A Gastein, elle avait réussi à s'accommoder avec le fait de ne pas avoir d'enfants, c'est pourquoi elle avait retrouvé la santé. Elle s'était sentie capable de sublimer ses désirs et ses besoins, mais ils étaient revenus la harceler dans la puanteur viennoise, et ses symptômes avaient repris.

Je devais maintenant reconnaître, conclut-elle avec un sourire forcé, que le bonheur décrit dans son journal ne pouvait aucunement avoir trait à son propre mariage; les catastrophes seules étaient « autobiographiques ». Elle remarqua aussi que si quelqu'un devait représenter son mari, c'était l'avocat allemand qu'elle avait appelé Vogel. J'exprimai mon étonnement, et Frau Anna répondit qu'elle ignorait pourquoi elle l'avait dépeint sous des couleurs aussi noires, et qu'elle donnerait tout pour le retirer. Il est vrai que son mari et sa famille exposaient parfois avec modération des vues antisémites; mais moins souvent et moins violemment que la plupart des gens. Cela n'avait fait surgir aucune ombre entre eux, pour la simple raison qu'elle n'avait pas jugé nécessaire d'apprendre à son mari ce détail sans importance à propos de ses origines[13]. Elle était fort contrariée d'avoir méchamment caricaturé cet excellent jeune homme. Je dus lui assurer que c'était parfaitement compréhensible : elle avait été contrainte de le blesser; ce qui fut très douloureux pour elle, et elle lui en voulait donc de lui avoir occasionné cette souffrance.

Peu après la révélation qu'elle me fit des problèmes sexuels rencontrés dans son mariage, je pus faire remonter du passé un autre souvenir désagréable. Je lui avais donné à étudier une histoire de cas récemment publiée[14], et elle avait insisté pour que je discute avec elle de l'obsession de ce patient avec le coitus *more ferarum* (ordinairement avec des servantes et des femmes du peuple.) Cela semblait l'intéresser excessivement, et cela me rappela naturellement un incident vers la fin de son journal. A ce propos, je suggérai qu'il était surprenant qu'une forme de rapport n'étant pas communément pratiquée dans la bonne société soit du ressort de son expérience. La patiente fut aussitôt prise d'angoisse, ayant du mal à parler; mais lorsqu'elle se fut suffisamment remise elle rappela un incident sur-

13. Le père d'Anna avait complètement rejeté la tradition juive, et en conséquence elle ne se sentait pas juive le moins du monde. Elle se décrivit une fois à moi comme « une chrétienne d'Europe centrale ».

14. *De l'histoire d'une névrose infantile (L'Homme aux loups)*, 1918. Sans que Frau Anna le sût, leurs origines avaient de nombreux points communs. Elle eut aussi l'occasion, un jour, de croiser ce patient dans l'escalier après avoir passé beaucoup de temps à discuter avec moi certains aspects de son cas.

venu en compagnie de A., le père de son enfant avorté, à Saint-Pétersbourg.

L'incident avait eu lieu lors de ce dont elle avait auparavant parlé comme d'un souvenir particulièrement heureux de sa liaison avec lui : un week-end de voile dans la baie. Ils se fréquentaient depuis environ trois mois et il s'était établi entre eux une relation profondément romantique – mais toujours « blanche », pour reprendre la description de Frau Anna. Il y avait peut-être une douzaine de jeunes gens sur le voilier. Le week-end fut d'abord relativement harmonieux. Ils eurent du bon temps, mêlant la discussion sérieuse à un certain excès de boissons fortes, fournies par le père de A., très riche. Puis, le second jour, Anna et son ami eurent une sérieuse querelle. Ce fut au sujet de Mme R., par le fait, qui s'était mise à inviter Anna et quelques autres élèves chez elle pour des discussions sans cérémonie et des activités culturelles. A. accusait Anna de vendre son âme à l'esthétisme. Leur différend fut avivé du fait que lui et ses amis en venaient à accepter la nécessité de la violence politique; alors que feu le mari de Mme R. avait été tué par une bombe destinée à un homme d'Etat. Anna, qui avait vu de près, dans la détresse et la solitude de son amie, les conséquences de la violence, dit à son ami qu'elle se retirait du groupe.

Pris de boisson, A. se mit en rage, et Anna ne reconnut plus le jeune homme qu'elle aimait. La délicieuse excursion en mer devint sinistre à ses yeux et prit une allure de cauchemar, comme dans *Les Possédés* de Dostoïevski. Son ami lui brûla les cheveux de son cigare et eut d'autres gestes agressifs. Elle lui dit que tout était fini entre eux, se rendit dans sa cabine où elle pleura et finit par s'endormir. Un peu plus tard, son repos fut troublé et elle se réveilla au spectacle horrifiant et dégradant de A. et d'une autre jeune femme, allongés sur la couchette opposée, engagés dans un rapport sexuel[15]. Loin d'avoir honte de sa conduite le jeune homme agonit Anna d'insultes moqueuses et vulgaires, ayant de toute évidence provoqué son réveil. Anna n'attendit pas la fin du voyage en mer, mais étant bonne nageuse depuis son enfance, sauta dans l'eau et nagea jusqu'au rivage.

Pour son malheur, elle se laissa convaincre, quelques semaines plus tard, qu'il avait des remords et qu'il l'aimait encore. Il blâmait l'alcool qu'il avait bu, l'ambiance surexcitée de l'époque, et leur abstinence sexuelle. Elle revint sur sa parole et devint pour peu de temps sa maîtresse. Comme plus tard avec son mari, elle eut d'horribles hallucinations. Elle alla vivre chez lui. Elle tomba enceinte. Elle découvrit un jour qu'il avait pris le train vers le midi, accompagné par la jeune femme du yacht. Dans cette situation épouvantable c'est l'amitié de Mme R. qui lui sauva la vie, car elle s'était mise à hanter les ponts sur la Neva, se demandant si elle allait mettre fin à ses tourments; et elle est convaincue qu'elle aurait agi ainsi après sa fausse couche si elle n'avait pu se confier à son professeur et être accueillie chez elle.

L'expérience d'évoquer à nouveau les images de cette période fut si douloureuse pour la patiente que j'eus à peine le cœur de lui demander pourquoi elle avait parlé de l'excursion en mer, quelques mois plus tôt, en termes si enthousiastes. Quand je pus lui soumettre la question elle prétendit avoir confondu deux week-ends différents.

Ses symptômes ne diminuaient pas de gravité; elle dormait mal et avait reperdu tout le poids qu'elle avait gagné, s'étant remise d'elle-même à son

15. Evidemment dans la position à laquelle j'ai fait allusion.

régime d'oranges et d'eau. Elle me dit une fois : « Vous me dites que ma maladie est probablement reliée à des événements de mon enfance que j'ai oubliés. Mais même s'il en est ainsi, vous ne pouvez plus rien changer à ce qui s'est passé. Comment vous proposez-vous alors de m'aider? » Et je lui répondis : « Nul doute que le destin pourrait plus aisément que moi soulager votre mal. Mais nous aurons beaucoup gagné si nous parvenons à transformer vos souffrances hystériques en chagrins ordinaires. »

C'est à ce moment, au cours du lent et douloureux éclaircissement de la mystérieuse maladie de ma patiente, que je commençai à relier ses problèmes à ma théorie de l'instinct de mort. Les idées nébuleuses de mon essai à demi achevé, *Au-delà du principe de plaisir*[16], se mirent presque imperceptiblement à prendre une forme concrète, à mesure que j'étudiais le paradoxe tragique qui dirigeait le destin de Frau Anna. Elle désirait ardemment satisfaire les exigences de sa libido en même temps que la revendication impérieuse, venue d'une force que je ne comprenais pas, d'empoisonner son propre plaisir à sa source. Elle avait, de son propre aveu, un instinct maternel d'une vigueur inhabituelle, et pourtant un ordre absolu, imposé par un autocrate que je ne pouvais nommer, lui interdisait de jamais avoir d'enfant. Elle aimait la nourriture et ne voulait rien manger.

Aussi étrange (mais trop d'années à pratiquer la psychanalyse m'avaient rendu en partie aveugle à cette étrangeté) était la compulsion psychique qui l'obligeait à revivre la nuit de tempête où sa mère

16. 1920.

avait été brûlée vive dans l'incendie d'un hôtel. J'ai déjà dit qu'à certains moments l'expression de Frau Anna me rappelait les visages des victimes des névroses de guerre. Nous ne voyons pas encore clairement pourquoi ces pauvres victimes du champ de bataille se forcent à revivre sans cesse dans leurs rêves les circonstances du traumatisme originel. Pourtant, il y a aussi les cas où tout un chacun, pas seulement les névrosés, montre les signes d'une compulsion de répétition irrésistible. J'ai par exemple observé un jeu que faisait l'aîné de mes petits-fils, qui continuait d'accomplir sans cesse des actions ne pouvant avoir pour lui qu'un sens désagréable – des actes se rapportant à l'absence de sa mère. On peut aussi retracer dans la vie de certaines personnes une propension à se nuire à elles-mêmes. Je commençai à voir Frau Anna non plus comme une femme séparée par sa maladie du reste des vivants, mais comme quelqu'un chez qui l'hystérie exagérait et mettait en lumière la lutte *universelle* entre l'instinct de vie et l'instinct de mort.

N'y avait-il pas dans nos vies un démon de la répétition, et ne devait-il pas dériver de ce que nos instincts humains sont profondément conservateurs? Ne se pourrait-il alors que tous les êtres vivants portent le deuil de l'état inorganique, la condition originelle dont ils sont sortis par accident? Sinon pourquoi, me dis-je, la mort existerait-elle? Car on ne peut considérer la mort comme une nécessité absolue, fondée sur la nature même de la vie. La mort serait plutôt une question d'opportunité. Voilà le raisonnement que suivait mon esprit.

Frau Anna était seulement en première ligne, pour ainsi dire, et son journal était la dernière dépêche du front. Mais la population civile, si je puis ainsi désigner les bien-portants, n'est elle aussi que trop familière avec cette lutte incessante entre l'instinct de vie (ou libido) et l'instinct de mort. Les enfants, et les armées, ne construisent des châteaux que pour les renverser. Les amants les plus normaux savent que l'heure du triomphe est aussi celle de la défaite; ils mêlent des couronnes funèbres aux guirlandes de la victoire et nomment *la petite mort** le pays qu'ils ont conquis. Les poètes, enfin, ne sont pas moins au fait de l'interminable conflit :

Ach, ich bin des Trebens müde!
Was soll all der Schmerz und Lust?[17]

Alors que je m'attardais ainsi sur les aspects universels du cas de Frau Anna, le combat d'Eros et de Thanatos, je trébuchai sur la racine de son angoisse personnelle. Jusque-là je n'avais jamais pu identifier un événement précis ayant pu contribuer à déchaîner son hystérie. Les douleurs au sein et à l'ovaire l'avaient frappée à une époque où elle était heureuse et active, où elle réussissait dans la carrière qu'elle s'était choisie et où elle attendait avec une impatience joyeuse la première permission de

17. Gœthe, *Chant nocturne du voyageur.* (« Je suis las de tout cela, quel sens ont ces douleurs et ces joies ? ») La citation s'appliquait fort bien aux circonstances dans lesquelles ce texte, *Frau Anna G.*, fut composé. Freud reçut en 1930 le prix Gœthe de littérature. Son magistral discours de remerciement (lu à Francfort par Anna Freud) impressionna tellement le Conseil de la Cité qu'il fut invité à écrire un article de psychanalyse destiné à être publié en édition de luxe à tirage limité pour célébrer à la fois le centenaire de la mort de Gœthe, en 1832, et le quarantième anniversaire des *Etudes sur l'hystérie* de Freud et Breuer. Freud accepta l'invitation, se proposant d'écrire le cas de Frau Anna. Le comité du centenaire commença par accéder volontiers à son désir de publier les textes de la patiente en appendice à son étude, mais fut pris d'un effarement bien prévisible en découvrant la nature de ces écrits. Freud n'accepta pas qu'on pratiquât la moindre censure, sinon le remplacement des mots indécents par les astérisques conventionnels. La publication fut reportée, puis complètement abandonnée avec l'arrivée au pouvoir du national-socialisme; et en 1933 toutes les œuvres de Freud furent brûlées lors d'un autodafé à Berlin.

son mari, sûre que désormais tout irait bien. Elle ne pouvait se rappeler aucun incident désagréable pouvant avoir quelque rapport avec sa maladie. Elle était allée se coucher un soir, tout à fait heureuse, après avoir écrit à son mari une lettre suggérant qu'elle aimerait tomber enceinte pendant sa prochaine permission. La nuit même, les douleurs l'avaient réveillée.

Elle arriva un jour à son rendez-vous d'humeur particulièrement joyeuse. Elle m'expliqua qu'elle avait reçu de merveilleuses nouvelles de Saint-Pétersbourg, une lettre de sa vieille amie lui apprenant qu'elle et son mari avaient survécu sains et saufs – bien que leur situation fût grandement diminuée – et qu'ils avaient eu le bonheur d'avoir un fils. Bien que l'enfant fût déjà âgé de trois ans, elle rappelait à Frau Anna sa promesse d'être marraine en cas d'heureux événement. C'était la première lettre de son amie depuis presque quatre ans, et les premières nouvelles qu'elle avait d'elle depuis avant la guerre. Il était facile de comprendre sa bonne humeur.

Pourtant, alors qu'elle parlait de son plaisir à l'idée d'avoir un petit filleul, ses douleurs, qui ne se faisaient alors que modérément sentir, augmentèrent brutalement. Cela devint si grave qu'elle me supplia de lui permettre de rentrer chez elle. Je n'étais pas disposé à la laisser partir sans essayer de trouver la cause de cette aggravation soudaine, et je lui demandai si par hasard elle n'était pas jalouse du bonheur de Mme R. La pauvre jeune femme pleurait de douleur tout en niant vigoureusement qu'elle eût des pensées si indignes. « Ce ne serait ni surprenant ni déshonorant, Frau Anna, lui dis-je. Après tout, vous auriez certainement connu le même bonheur si vous n'aviez pas quitté votre mari. » Elle continua de pleurer en niant toute jalousie, admettant pourtant la vérité par le geste qu'elle eut de toucher sa croix. Je crus que c'était le bon moment pour lui dire enfin quelle « bénédiction » était parfois pour moi la croix qu'elle portait; mais avant que je pusse m'expliquer elle me dit, d'un ton assez agité, qu'elle se rappelait maintenant avec plus de détails le premier assaut de ses douleurs.

Avant de rentrer chez elle à la nuit, pour écrire sa lettre à son mari, elle avait dîné tranquillement avec sa tante après le concert de l'après-midi. Elle se souvenait maintenant que c'était ce jour-là qu'elle avait eu les dernières nouvelles de Mme R., nouvelles qui lui étaient parvenues par un heureux hasard. Son mari lui avait écrit qu'il était occupé à interroger un officier russe de Moscou, et que lors d'un intervalle plus détendu ils avaient découvert la mince coïncidence qui reliait d'un fil leurs deux vies. L'officier connaissait l'amie d'Anna, assurait qu'elle était en bonne santé et (pensait-il) attendait un enfant. Frau Anna avait discuté avec sa tante cette nouvelle passionnante. Cela pouvait-il être vrai? N'était-il pas dangereux d'être enceinte si tard dans la vie? Quel cadeau de baptême envoyer, quand les circonstances le permettraient? Sa tante avait suggéré d'offrir une croix, et Anna avait approuvé. C'est tout ce qu'elle se rappelait de la conversation. Elle était rentrée chez elle, avait écrit une lettre joyeuse, amoureuse, et s'était réveillée malade dans la nuit.

La jeune femme, dont la chaleur avait quelque peu diminué grâce à l'excitation du récit, ne cessa de caresser sa croix tout le temps qu'elle parlait; et j'entrepris alors de lui raconter l'importance qu'avait pour moi son geste involontaire. Mon explication eut pour effet de raviver violemment ses douleurs, mais aussi de lui faire venir à l'esprit une foule de souvenirs oubliés quant à cette soirée, et ainsi de dénouer le nœud de son hystérie. Inutile de dire que cela ne se fit pas sans grande angoisse de sa part et que j'eus à sonder fréquemment ses défenses. Voici la substance de son récit :

Elle s'était sentie aussi contrariée qu'heureuse des nouvelles reçues de Saint-Pétersbourg. C'était, reconnut-elle, parce qu'elle savait que si elle avait permis un rapport sexuel complet à son mari il se pourrait fort bien qu'elle fût déjà enceinte elle-même. Mais elle s'était débarrassée de cette gêne en discutant la question du cadeau de baptême. Sa tante mentionna que sa propre croix lui avait été donnée à sa naissance et qu'elle la portait nuit et jour depuis sa première communion. Ce disant elle toucha fièrement le crucifix en argent. Comme il était usé, fit-elle observer, pour la simple raison, ajouta-t-elle, que la mère d'Anna avait arraché le sien le jour de ses noces et ne l'avait jamais remis. C'était un geste de colère provoqué par l'hostilité de ses parents. Et de ce jour elle avait cessé toute pratique religieuse. Sa croix était restée dans son coffret à bijoux, sans jamais en sortir, jusqu'à ce qu'elle vienne en possession d'Anna.

Sa tante avait fait ensuite une remarque manquant quelque peu de tact sur ce que sa sœur était d'un caractère égoïste et mondain; puis aussitôt prise de remords, elle avait chanté ses louanges et évoqué cette époque lointaine sous des couleurs heureuses. Il était rare qu'elle parlât du passé, car cela la faisait souffrir; Frau Anna eut plaisir à s'entretenir ainsi d'une mère qu'elle avait à peine connue. Sa tante lui rappela la beauté de sa sœur, et la sienne propre, bien sûr, à l'époque où elle n'était pas encore vieille et infirme, puisqu'elles se ressemblaient tant. Elle sortit son album de photographies pour le confirmer et dit avec un sourire que les gens disaient souvent qu'on ne pouvait les distinguer qu'en regardant leur gorge, pour voir laquelle portait une croix! Anna, regardant les deux jolies femmes, sourit aussi, croyant vaguement se souvenir d'avoir entendu dire la même chose. Puis un souvenir entièrement disparu lui traversa l'esprit : l'incident du pavillon d'été. Le souvenir qui lui revint – et qu'elle me racontait – différait sur un point de la version qu'elle m'avait précédemment donnée.

L'enfant avait chaud, elle s'ennuyait, supportant difficilement que sa mère fût à tel point absorbée par sa peinture. Tous les autres avaient disparu après le repas de midi. Anna décida d'aller retrouver la fraîcheur de la maison et de tourmenter un peu sa nurse, dont elle avait oublié que c'était justement la demi-journée de congé. A la place elle but un peu de limonade et joua seule avec ses poupées dans la nursery. Quand elle ressortit, il faisait moins chaud. Elle partit à l'aventure à travers les arbres et tomba sur la scène du pavillon d'été. Elle fut surprise et choquée de voir la poitrine et les épaules nues de sa tante, et recula dans les buissons. Elle retourna ensuite sur la plage pour demander à sa mère pourquoi sa tante et son oncle se comportaient de façon si étrange; mais maintenant sa mère sommeillait sur un rocher. Sachant qu'il était strictement interdit de déranger le repos des adultes, Anna rentra derechef à la maison jouer de nouveau avec ses poupées. Au fond de son cœur elle était contente que sa mère fût endormie sur ce rocher, parce qu'elle savait, bien sûr, qu'en réalité ce n'était pas sa mère qui était là. Sans compter les mille détails secrets par où un enfant connaît sa propre mère, on ne pouvait confondre la robe montante de sa tante et le reflet d'argent sur sa poitrine, avec le contraste saisissant de la femme nue dans le pavillon d'été.

Mais alors, que faisaient donc ensemble dans ce pavillon sa mère et son oncle si jovial?

C'était trop troublant, trop mystérieux, et l'enfant l'oublia en jouant. L'Anna devenue grande, quand le souvenir la traversa, accru de tout le savoir d'un adulte, assuma immédiatement le pire; en même temps qu'elle trouva impossible de le supporter. Le sens fragile qu'elle avait de sa propre valeur était soutenu par la bonté de sa mère montée en icône. Une seule faille la ferait voler en morceaux, et avec elle la jeune femme. Alors l'étreinte d'un après-midi d'été devint l'inceste d'innombrables pavillons d'été et de nombreux étés. Elle ne portait pas de croix parce qu'elle ne méritait pas d'en avoir : voilà le train de ses pensées, même alors qu'elle continuait d'écouter les réminiscences de sa tante. L'idée suivante fut instantanée – elle, Anna, ne méritait pas non plus de la porter; elle aussi devrait l'arracher de son cou[18].

Mais pour quelle raison? Elle n'en voyait aucune. Elle accomplissait ses devoirs religieux et menait une existence irréprochable. Presque trop irréprochable! N'était-elle pas, en un sens, jalouse de sa mère? Peut-être sa mère était-elle perverse, mais quel plaisir elle devait éprouver, pour vouloir se jeter dans les bras de son amant à la moindre occasion, quel que fût le risque. Bien sûr qu'elle allait le rejoindre, chaque fois qu'elle laissait Anna avec sa nurse pour ne rentrer que plusieurs jours après. Quelque chose doit cruellement me manquer, se dit-elle; car je ne peux m'imaginer faire des centaines de milles – pour me mettre à la torture! Qu'est-ce qui ne va pas chez moi? Il est clair que son poison court encore dans mes veines, mais dans une direction on ne peut plus différente. Et je ne

18. Le récit par sa tante du geste impulsif de sa mère eut sur la patiente un effet douloureux, et elle revint souvent sur ce sujet.

peux même pas partager mon fardeau avec un autre, comme le pouvait ma mère. Je suis complètement seule. Soudain la vérité que la jeune femme n'avait jamais admise la brûla dans sa chair comme un éclair dans le noir : je ferais des centaines de milles – à l'instant, si c'était possible, pour voir mon amie! Mais maintenant qu'elle porte son enfant, je suis plus seule que jamais!

Maintenant tout était clair. J'avais écouté son récit agité en étant de plus en plus certain de sa conclusion, car il ne différait pas tant de certains soupçons qui m'étaient déjà venus. Pourtant cette clarification eut un effet dévastateur sur la pauvre fille. Elle se débattit, elle cria quand je lui exposai la situation avec des mots sans fard : « Ainsi vous ne vouliez pas *un* enfant, vous vouliez l'enfant de Mme R. – si seulement la nature l'avait rendu possible. » Elle se plaignit des douleurs les plus atroces et s'efforça désespérément de rejeter mon explication; ce n'était pas vrai, c'est moi qui le lui avais fait dire, elle était incapable de sentiments pareils, elle ne pourrait jamais se pardonner, elle avait seulement voulu dire que son amie serait désormais encore moins susceptible de sympathiser avec son horreur anormale de tomber enceinte. Je la confrontai à des faits irréfutables. N'était-il pas significatif qu'elle souffrît de ses hallucinations destructrices pendant la seule activité sexuelle que lui permettait sa conscience? Qu'elle n'eût de relations durables et fructueuses qu'avec des femmes? Qu'elle avait un instinct maternel très puissant et que pourtant, au moment d'en venir au fait, elle était remplie de dégoût à l'idée du lien domestique et permanent qu'entraînerait la maternité? Que son journal donnait une image plus vivante, et de loin, de la personnalité de Mme R. (sous les traits de Mme Cottin) que de celle du jeune homme?

Comparé à Mme Cottin, n'était-il pas une nullité ?

La pauvre femme luttait encore pour ne pas l'accepter. Ses symptômes gardèrent quelque temps leur gravité. Le degré de souffrance et l'intensité du combat ne se relâchèrent pas tant que je ne lui eus pas offert mes deux lots de consolation – que nous ne sommes pas responsables de nos sentiments; et que sa conduite, le fait qu'elle fût tombée malade en ces circonstances, était une preuve suffisante de sa force morale. Car chaque don a son prix, et le prix d'être libérée d'un savoir intolérable était son hystérie. Lorsqu'elle était rentrée chez elle, cette nuit-là, elle avait si bien enfoui ce qu'elle avait appris sur son homosexualité qu'elle avait pu écrire à son mari une lettre d'une ardeur inhabituelle. Quelques heures plus tard, les douleurs étaient survenues. Méduse, rejetée, avait exigé son tribut. Mais le prix valait d'être payé, car l'autre parti eût été encore pire.

Quand je lui expliquai cela, sa résistance faiblit sans complètement disparaître. Ou plutôt elle l'accepta et le rejeta en même temps, tant elle s'empressait à vouloir orienter notre conversation sur une découverte moins menaçante, l'inconduite de sa mère. Son soulagement d'avoir mis au jour ce souvenir d'enfance était tangible; et à mesure que nous avancions dans cette exploration son état s'améliorait progressivement.

Je ne pouvais qu'admirer l'économie dont avait fait preuve son esprit pour rendre un souvenir inoffensif, grâce à une simple coupure, comme avec des ciseaux, ne lui laissant rien de plus scandaleux qu'une tendre étreinte conjugale. Pourtant je n'étais pas encore sûr de la *chose* qu'elle avait vue. Si cela ne masquait pas un secret encore plus dévastateur, si ce n'était rien de plus qu'une étreinte entre son oncle et sa fougueuse mère, plus ou moins exposée aux regards de n'importe qui pouvant passer par là, cela pouvait être relativement innocent. Elle reconnut que cela était juste – en théorie –, mais resta néanmoins convaincue que son oncle et sa mère étaient adultères, et que d'une certaine manière elle l'avait senti, même si elle n'avait que quatre ou cinq ans. Elle me signala, comme preuve de leur culpabilité, l'excitation et la complaisance de sa mère à l'approche des visites de l'oncle. Elle rappela ses dépressions en automne et en hiver, ses voyages à Moscou et les présents somptueux qu'elle rapportait à la maison – comme pour apaiser sa conscience. Elle ne croyait même plus que sa mère allait jusqu'à Moscou : mais plutôt à un endroit commode entre Odessa et Vienne – probablement Budapest – pour retrouver son amant. (En tant que professeur de langues, il avait sans doute beaucoup de conférences à donner...) Elle se rappela le silence embarrassé qu'il y eut avant et après qu'on eût rapporté pour l'enterrer le corps de sa mère; le peu d'empressement à parler de la morte, alors ou plus tard; le fait que sa tante ne vint pas à l'enterrement, ne retourna jamais chez eux et désormais ne mentionnait presque plus cette époque de sa vie. Quand je lui répondais qu'il y avait à cela d'excellentes explications, et plus vraisemblables, elle se mettait en colère, presque comme si elle avait *besoin* de prouver la culpabilité de sa mère. Elle se souvint, avec une promptitude suspecte, que les marins qui l'avaient insultée quand elle avait quinze ans avaient fait des remarques obscènes sur sa mère, disant que tout le monde savait qu'elle était morte à Budapest avec un amant. Ils s'étaient servis d'un mot grossier pour suggérer que les corps carbonisés n'avaient pu être séparés.

Maintenant, naturellement, elle prétendait que

son oncle n'était pas mort d'une crise cardiaque à Vienne quelques mois après la mort de sa mère, mais qu'il avait péri dans le même incendie. Son père et sa tante avaient concocté cette histoire tous les deux pour endormir les ragots; mais probablement, comme il est d'usage pour ces sortes d'histoires, tout le monde à Odessa savait ce qui s'était passé, sauf Anna et son frère. Quand je lui demandai si elle ne devrait pas s'ouvrir à sa tante de ses soupçons, elle dit qu'elle ne voulait pas raviver d'anciennes blessures. Je la pressai néanmoins de le faire ou du moins de consulter les archives des journaux; car j'étais sûr que son imagination s'égarait. Elle allait déjà si bien qu'elle commençait à faire seule des promenades dans la ville. Et un jour elle entra en coup de vent, l'air triomphant. Elle brandit deux photographies devant moi. La première, un peu jaunie et déchirée, était celle de la tombe de sa mère; l'autre, toute récente, la tombe de son oncle. Elle avait trouvé sa dernière demeure au prix de longues recherches, dit-elle, parce que sa tante ne s'y rendait jamais. L'herbe la recouvrait, comme le montrait la photo. A ma surprise les dates de la mort, à demi effacées mais lisibles sur les deux tombes, étaient les mêmes. Je dus admettre que j'étais impressionné et que le plateau de la balance, étant donné les preuves, penchait vers sa version des événements. Elle sourit, et jouit de son triomphe[19].

Il est temps de résumer ce que nous savons du

19. Son rêve (p. 106) semble avoir préparé la voie de la découverte de son traumatisme. Elle descend à un endroit signalé par le panneau *Budapest*, bien qu'il soit « complètement mort ». L'homme dans le train la prévient qu'à Moscou les T. ne pourront la loger, et qu'elle devra dormir nue dans le pavillon d'été. La réflexion que fit là-dessus Frau Anna, lors de sa période d'abréaction, c'est qu'il était extrêmement improbable que sa mère fût allée loger dans un hôtel si elle était venue en visite à Moscou; elle aurait certainement été reçue par les T., ses amis hospitaliers.

cas de cette infortunée jeune femme. Les événements de sa première enfance ont contribué à la charger d'une lourde culpabilité. Toute petite fille commence, lorsqu'elle atteint le stade œdipien, à entretenir des pulsions destructrices envers sa mère. Anna ne faisait pas exception. Elle voulait sa mère « morte », et – comme si elle avait frotté une lampe magique – sa mère *était* morte. Grâce au serpent (le pénis de son oncle) de son paradis, Anna avait le champ libre, et elle pouvait faire ce que désire chaque petite fille, donner un enfant à son père. Mais, au lieu de lui apporter le bonheur, la mort de sa mère fut une source de souffrances. Elle apprit que mort veut dire être à jamais enfoui dans la terre glacée, et non pas seulement rester absent quelques jours de plus. Et elle ne fut pas récompensée de son matricide par l'amour de son père : au contraire, il devint plus froid et plus lointain; de toute évidence il la punissait de son terrible crime. Anna avait elle-même provoqué son expulsion du paradis.

Préservée par l'affection de substituts maternels, nurses et gouvernantes, elle fut punie – par des hommes encore – en étant insultée et terrorisée par une troupe de marins. Elle apprit de ces hommes que sa mère avait peut-être mérité de mourir, pour avoir été une mauvaise femme. Mais à cette époque la dureté de son père envers elle l'avait conduite à idéaliser excessivement sa mère; les remarques des marins étaient insupportables et il fallait les enfouir dans son inconscient avec le souvenir du pavillon d'été. C'est à cette époque qu'apparurent ses symptômes d'asthme et de suffocation – peut-être le symbole mnémonique d'étouffer dans les flammes. Simultanément son père lui prouva une fois pour toutes qu'il ne se souciait pas de son bien-être : elle le rejeta de son cœur et décida de se construire par elle-même une nouvelle vie.

A la capitale, elle eut le malheur de s'attacher à un amant indigne, de tempérament sadique et quelque peu sinistre. On pouvait néanmoins s'attendre qu'elle choisît un jeune homme de ce genre, car à dix-sept ans la structure compulsionnelle de ses rapports était bien établie. On pouvait s'attendre aussi que l'acte sexuel avec A. s'avérât un échec; et aussi qu'elle devînt l'amie d'une femme et fût « sauvée » par elle, pas avant, néanmoins, d'avoir subi d'autres dommages. Chez Mme R. elle put retrouver l'estime de soi; l'affection maternelle de la veuve fut absorbée par la fonction idéalisante de l'amour maternel – le véritable *premier amour*. Des émotions de nature homosexuelle prirent racine en Frau Anna bien qu'elle fût incapable de se les avouer, à Mme R. encore moins. Heureusement, elle put survivre au choc du remariage de son amie grâce au retour dans son existence de sa tante, une femme dont les sentiments maternels avaient été frustrés et qui était de plus, étrangement, l'image même de sa mère. On est tenté de voir la découverte à cette époque pour Anna d'un talent musical, d'autant qu'il s'exprimait dans la riche sonorité de l'instrument qu'elle avait choisi, comme un « épanouissement » spontané venu de ce qu'elle avait retrouvé le sentiment de sa propre valeur.

Poussée par son désir de se prouver qu'elle était capable d'une relation normale, elle trouva un mari. Comme on pouvait le prévoir, ce fut un nouveau désastre, mais elle répugnait à reconnaître son échec. Elle dut être secrètement soulagée quand l'ouverture des hostilités les sépara. Il fallut néanmoins de graves troubles mentaux pour la pousser à mettre fin au mariage, donnant pour raison (à elle et aux autres) qu'elle était incapable d'affronter l'éventualité d'avoir des enfants.

Un message de Mme R., et une remarque fortuite de sa tante menacèrent de renverser tout ce qu'elle avait si laborieusement édifié. Son mariage était une hypocrisie, sa musique n'était (en partie tout du moins) qu'une sublimation de ses véritables désirs. L'idée incompatible devait être supprimée à n'importe quel prix; le prix en fut l'hystérie. Les symptômes, comme toujours avec l'inconscient, furent appropriés : les douleurs au sein et à l'ovaire à cause de la haine inconsciente qu'elle avait de sa féminité anormale; l'anorexie : une haine absolue de soi, le souhait de disparaître de la terre. De plus l'essoufflement et les suffocations dont elle souffrait depuis la puberté reparurent par suite d'avoir entrevu les véritables circonstances de la mort de sa mère. La raison pour laquelle ses douleurs s'attaquaient au côté gauche de son corps n'était pas encore éclaircie. Il n'est pas rare qu'une hystérie s'attache à une faiblesse organique de la constitution, à condition qu'elle convienne au symbolisme premier; et il se peut que le sein et l'ovaire gauches de la patiente fussent enclins à une maladie qui ne se manifesterait que plus tard au cours de sa vie. D'un autre côté, cette tendance à gauche émanait peut-être d'un souvenir qui n'était jamais remonté en surface. Une analyse n'est jamais complète; les hystéries ont plus de racines qu'un arbre. Par exemple, à un stade beaucoup plus avancé de son analyse, la patiente contracta une phobie bénigne, affirmant que se regarder dans un miroir lui donnait des palpitations nerveuses. Cette phobie, heureusement de courte durée, ne fut jamais expliquée de façon satisfaisante.

L'analyse de Frau Anna fut moins complète que la plupart. Comme elle pensait avoir pratiquement retrouvé la santé, elle était impatiente de reprendre sa carrière musicale. Il y eut des désaccords, qu'en un sens je fus heureux de voir apparaître, puisque cela signifiait qu'elle reprenait son indépendance. La plupart concernaient mon estimation du lien qui l'attachait à Mme R.; elle répugnait encore, parfois, à reconnaître ouvertement qu'il eût une composante homosexuelle. Nous eûmes tous deux le sentiment qu'il valait mieux mettre fin à nos discussions, et nous nous quittâmes en termes amicaux.

Je lui dis qu'elle était guérie de tout sauf de la vie, pour ainsi dire. Elle n'en discuta pas et partit avec des chances raisonnables de survie dans une existence qui, sans nul doute, serait toujours au mieux difficile et peut-être souvent solitaire. Vers la fin, elle fut capable de dire qu'elle pouvait comprendre que sa mère eût pu être assoiffée d'affection et de nouveauté, une fois dissipés les premiers transports de son mariage. Qu'elle acceptât ainsi le caractère immuable du passé devait beaucoup à Gastein et à la rédaction ultérieure de son « journal » : intéressant exemple de l'inconscient préparant le psychisme à l'irruption éventuelle de pensées refoulées dans la conscience.

J'ai comparé ce journal à la scène d'un opéra – mais il y a sur cette scène une différence importante. C'est que les personnages de son drame sont interchangeables. Ainsi le jeune homme est selon les moments (ou parfois en même temps) le père d'Anna, son frère, son oncle[20], son amant A., son mari, et même l'insignifiant jeune homme du train entre Odessa et Moscou. Anna est elle-même (par

20. Bien que son oncle soit le plus souvent le « chef » : depuis la casquette blanche d'officier qu'il portait en plaisantant, s'appelant le « chef » en face du « Capitaine », son père; jusqu'à l'énorme appétit qui s'était gravé dans sa mémoire.

moments) la chanteuse d'opéra; mais aussi la prostituée opérée d'un sein, l'infirme maigre et pâle sans utérus, la maîtresse morte dans la fosse commune. Parfois les « voix » sont distinctes, mais le plus souvent elles se mêlent, se fondent l'une à l'autre : « l'égoïsme n'était pas dans l'esprit de l'hôtel blanc ». Avec l'aide raisonnable du médecin, le journal de Frau Anna l'a conduite vers la santé psychologique en lui faisant accepter la mystérieuse individualité de sa mère. La corsetière est aussi le symbole de quelque chose que la patiente a passé sous silence : l'hypocrisie. Sa mère n'était pas ce qu'elle paraissait, elle était loin d'être aussi stricte – avec elle-même. C'était Méduse aussi bien que Cérès. Quand elle semblait témoigner le plus d'amour à sa fille, son esprit était peut-être ailleurs. Mais bien en dessous du niveau conscient, la patiente apprit à pardonner à sa mère sa nature faillible et par là (très profondément) la sienne propre[21].

J'étais donc largement dans l'erreur en tenant pour établi que les personnages principaux étaient « un homme, une femme; une femme, un homme[22] ». Quelles que fussent les apparences du contraire, le rôle du mâle, du père, dans le théâtre intime de la patiente, était subalterne, et nous étions en face de deux « héroïnes » – la patiente et sa mère. Le document de Frau Anna exprimait son désir nostalgique de retourner au havre de sû-

21. L'accent inhabituel que met Freud sur le rôle de la mère a pu devoir quelque chose au récent décès de sa propre mère, le 12 septembre 1930. Cf. sa lettre à Jones : « On pourrait difficilement surévaluer sa valeur pour moi... Pas de douleur, pas de chagrin, ce qui doit probablement s'expliquer par les circonstances, le grand âge, et la fin de cette pitié que nous éprouvions devant son impuissance. Avec cela un sentiment de libération, de délivrance, que je crois pouvoir comprendre; d'une certaine manière les valeurs de la vie, aux niveaux les plus profonds, ont sensiblement changé. »

22. G. von Strassburg, *Tristan*.

reté, au premier hôtel blanc – où nous avons tous habité –, le ventre de sa mère[23].

Près d'un an après, je rencontrai une fois encore Frau Anna, tout à fait par hasard. Par une heureuse coïncidence cette rencontre eut lieu à Bad Gastein, où j'étais en vacances avec un membre de ma famille. Nous étions en train de marcher lorsque j'aperçus un visage familier. Il apparut qu'Anna jouait dans l'orchestre d'une petite compagnie en tournée, et je fus heureux de voir sa bonne mine, car, en vérité, loin d'être maigre, elle était plutôt trop bien en chair. Elle parut contente de me voir et exprima l'espoir que nous assisterions à la représentation du soir. Elle se rendait à une répétition. L'opéra qu'elle devait jouer était une œuvre moderne quelque peu obscure, et je protestai ne pouvoir apprécier la musique moderne – ajoutant que je serais certainement venu si elle avait joué dans le *Don Giovanni*! Cette allusion malicieuse ne lui échappa point, et elle sourit. Je lui demandai si elle connaissait le langage de cet opéra (dont elle avait la partition entre les mains), et elle me dit que oui, elle avait ajouté le tchèque à son répertoire. La

23. Le manuscrit de 1931 se termine par le paragraphe suivant : « Il m'a semblé approprié à cette occasion de présenter un cas où la raison et l'imagination peuvent être vues comme des partenaires en quête de la vérité, comme elles le furent dans l'esprit et le cœur du génie que nous honorons. Tout sentimental et désordonné que soit le journal de Frau Anna, je crois que Gœthe lui-même y aurait vu plutôt la pureté que la grossièreté; et qu'il n'aurait pas été surpris d'apprendre qu'au royaume de la libido ce qu'il y a de plus élevé et de plus bas se tiennent de près et dépendent en quelque sorte l'un de l'autre. " Du ciel, à travers le monde, jusqu'à l'Enfer. " Que la poésie et la psychanalyse illuminent encore longtemps, chacune de leur point de vue, le visage de l'homme dans toute sa noblesse et toute sa détresse. »

personne qui m'accompagnait admira qu'elle pût apprendre à lire un si grand nombre de langues, et Frau Anna répondit avec un sourire mélancolique, s'adressant plutôt à moi, qu'elle se demandait parfois de qui elle avait reçu ce don. Il était peut-être inévitable qu'elle soupçonnât que la froideur de son père, après la mort de sa mère, fut venue de l'idée qu'elle n'était pas sa fille.

Frau Anna dit qu'elle continuait à souffrir de temps à autre d'une légère récidive de ses symptômes, mais sans aller jusqu'à l'empêcher de jouer. Elle craignait toutefois que sa carrière tardive et son arrêt prolongé ne l'empêchent d'atteindre les sommets de sa profession. Je suis heureux de dire que j'ai continué à entendre parler d'elle au cours des ans, comme d'une interprète de talent qui poursuivait avec succès sa carrière à Vienne, vivant toujours en compagnie de sa tante.

IV

LA STATION THERMALE

1

Au printemps de 1929, Frau Elisabeth Erdman voyageait en train de Vienne à Milan. Elle s'était accordé le luxe d'une place en première classe, pour être sûre de rester fraîche à la fin du trajet; la plupart du temps elle fut seule, admirant le paysage, lisant une revue de temps en temps ou fermant les yeux pour répéter à mi-voix le rôle qu'elle allait devoir chanter. Le train était presque vide, et elle se trouva la seule voyageuse à déjeuner agréablement dans le vaste wagon-restaurant. Elle s'énerva des prévenances d'un si grand nombre de serveurs, expédia son repas et retourna dans son compartiment.

Le train s'arrêta dans un petit village du Tyrol – la gare n'était guère plus qu'un quai – et Frau Erdman pensa d'abord qu'un dignitaire devait se trouver dans le train, tant il y avait de monde sur le quai. Puis elle réalisa, fort contrariée, que c'étaient des voyageurs, car ils étaient surchargés de valises et de sacs d'alpinistes et ils envahissaient le train. Ils étaient beaucoup trop nombreux pour les wagons de deuxième classe et se répandirent dans les premières. Cinq hommes et femmes sac au dos entrèrent de force dans le compartiment, et elle dut se dépêcher de mettre ses affaires dans le filet. Il y avait même des gens dans le couloir, appuyés contre les vitres et la porte. Après le désordre de leur installation, sacs et skis débordaient du filet au-dessus de la tête de Frau Erdman, et elle se sentit coincée dans un angle par la masse de chair de ses compagnons de voyage. Ils portaient de si nombreux vêtements qu'ils avaient l'air – même les trois hommes – enceints; ils parlaient fort et riaient avec la grossière camaraderie de ceux qui viennent de partager des vacances et considèrent donc pour l'instant tout inconnu comme un intrus. Frau Erdman commença à souffrir d'une légère attaque de claustrophobie, au milieu de toute cette graisse: c'est le mot et l'image qui lui vinrent. Elle se leva, s'excusa d'enjamber leurs corps, et prit la porte.

Au même moment, comme le voulut la malchance, elle sentit le besoin de se rendre aux toilettes. Mais quand elle regarda le couloir, des deux côtés, elle vit qu'il lui faudrait faire un effort épouvantable pour traverser la foule de gens dont beaucoup étaient perchés sur leurs valises et leurs sacs. Un jeune homme, quelques mètres plus loin, vit sa détresse et lui fit poliment signe de passer. Mais elle secoua la tête en grimaçant un sourire, comme pour dire: *Ce n'est pas la peine, je peux attendre!* et il lui sourit en retour, amusé par le message qu'il avait bien compris. Frau Erdman vit qu'il se tenait dans une petite « clairière » en face d'une fenêtre ouverte, et elle se fraya un chemin jusqu'à lui. Elle passa la tête par la fenêtre et prit une grande goulée d'air.

Grandement soulagée, elle s'appuya le dos contre la vitre d'un compartiment. Le jeune homme lui demanda si la fumée de cigarette la gênait, et quand elle répondit que non il lui en offrit une de son étui.

Elle refusa, ce sur quoi il observa que de nos jours quantité de dames fumaient la cigarette : n'avait-elle jamais été tentée d'essayer? Oui, dit-elle, elle avait aimé fumer quand elle était jeune, mais elle avait arrêté de peur d'abîmer sa voix. Immédiatement, elle regretta de l'avoir dit; cela allait entraîner sa curiosité, des questions, et ses réponses qui lui feraient penser qu'elle faisait parade de ses talents. Les questions prévues ne se firent pas attendre, et elle reconnut qu'elle était chanteuse; qu'elle se rendait à Milan; qu'elle devait chanter à l'opéra de cette ville. Et oui, c'était un rôle assez important.

Le jeune homme fut impressionné. Il examina son visage quelconque, un peu ridé – mais elle avait des lèvres et des yeux expressifs – tâchant de se rappeler s'il avait vu sa photographie dans les journaux. Il ne connaissait pas grand-chose à la musique, dit-il, car il étudiait la géologie à l'université, mais tout le monde avait entendu parler de la Scala de Milan. Elle devait être une des « très grandes ». La femme rit – devenant presque belle ce faisant – et nia vigoureusement de la tête. « Pas du tout, j'en ai peur, dit-elle. Je ne suis qu'une remplaçante. Vous avez peut-être entendu parler de la Serebryakova? (Le jeune homme fit signe que non.) Eh bien, c'est une grande chanteuse. C'est elle qui avait le rôle, mais elle est tombée dans un escalier et s'est cassé le bras. Sa doublure n'était pas à la hauteur, et ils avaient un problème. L'opéra est en russe, voyez-vous, et il n'y a pas tant de sopranos qui peuvent chanter en russe et qui ne soient pas prises des mois à l'avance. Je suis la seule qu'ils aient trouvée! » Elle eut un rire sonore et les coins de ses yeux se plissèrent de joie. Elle était contente de sa modestie, qui était véritable, et heureuse de ne pas avoir des idées de grandeur.

Le jeune homme eut un murmure désapprobateur et elle insista : « C'est vrai! C'est l'unique raison qui m'a fait avoir le rôle. Cela ne m'ennuie pas. Je trouve que j'ai beaucoup de chance. Je ne trouverai jamais mieux – j'ai presque quarante ans. J'aurai chanté à la Scala, dans un grand rôle. Cela me fera un vrai souvènir! » Elle eut un haussement d'épaule amusé.

Elle dirigea la conversation sur le jeune homme. Il passait son examen de sortie cet été même, dit-il, ensuite il espérait trouver un poste d'enseignant à Rome et épouser son amie. Il était justement en route pour la voir après une semaine de vacances bien gagnées qu'il avait passée à skier et à faire de l'escalade en dormant à la belle étoile. Il se sentait revigoré. Elle voulut qu'il lui parle de son expérience, mais fut déçue de le trouver muet sur l'aspect spirituel de l'alpinisme. Sa grande ambition, dit-il, était de faire la Jungfrau. Frau Erdman, pour quelque raison, trouva cette remarque plaisante, mais dissimula son sourire sous des hochements de tête sérieux quand il lui décrivit combien ce serait difficile.

Après les lacs étincelants et les vallées fertiles du Tyrol, le train pénétra dans un tunnel avec un bruit de tonnerre qui découragea toute conversation. Ce voyage souterrain dura suffisamment pour les convaincre tous deux qu'ils n'avaient rien en commun et qu'il n'y avait pas de sens à parler plus longtemps; aussi, quand ils ressortirent à la lumière, restèrent-ils silencieux jusqu'à ce que Frau Erdman dise qu'il était temps qu'elle entreprenne son dangereux voyage vers les toilettes. Au retour, en se frayant un chemin, elle se faufila près de lui et ils se dirent au revoir et bonne chance. Elle retrouva sa place encombrée et regarda la fenêtre, sans voir plus loin que la vitre désormais cinglée par une pluie battante.

A la gare suivante, par bonheur, une fois passée la frontière italienne, on ajouta des wagons et le contrôleur passa, faisant sortir des premières classes les voyageurs de seconde. Frau Erdman poussa un soupir de soulagement et put s'étaler à nouveau. Elle se dit qu'il valait mieux qu'elle revoie entièrement la partition – elle avait tout le temps –, mais le premier chœur, là où les paysans fatigués reviennent de la moisson, la rendit rêveuse et elle ne lut pas plus avant. Quand le train atteignit les faubourgs de Milan, elle se sentit nerveuse et dut combattre une sensation de suffocation. Elle se mit devant le miroir pour se brosser les cheveux et se remettre du rouge à lèvres. Elle s'inquiéta de ce qu'ils pourraient soudain la trouver trop âgée pour jouer le rôle d'une jeune fille, et s'imagina leurs visages s'affaisser en la voyant.

Mais si le groupe qui l'accueillit eut de telles pensées, elles furent bien déguisées. Un homme grand, chauve et voûté s'avança et la salua, se présentant comme le Signor Fontini, le directeur artistique. Puis sa femme, petite, dodue et trop pomponnée, fit la révérence, et enfin Frau Erdman serra quatre ou cinq mains, trop énervée pour comprendre un seul nom. Puis elle fut aveuglée par les éclairs des photographes et fut à moitié portée par le Signor Fontini et les autres à travers un tohubohu de journalistes qui la bombardaient de questions en brandissant leurs calepins. Dans la confusion et l'excitation de son arrivée elle avait laissé dans le train un de ses bagages, et un des acolytes du directeur dut retourner le chercher en courant. Ils sortirent finalement de la gare – on tendit au-dessus d'elle un parapluie pour la protéger de l'averse –, on la fit entrer dans une limousine qui démarra. A l'hôtel, au centre de la ville, il y avait encore un comité de réception qui l'attendait, et on lui jeta un bouquet de fleurs dans les bras. Mais le Signor Fontini, craignant de surmener sa vedette de rechange, lui fraya un chemin jusqu'à l'ascenseur et l'accompagna lui-même jusqu'à sa suite, au troisième étage. Un chasseur et un portier suivirent avec ses bagages. Le Signor Fontini lui baisa la main, lui disant de se reposer pendant deux heures, et qu'il viendrait la chercher pour dîner à huit heures et demie. Une fois seule dans l'appartement luxueux, elle s'écroula sur le divan. Le salon spacieux, bien aéré, était digne d'une reine. Il y avait partout des vases de fleurs. Elle se déshabilla, se fit couler un bain, et lorsqu'elle s'y installa, avec l'impression d'être choyée et gâtée de façon extravagante, elle s'inquiéta de ce que sa performance ne justifierait jamais un tel traitement.

Habillée pour dîner, elle s'assit au bureau d'où son regard plongeait sur la rue animée, pour écrire une carte postale à sa tante, à Vienne. « Chère tante, commença-t-elle, dehors il pleut de l'eau et dans ma suite, des fleurs. Oui, une suite! Je suis accablée par l'idée qu'ils ont de mon importance. Je ne parle pas des fleurs! Je vais être incapable d'affronter le dîner, moins encore la répétition demain – ou la représentation! Je vais tomber dans l'escalier et me casser la jambe. Amour, Lisa. »

Et ensuite, à la table du dîner qui gémissait sous le poids des fleurs, du cristal et de l'argenterie, il y eut la grande Serebryakova, mince, belle, élégante, malgré son bras en écharpe. Une des plus grandes sopranos du monde, bien qu'elle n'eût guère plus de trente ans. Elle aurait dû repartir la veille pour l'Union soviétique, mais elle avait choisi de rester pour souhaiter bonne chance à sa remplaçante. Lisa fut confondue d'une telle attention de la part d'une telle célébrité. Mme Serebryakova professa même son admiration pour la voix de Frau Erdman : elle l'avait entendue à Vienne, une fois, chanter *La Traviata.* C'était à l'époque de sa première tournée à l'étranger, quand elle-même était encore une inconnue.

Sa gentillesse et sa bonne humeur mirent Lisa à son aise. La vedette parla très drôlement de sa chute dans l'escalier de la Scala, et de ses tentatives pour continuer à chanter. « J'ai compris que ce n'était pas bon, dit-elle froidement, quand le public s'est mis à hurler de rire. » Ils n'avaient pu « avaler » que leur jeune héroïne romantique, Tatiana, ait le bras en écharpe tout au long de l'opéra, d'autant que l'action couvrait plusieurs années. Un critique de premier plan, tout en félicitant Serebryakova de son courage, s'était inquiété de l'état lamentable de la chirurgie en Russie tsariste.

« Alors nous avons essayé la doublure », dit le Signor Fontini avec un soupir, en écartant les bras. « Terrible. Dès le troisième soir, nous avons joué devant une salle vide. Mais nous n'aurons pas ce problème demain soir, je peux vous le promettre. Votre arrivée suscite un énorme intérêt. »

Il insista tellement là-dessus qu'on aurait pu avoir l'impression que la Serebryakova n'avait été qu'un second choix; le comité de sélection voulait *vraiment* Frau Erdman depuis toujours. Lisa prit toutes ces flatteries avec un grain de sel et un sourire; elle commençait à croire, bizarrement, qu'elle pourrait chanter Tatiana tout aussi bien que la Serebryakova. Et elle cessa de s'inquiéter à propos de son âge, car le quatrième convive, le baryton russe dont elle ne connaissait jusqu'alors que le nom, fort respecté, était plus vieux qu'elle ne l'avait imaginé. Victor Berenstein, qui chantait Onéguine, avait les cheveux parfaitement blancs et devait avoir largement dépassé la cinquantaine. Avec le teint jaune et une tendance à l'embonpoint, il l'observait derrière ses lunettes cerclées d'écaille, prenant aimablement la mesure de sa nouvelle vedette. Lisa aussi l'examina : se disant qu'il était heureux qu'elle servît seulement d'intermédiaire à la musique de Tchaïkovski et aux paroles de Pouchkine, car dans la vie elle ne pouvait s'imaginer tomber amoureuse de cet homme, si amical et charmant qu'il fût. Ce qu'il avait de mieux – à part sa voix, naturellement – c'étaient ses mains. Elles étaient plus sveltes que le reste de sa personne, en un sens; masculines, mais aussi tendres et expressives. Ses longs doigts minces coupaient même son beefsteak avec émotion et tendresse.

Comme la Serebryakova, il avait dit qu'il admirait beaucoup la voix de Lisa et qu'il était ravi qu'elle se fût montrée en mesure de reprendre le rôle à si bref délai. Il l'avait entendu chanter Schubert, sur un disque qui crachotait. Mais comme Lisa n'avait jamais enregistré de disque, et le lui dit, il rougit de confusion et de gêne et fut soudain excessivement préoccupé par la dureté de sa viande.

Lui-même et la Serebryakova (Victor et Vera, ils insistèrent là-dessus) étaient tous deux à l'opéra de Kiev; et Lisa porta sans attendre la conversation sur cette ville splendide, où il se trouvait qu'elle était née. L'intérêt qu'elle provoqua en mentionnant ce détail, qui n'était pas retenu par sa notice biographique, permit à Victor de reprendre contenance. Elle n'y était restée qu'un an, expliqua Lisa, et n'en avait donc aucun souvenir sinon pour deux courts séjours qu'elle y avait faits en vacances. Elle aimait ce qu'elle avait vu. Ses deux commensaux firent assaut d'enthousiasme au sujet de leur ville. Bien sûr, il y a quelque temps, les conditions y étaient cauchemardesques; mais les choses commençaient lentement à s'améliorer. Leur présence à Milan était un signe de ce progrès; avant ils n'avaient pu venir qu'au sein de troupes sévèrement enrégimentées.

« N'avez-vous jamais envie de revenir? demanda Vera. Vous n'avez pas le mal du pays? »

Lisa secoua la tête. « Je ne sais même pas vraiment où je serais chez moi. Je suis née en Ukraine, mais ma mère était polonaise. Il y a même du sang tsigane, m'a-t-on dit. J'ai vécu vingt ans à Vienne. Alors dites-moi donc quel est mon pays! » Ils hochèrent la tête, compréhensifs, et dirent que c'était presque aussi difficile pour eux. Vera était de Leningrad, Victor de Géorgie, et bien sûr ils étaient juifs. « De race, pas de religion », ajouta très vite Vera. Pensant sans aucun doute que le Signor Fontini se sentirait exclu de la conversation, elle lui demanda quelle était sa patrie. « La Scala », dit-il. Tout le monde rit, et Victor offrit un toast au pays natal de leur hôte, la merveilleuse Scala.

A partir de là, le rire ne cessa plus. Vera avait un esprit caustique, et Lisa se surprit elle-même d'être si drôle. Rendue pétillante par le vin et l'excitation nerveuse, elle les fit mourir de rire avec ses anecdotes absurdes, mais pourtant vraies. Victor Berenstein eut une terrible quinte de toux, au milieu d'une de ces histoires, en avalant de travers son verre de vin. La Serebryakova l'avertit de ne pas trop boire, car il devait chanter à la répétition du matin et n'aimerait pas avoir mal aux cheveux. « Il lui suffit de lait pour s'enivrer », expliqua-t-elle à Lisa tandis qu'il protestait : c'était absurde, de sa vie il n'avait été ivre. Vera leva les yeux au ciel. « Tu as raison! » soupira-t-il, repoussant son verre encore à moitié plein, et la Serebryakova lui tapota la main d'un geste approbateur. Il répondit en lui prenant la sienne pour lui faire une caresse. Ils se regardèrent dans les yeux en souriant, pleins d'affection. Lisa avait déjà décidé qu'il y avait entre eux une relation intime. Elle avait d'abord pensé que ce n'était que de l'amitié, la camaraderie venue d'avoir travaillé ensemble plusieurs années dans la même compagnie et de se retrouver soudain à l'étranger. Cela n'avait certainement rien d'étonnant, lorsqu'ils cherchaient ensemble – en russe – la phrase ou le mot justes en italien, et qu'ils se tutoyaient. Mais à mesure que le temps passait, et que Victor se grisait un peu, elle put voir qu'ils s'aimaient. Elle fut légèrement consternée à l'idée que la Serebryakova, avec l'ovale si pur de son visage, ses yeux verts en amande et ses longs cheveux blonds (argentés, comme son nom), avait choisi d'aimer un homme tellement plus âgé et si peu séduisant. Mais chacun son goût. Cette découverte, pourtant, l'énerva, sans qu'elle sût pourquoi. Ce n'était sûrement pas par pruderie, bien qu'elle sût que la cantatrice était mariée et que Victor en avait toutes les apparences. Peut-être était-ce qu'ils le montraient si ouvertement. Par exemple, après qu'ils eurent souhaité bonne nuit au Signor Fontini, dans l'ascenseur de l'hôtel, Vera ferma les yeux et posa la tête sur l'épaule de Victor Berenstein; son plâtre encombrant fut seul à empêcher un contact plus intime. Il l'entoura de son bras et lui caressa les cheveux. Quand ils sortirent au deuxième étage, souhaitant le bonsoir à Lisa, il garda son bras autour d'elle.

Lisa, de retour dans le silence de son appartement, entourée de bouquets absurdes, se sentit seule et déprimée. Elle trouva sur son visage une nouvelle ride en se préparant pour la nuit. Elle dormit peu, et descendit prendre son petit déjeuner avant qu'ils n'aient commencé le service. Elle finissait sa dernière tasse de café quand Victor et Vera arrivèrent – ensemble.

Quand le Signor Fontini vint prendre Lisa pour l'emmener à l'Opéra, il montra du doigt une pile de valises et de cartons à chapeaux qui attendaient dans le vestibule. « A la diva, dit-il, elle voyage presque sans rien, comme vous voyez! » La Serebryakova devait partir par le train de midi, immédiatement après la répétition, et elle avait supplié Lisa de lui permettre d'y assister. Lisa, dont le cœur tressaillait d'excitation nerveuse, sourit de cette remarque pince-sans-rire. Puis elle se retrouva sous un chaud soleil de printemps et monta dans la limousine qui leur ferait faire deux pâtés de maisons. Elle avait oublié les phrases d'ouverture de Tatiana, et elle dut regarder la partition pour se rassurer.

Il y avait encore plus de fleurs dans sa loge. On l'expédia tout droit dans la salle d'essayage, et pendant une heure il lui fallut ajuster son corps aux robes de Vera – c'est l'impression qu'elle en eut. Elle était trop éblouie d'être traitée comme une star pour prononcer un mot, et se laissa simplement manier et tâter comme si elle était une reine des abeilles. Il fallait raccourcir les costumes magnifiques, et les élargir par endroits. Puis on la poussa vers la salle de maquillage, où on lissa ses rides pour lui faire une peau de jeune fille pendant que la couturière s'occupait des derniers détails de ses costumes. On la gorgea de café, on la coula dans sa robe. Elles n'étaient pas contentes de ses longs cheveux ternes qui commençaient à se strier de gris. Elles n'étaient pas contentes du tout. D'ici ce soir, elles lui trouveraient une perruque. Ces dames gloussèrent aussi sur son teint huileux, car elle commençait à transpirer sérieusement. Gênée, elle admit qu'elle avait la peau grasse et tendance à transpirer, surtout quand elle était nerveuse.

Puis elle fut sur la scène. Les musiciens l'applaudirent, les choristes, quelques curieux, et une poignée de gens dans les loges (avec eux la Serebryakova). Lensky, un beau jeune homme italien condamné à mourir une fois de plus lors de son duel avec Onéguine, lui baisa la main; comme fit le vieux birbe qui était son mari au dernier acte, le Prince – un Romain d'âge mûr et barbu. Le Signor Fontini la présenta aussi au chef d'orchestre, qui avait l'air d'un insecte; Lisa était terrifiée par sa réputation d'énergie inépuisable et de brio sans faille. A plus de soixante ans, il semblait dire par toute son attitude : « Pourquoi m'encombre-t-on d'infirmes et de vieilles femmes? » En mauvais allemand (pour une raison qu'il était seul à connaître) il lui donna quelques brefs conseils. Elle traversa pour aller serrer la main du premier violon. Onéguine lui fit un grand sourire. Elle fit signe qu'elle était prête à commencer. Tout le monde déserta la scène, sauf sa « sœur » Olga et Mme Larina. Le chef d'orchestre leva sa baguette.

Plus tard, quand il donna des coups secs sur son pupitre pour qu'on l'écoute, il n'eut de mots sévères que pour un des bois. Il marmonna un bref compliment à l'adresse de Lisa; la Serebryakova, de sa loge, lui avait déjà fait un geste d'approbation, le pouce en l'air. La répétition se poursuivit sans accroc. Son interprétation avait des défauts évidents, mais elle put généralement les corriger dès qu'on les lui indiqua. Il était clair qu'elle devrait aussi apprendre à accorder ses gestes et ses déplacements à ceux des autres exécutants. « Cela viendra vite, lui dit Victor à la fin de la séance. Tout le monde peut voir que vous êtes une actrice née. Vous bougez comme une danseuse. En fait, bien sûr, vous étiez presque une danseuse! Et, le plus important – vous savez *chanter*! Dieu soit loué que vous ayez pu venir! » Vera se précipita sur la scène, exubérante, et la serra contre elle de son bras valide. « *Chudno!* dit-elle. Magnifique! » Elle dit qu'elle avait eu les larmes aux yeux pendant la scène de la lettre. « C'était la première fois que je l'entendais! »

Lisa fut si émue par l'abondance de ses louanges qu'elle ne put la remercier. Elle n'était pas encore remise de ce moment, vers la fin, où les larmes lui étaient montées aux yeux, à *elle*. C'était quand elle devait dire à Onéguine repentant qu'elle l'aimait encore, mais que sa réponse arrivait trop tard : elle ne pouvait pas trahir les vœux du mariage. A la phrase : « Le bonheur était possible, si proche ! » elle s'était souvenue d'un étudiant de Saint-Pétersbourg qu'elle avait aimé de toute son âme ardente, comme Tatiana aimait Onéguine. Et, comme Onéguine, le jeune homme avait rejeté son amour, le don sans réserves qu'elle lui faisait, et réprimé la générosité de son propre cœur, à cause d'un rêve, d'une illusion de liberté. Lisa, même alors qu'elle chantait, avait été submergée de souvenirs inhabituels qui, un moment, avaient menacé de l'empêcher de chanter. Elle n'était pas contente d'elle. Il faut faire pleurer le public, mais la chanteuse doit rester froide et garder les yeux secs.

Mais elle se sentait de nouveau heureuse d'avoir franchi avec un succès raisonnable cet obstacle menaçant. Le chef d'orchestre lui fit un signe de tête satisfait; Signor Fontini dit « Bravo ! » en gardant son air lugubre; et M. Moreau, le premier violon, frappa son instrument de l'archet pour montrer son approbation. D'autres musiciens applaudirent brièvement, puis tout le monde s'éparpilla pour aller boire un verre. Il devait y avoir une autre répétition l'après-midi même. Vera et Victor l'invitèrent à les suivre dans leur petite auberge favorite, au bout de la rue, où on leur servirait sans attendre une cuisine bonne et peu coûteuse. Vera dit qu'elle n'avait plus l'intention de partir par le train de midi; maintenant qu'elle avait entendu chanter Lisa, un attelage de chevaux ne la ferait pas sortir de Milan avant la représentation du soir. Victor était manifestement fou de joie qu'elle eût changé ses plans : il la prit dans ses bras et l'embrassa sur la bouche en pleine vue des machinistes.

Pendant le repas, qui fut léger, Lisa leur demanda leur avis, et ils lui firent quelques suggestions qui lui parurent excellentes; en fait, elle se demanda pourquoi elle n'y avait pas déjà pensé.

Leur discussion, plaisante et fructueuse, fut interrompue par l'apparition d'un gamin en haillons, maigre, la main tendue. Il avait le visage ravagé par quelque maladie affreuse. Avant que les serveurs n'aient pu le chasser, Lisa insista pour lui donner toute la monnaie qu'elle avait dans son sac. De toutes les souffrances, elle supportait le moins celles des enfants. Ses nouveaux amis l'approuvèrent, tristement; et Victor dit que c'était *cela* qui donnait de l'espoir en Union soviétique. « Cela ne se fera pas du jour au lendemain, et il y a encore des inégalités monstrueuses. Mais au moins nous allons dans la bonne direction. »

Vera acquiesça; et Lisa écouta, impressionnée par leur enthousiasme raisonné. Ils parlèrent encore – de musique et de politique, surtout de musique – jusqu'à ce qu'il fût temps de retourner à la répétition. Vera s'excusa, disant qu'elle rentrait se reposer à l'hôtel. Il y eut entre Onéguine et l'ancienne Tatiana une escarmouche amoureuse qui embarrassa Lisa, laquelle tourna la tête.

Quand le rideau se leva sur la première, elle découvrit que sa nervosité avait entièrement disparu et aucune émotion personnelle n'intervint quand elle chanta « Le bonheur était possible, si proche ! » Par contre, elle vit qu'elle répondait instinctivement de mieux en mieux et avec plus de plaisir à la voix et aux gestes de Berenstein. Ils s'inclinèrent devant des applaudissements, sinon tumultueux, du moins chaleureux. Dans les coulisses tout le monde se pressa pour la féliciter; mais la louange qui la toucha le plus fut celle d'Onéguine : il fit un rond du pouce et du majeur, comme pour dire : « Ça a marché. Tout ira bien. » Et elle lui dit, sincère, qu'il avait chanté merveilleusement. Aux répétitions elle n'était pas sûre d'aimer sa voix, mais pendant la représentation elle avait été « gagnée ». Il était bien sûr à l'automne de sa voix, comme il le savait certainement, mais la sonorité pierreuse donnée par l'approche du déclin physique ne semblait qu'ajouter à sa richesse spirituelle. Il écarta ses louanges d'un haussement d'épaules insatisfait. « C'est fini, dit-il. Je ne peux plus atteindre les notes aiguës. C'est mon chant du cygne. » Mais la Serebryakova lui prit le bras en disant : « Absurde! »

Il se pencha et murmura à l'oreille de Lisa : « Nous avons préparé une petite fête dans notre suite à l'hôtel. En l'honneur de votre première soirée et de la dernière de Vera. Venez! » *Notre* suite! Son effronterie la prit de court. Elle préférait que ces affaires soient menées avec un peu de discrétion. Elle accepta avec plaisir, commençant à ressentir (trois heures trop tard pour ainsi dire) l'immense tension de la soirée. Il serait bon de se détendre devant un verre. Donc, s'étant rhabillés, ils s'entassèrent dans les limousines qui les ramenèrent en un clin d'œil à l'hôtel. « Leur » suite au deuxième étage était encore plus grande, plus luxueuse et plus encombrée de fleurs que la sienne. Elle se remplit rapidement et fut bientôt bondée; la fumée des cigarettes et le bourdonnement des voix épaissirent l'atmosphère, tandis que des serveurs sillonnaient l'assistance pour offrir du vin.

Après deux verres de vin, Lisa dit à Victor combien elle avait craint d'être trop vieille pour le rôle. Il éclata de rire et lui dit que sa dernière Tatiana, à Kiev, devait être portée en scène en chaise roulante! Mais *lui* était certainement le plus vieil Onéguine qu'on ait vu! « Vous avez juste l'âge qu'il faut. Quel âge avez-vous? Trente-cinq, trente-six? En tout cas, à trente-neuf ans vous n'êtes même pas dans la fleur de l'âge, tant s'en faut, et on vous prendrait facilement pour une jeune fille de dix-huit ans! Oui, oui, je le pense! Mais un vieillard de cinquante-sept ans, aux cheveux blancs, jouant un jeune homme de vingt-six ans, c'est vraiment dur à croire! Heureusement que les Italiens apprennent à croire aux miracles! » Et il éclata de rire encore une fois.

Vera glissa près d'eux, et Lisa lui dit ce qui les faisait rire. « Mais tu n'es qu'un poussin, Lisa chérie! dit Vera. Vraiment, ta voix est tellement meilleure qu'à Vienne, quand je t'ai entendue – et je l'aimais *déjà*. Il *faut* que tu viennes à Kiev, n'est-ce pas, Victor! Je parlerai de toi au directeur dès que je serai rentrée. Bien sûr il te connaît déjà de réputation et je suis sûre qu'il sera ravi que tu chantes pour lui. Il faut que tu habites avec nous. Je suis sûre que nous trouverons une place pour toi, même si... – ses yeux verts étincelèrent – je vais avoir un bébé! Oui, mais c'est un secret. Toi et Victor êtes seuls à le savoir, alors ne dis rien à personne, je t'en prie. C'est pour cela que je rentre, pour me reposer, bien que je déteste quitter Victor. Prends soin de lui, veux-tu? Nous en sommes tellement heureux. Je suis presque contente d'être tombée et de m'être cassé le bras; bien que... – son sourire pâlit un instant – cela aurait pu être grave. Tu vois, je n'aurais pas pu aller jusqu'au bout de la saison, de toute façon! Je croyais que je serais contrariée de devoir abandonner quelque temps ma carrière, mais je découvre que non. Je n'ai jamais été si heureuse de ma vie! Et j'aurai un petit bébé quand tu viendras! »

Lisa fut gagnée par son enthousiasme, tandis que

Victor souriait d'un air timide. Le problème moral n'était pas son affaire, pensa Lisa; elle savait seulement qu'ils avaient été bons et généreux envers elle, et qu'elle les aimait beaucoup tous les deux. Elle serra les mains de Vera, lui dit qu'elle était heureuse pour elle et qu'elle serait ravie d'aller les voir, même si elle ne chantait pas à l'Opéra. Mais ils étaient sûrs qu'il n'y aurait pas de problème là-dessus : on accueillerait son retour à bras ouverts. Puis le Signor Fontini enleva Lisa pour la présenter à deux dames riches qui patronnaient l'Opéra – deux vieilles femmes dont les os bruissaient comme des feuilles mortes et qui s'attendrirent sur elle de façon gênante. Elle fut soulagée quand le directeur éleva la voix pour demander le silence. Le brouhaha se calma peu à peu et il déclama d'une voix pâteuse un discours de bienvenue pour l'excellente Frau Erdman et d'adieu désolé pour la merveilleuse Serebryakova. On leva les verres, on porta des toasts, et le chef qui ressemblait à un insecte réclama un chant d'adieu de la diva. Des acclamations vinrent appuyer sa requête et se firent plus bruyantes encore quand la Serebryakova résista à ceux qui voulaient la traîner vers le piano où Delorenzi, le chef d'orchestre, était déjà installé, impatient. (L'instrument, un piano à queue, allait avec la suite; Lisa en avait un aussi.)

En fin de compte, la belle diva – le blanc de son écharpe faisant un contraste presque élégant avec sa robe en soie noire unie – se laissa conduire à travers la pièce, souriant à la mêlée de ses amis et admirateurs, et échangea deux mots avec Delorenzi. Il joua l'introduction sereine, familière, de *An die Musik*, de Schubert; puis la soprano prit son envol. Ils refusèrent de la laisser partir après une seule chanson, si brève, et elle leur offrit alors – Victor ayant trouvé un lambeau de partition pour Delorenzi – une poignante ballade ukrainienne. Les motifs musicaux sans cesse répétés mais sans cesse variés de la mélodie, chaque phrase pure et claire comme un verre de cristal, pleine de nostalgie pour le fertile pays natal, ensorcelèrent son public. On aurait juré, quand le dernier des nombreux couplets mourut dans le silence, que sa voix continuait à chanter, muette, dans le cœur. Tout le monde fut trop ému pour applaudir. Le chef d'orchestre se leva de son tabouret, se mit sur la pointe des pieds – il était très petit – et l'embrassa sur les deux joues.

Lisa se sentait mal. Elle avait déjà trouvé difficile de rester dans la pièce pendant que Vera chantait, car elle était prise d'une très grave crise de suffocation. Elle crut qu'elle allait mourir. Cela n'avait rien à voir avec le fait qu'elle ait entendu un musicien de l'orchestre dire à son voisin, après le Schubert : « Ça, c'est une *vraie* voix. » Elle n'était pas jalouse; elle savait qu'elle n'était pas à la hauteur de cette voix, aussi proche de la perfection qu'elle pouvait espérer l'entendre de ce côté du paradis, ou peut-être de l'autre. Non seulement elle admirait la Serebryakova, elle l'aimait – elle était même tombée un peu amoureuse d'elle en l'espace d'un jour.

En partie, bien sûr, c'était la chaleur, la fumée, le bruit, la pression des corps. Mais cela avait aussi un rapport avec Vera lui annonçant qu'elle attendait un enfant; car sa suffocation l'avait prise lorsque Vera, en extase, lui avait dévoilé son secret. Pour quelque raison que ce fût, elle en était extrêmement troublée. Et, dès que Vera eut terminé sa chanson, Lisa alla vers elle, la remercia d'une voix essoufflée d'avoir merveilleusement chanté, et de l'avoir invitée, mais maintenant elle devait aller se coucher, parce que la fumée commençait à lui abîmer la voix. « Ne vas-tu pas attendre les journaux? » demanda Vera, déçue.

En sécurité dans son appartement, où un léger murmure de conversations traversait le tapis, Lisa ouvrit tout grand une fenêtre et but à grands traits l'air frais de la nuit. Elle commençait à se remettre. Serais-je sans le savoir une vieille fille aigrie? se demanda-t-elle en se déshabillant. Elle dormit de nouveau très mal, se débattant dans son sommeil. Elle trouva le repos quand l'aube blanchit les rideaux de sa chambre, et rêva qu'elle était debout au bord d'une fosse profonde et remplie de cercueils. Juste en dessous d'elle elle voyait Vera, son corps nu allongé sous un couvercle de verre. Alors qu'elle s'affligeait de sa mort, au milieu d'une rangée de gens en pleurs, il y eut un grondement au-dessus de sa tête, et elle sut qu'une avalanche allait s'abattre et l'ensevelir. Avant qu'elle en eût le temps elle fut réveillée par le téléphone. C'était Vera qui voulait savoir si elle allait bien, tant elle lui avait semblé essoufflée et bouleversée. Lisa lui dit qu'elle l'avait réveillée au milieu d'un mauvais rêve, et qu'elle l'en remerciait.

« Eh bien, oublie ton mauvais rêve, on vient de nous monter les journaux. Les critiques sont *excellentes*! Vraiment! Pas plus que tu ne mérites. Nous descendons bientôt déjeuner, mon train part dans une heure. Dépêche-toi de nous rejoindre. Nous apporterons les journaux. Victor veut te dire bonjour. » Après un silence, Lisa entendit la voix profonde de Victor, « Hello! » et ils raccrochèrent. Se sentant beaucoup plus gaie, elle sauta du lit, courut à la salle de bains et s'habilla bien vite. Elle fut dans la salle du déjeuner presque en même temps que ses amis. Ils lui montrèrent les journaux, ouverts aux pages des critiques. Mais avant qu'elle commence à lire, Vera posa la main sur la sienne et lui dit : « Souviens-toi seulement qu'ici les critiques sont des cyniques. Crois-moi, ce sont de *bonnes* critiques, meilleures que les miennes, n'est-ce pas, Victor? » Victor approuva de la tête, après une brève hésitation.

Elles ne parurent pas si bonnes à Lisa. « Nous devons reconnaître avec tristesse que même une Serebryakova manchote vaut mieux qu'une Erdman avec deux bras », écrivait un critique. L'autre disait que sa voix était « novice et provinciale » et qu'elle chantait avec plus d'enthousiasme que de sentiment. Il y avait effectivement quelques descriptions équilibrées : « compétente », « tentative courageuse », « Tatiana a joué et chanté de façon émouvante la scène de la lettre », « potentiel expressif ». « Crois-moi, ce sont de grands éloges pour les critiques milanais », insista Vera, reprenant la main de Lisa et la serrant très fort pour souligner ce qu'elle disait; car ils voyaient que Lisa était bouleversée.

Ce n'étaient pas les critiques, pourtant, qui la mettaient dans cet état. Elles n'étaient pas vraiment si mauvaises. On l'avait prévenue quant aux critiques de Milan, et elle savait qu'il y avait un grain de vérité dans les paroles rassurantes de Vera. Non, seulement elle avait reçu un choc, et elle était furieuse contre elle-même de sa propre stupidité. Un des critiques avait écrit : « L'entente musicale et théâtrale tout à fait exceptionnelle du couple Berenstein-Serebryakova doit certainement beaucoup à ce qu'ils sont associés depuis longtemps à l'Opéra de Kiev, et aussi, cela va sans dire, à ce qu'ils sont mari et femme. » Lisa se rappelait maintenant où elle avait lu récemment le nom de Victor, dans un article sur la Serebryakova. Serebryakova n'était bien sûr que son nom de scène. C'était si évident, maintenant. Pourquoi avait-elle sauté sur la mauvaise conclusion? C'était écrit clairement, découvrit-elle plus tard, dans le programme que lui avait donné le Signor Fontini à son arrivée; mais d'une façon ou d'une autre ses yeux avaient glissé par-dessus.

Vera but son café d'un trait, sauta sur ses pieds, se pencha pour embrasser Lisa et la serrer contre son cœur. Son mari l'enveloppa d'une cape rouge, qu'il boutonna au cou, et elle dit à Lisa qu'elle l'attendait l'an prochain à Kiev. « Ne viens pas me voir partir. Finis ton déjeuner. Et bonne chance! On reste en contact! »

A son premier jour de repos, elle assista à la messe à la cathédrale, mais elle se sentit oppressée par l'immense bâtisse et décida qu'elle n'y reviendrait pas. Elle préférait de beaucoup être dans une minorité, un peu à l'écart: il était plus facile d'y croire. Même à Vienne, il y avait trop de catholiques, pourtant l'Eglise n'était pas aussi impitoyablement présente qu'ici. Elle ne pouvait croire en quelque chose d'aussi universellement acceptable, d'une certitude à ce point infaillible. Même la *Cène* de Vinci, qu'elle alla voir dans un couvent voisin, lui glaça le cœur. C'était trop symétrique. Les gens ne mangent pas comme ça.

Plus on s'approche de Dieu, plus il est difficile peut-être de croire en Lui. C'est pour cela que Judas l'avait trahi, et pour Pierre aussi, le coq avait chanté. En revenant de voir la *Cène*, Lisa dut passer près d'une de ces boîtes puantes, en tôle, sur le trottoir, où urinaient les hommes. Bien qu'elle passât très vite et en tournant la tête, elle aperçut deux visages olivâtres, tannés par les intempéries, qui dépassaient de l'urinoir, plongés dans une conversation. Avant qu'elle pût arrêter le blasphème qui lui venait en tête, elle vit les deux hommes comme étant Jésus et Judas, robes levées, conversant à mi-voix après la Cène. Cela devait être difficile pour Judas, si proche, de voir en Lui le Fils de Dieu. Probablement plus dur encore pour Marie, à côté de Lui au paradis. Ce qui veut dire que pour Lui ce doit être impossible. Assis là-haut comme Boris Godounov. Cette pieuse fraude doit Le mettre à la torture.

Elle réussit à chasser cette idée blasphématoire, mais en resta terriblement oppressée. Avant d'envoyer une carte à sa tante, elle examina de près l'image qu'elle portait. C'était une photographie floue du mystérieux saint suaire de Turin. Ce n'était pas la première fois qu'elle en voyait une reproduction, et qu'elle se demandait si c'était vraiment le suaire du Christ, mais la question avait ici plus de sens, car elle en était plus près. Aller voir le suaire, se dit-elle, pourrait l'aider à se sentir plus religieuse. Donc, le jour de relâche suivant, elle prit le train pour Turin.

Elle partit avec Lucia, sa doublure. C'était la fille, une des choristes, dont l'échec catastrophique avait fait envoyer d'urgence un télégramme à Lisa. Une Lombarde aux cheveux de jais, aux lèvres rouges et pulpeuses, avec des yeux noirs luisant derrière de longs cils, qu'on avait choisie plutôt pour sa beauté que pour sa voix. Personne n'avait pensé que la Serebryakova, connue pour être forte comme un cheval, manquerait une seule représentation. Mais Lucia avait eu sa chance, et elle l'avait manquée. Ses parents, si fiers, et ses six frères et sœurs étaient tous là le soir où on l'avait chassée de la scène sous les huées. Lisa savait quel coup terrible cela avait dû être, et elle s'employa à faire sa connaissance pour essayer de réparer quelque peu les dégâts. Craignant de paraître condescendante, elle avait d'abord pris un ton vif et professionnel, disant qu'elle voulait revoir certains airs avec elle. La jeune fille, comme on pouvait le comprendre, avait commencé par se montrer réservée, un peu rancunière; mais elle aimait passionnément la musique et les après-midi qu'elle passait dans l'appartement de Lisa à étudier la partition et à s'exercer avec elle lui parurent si intéressants et instructifs que son hostilité disparut. Lisa découvrit de son côté qu'elle avait plaisir à aider la jeune fille à éliminer les défauts de sa technique; elle avait vraiment une voix prometteuse et faisait des progrès grâce à ses leçons. Si Lucia avait une fois de plus à reprendre le rôle, elle pourrait probablement s'en tirer pas trop mal.

Pour Lisa, c'était important, car sa crise de suffocation du premier soir, heureusement sans lendemain, lui montrait la possibilité qu'un jour elle pourrait être incapable de chanter. Ainsi, sans compter la pitié qu'elle ressentait, elle avait de bonnes raisons professionnelles pour vouloir aider sa doublure.

Elles étaient maintenant très amies : une amitié mêlée d'une bonne part d'adoration du côté de Lucia, et peut-être d'affection maternelle de celui de Lisa; la jeune fille avait à peine vingt ans. Fervente catholique, connaissant bien Turin, elle fut ravie d'accepter quand Lisa lui demanda si elle voulait l'accompagner dans son « pèlerinage ».

Elles étaient donc là, contemplant non le suaire lui-même – lequel, encagé d'acier, leur resta caché quand elles allèrent s'agenouiller dans la cathédrale de Turin – mais une réplique grandeur nature accrochée au mur du musée, voyant les marques des clous, les traces des flagellations, les traits mêmes du Christ. Ces marques et ce visage ne se voyaient pas sur la photographie qu'en avait faite Secondo Pia, mais sur le négatif. Une religieuse regardait fixement l'image, les joues sillonnées de larmes, faisant sans cesse le signe de croix et murmurant : « Terrible! Terrible! Terrible! Les méchants hommes! Les méchants, méchants hommes! » Lisa se sentait elle aussi profondément émue. Ce visage et ce corps maigres, torturés, dignes pourtant, les mains convenablement posées sur les parties génitales. A force de regarder l'image photographique, elle se convainquit que c'était vraiment Jésus.

Dans le confessionnal, de retour à la cathédrale, Lisa dit au prêtre qu'après avoir vu une réplique de la photographie du saint suaire, elle ne croyait plus à la résurrection du Christ. Le curé, après un instant de réflexion, lui répondit qu'elle ne devrait pas juger un événement si crucial d'après une relique douteuse. « Nous n'affirmons pas que ceci est le saint suaire, dit-il. Seulement que cela peut l'être. Si vous le croyez faux, ce n'est pas une raison pour douter de la résurrection. » « Mais c'est justement, mon père, dit-elle. Je suis tout à fait sûre qu'il est authentique. »

Le prêtre fut déconcerté. « Alors pourquoi dites-vous que vous avez perdu la foi?

– Parce que l'homme que j'ai vu est mort. Il me rappelle des fleurs séchées. »

Le prêtre lui conseilla de rentrer chez elle et de prier dans le calme de sa chambre.

Lisa se confessa une seconde fois, à Lucia, quand elles s'assirent sur un banc au bord de la rivière pour prendre la chaleur du soleil voilé d'un léger nuage et manger du pain et du fromage. Ce fut cette fois une confession mondaine. Elle raconta à la jeune fille quelques-uns des malheurs de sa vie : le manque de contact avec son père et (moins important) son frère; son échec dans la première carrière qu'elle s'était choisie, dû en partie à sa mauvaise santé mais surtout à son manque de talent; son mariage annulé, alors qu'elle avait encore le sentiment qu'on était marié pour la vie. Elle enviait la nombreuse famille de Lucia, si aimante; elle enviait sa jeunesse, et l'espoir qu'elle avait d'un bonheur familial. De plus, à cause de sa carrière tardive et d'une longue maladie, Lisa ne serait jamais qu'une *bonne* chanteuse, alors que Lucia pouvait au moins *espérer* être, un jour, une grande chanteuse.

« Comment avez-vous pu...? » La fille baissa la tête, rougissant de sa propre audace.

« Sans amour, voulez-vous dire? Oh! j'essaie de ne plus y penser. Ça n'a pas été facile. Je ne suis pas sans... passions, je puis vous l'assurer. Mais on peut étouffer beaucoup de choses en s'absorbant dans son travail.

– Je ne m'absorberais jamais *à ce point* », dit la fille avec un soupir. Elle regarda furtivement sa bague de fiançailles.

« Vous êtes très sage, ma chère », répondit Lisa.

Elles se turent. Lisa fut troublée par l'idée stupide que si les mains du Christ n'avaient pas été disposées avec tant de tact, et pourtant de façon suggestive, l'Eglise n'aurait pu exposer Son image.

« C'est une bonne chose que Rome soit trop loin, dit-elle à Victor. Si j'y allais je deviendrais athée comme vous! » Il dénia son athéisme. On ne peut pas avoir été élevé dans le Caucase, avoir levé les yeux sur les milliers d'étoiles qui brûlaient dans le ciel nocturne, sans en garder une lueur de sentiment religieux.

Sa remarque remplit Lisa de nostalgie pour le calme des montagnes. Elle pouvait aller à Côme et revenir le même jour. Elle demanda à Victor s'il aimerait l'accompagner. Ses yeux brillèrent et lancèrent un éclair à travers ses lunettes d'écaille, on eût dit un reflet des pics neigeux de sa Géorgie natale.

Un beau jour de juin, sans un nuage, ils buvaient du thé sur la terrasse d'un hôtel en face du lac étincelant sur un arrière plan de montagnes translucides. Elle se sentait assez légère pour s'envoler de la terrasse et flotter au-dessus du lac. Le vent frais et bienfaisant la pousserait. Victor était heureux, lui aussi, à cause de la montagne et de la lettre de Vera reçue le matin même. Elle était dans une forme merveilleuse, à part qu'il lui manquait. Lisa, par le même courrier, avait reçu un cadeau. C'était une lithographie de la Chersonèse par Leonid Pasternak. Elle avait mentionné la Chersonèse à Vera, un endroit sur la mer Noire dont le souvenir lui était cher. C'était une attention touchante.

Pendant qu'ils buvaient leur thé, Victor relut sa lettre, citant des passages à Lisa avec de petits rires. « J'ai acheté un corset de maternité, chéri, je serai grosse comme une truie quand tu rentreras. » Quelle joie c'était pour lui, dit-il, d'avoir un enfant inespéré, à l'automne de sa vie. Comme Vera lui manquait; comme ce serait insupportable sans la compagnie de Lisa. Sa première femme et son fils de dix ans avaient été tués pendant la guerre civile. Un obus perdu était tombé sur leur maison. Il était encore incapable d'en parler. Jusqu'à ce qu'il ait rencontré Vera il croyait ne plus trouver de bonheur dans sa vie.

Ils partirent en promenade et montèrent dans un funiculaire. Il continuait, comme un moulin à paroles, à propos de sa femme, de l'enfant bientôt là, s'interrompant parfois pour montrer un paysage du doigt. Elle ne l'avait jamais vu si bavard. En fait, quand Vera n'était pas là pour faire l'intermédiaire, elle avait trouvé difficile de communiquer avec lui.

Il parlait très peu, sauf lorsqu'il avait bu; et sa femme avait donné là-dessus des ordres stricts. Mais aujourd'hui, dans les montagnes, il se laissait aller, même si c'était sur un train de pensées aussi étroit que le funiculaire. Lisa n'était pas elle-même d'humeur à parler, elle se contentait de sourire et de hocher la tête, tout en buvant le paysage des yeux.

Ils rentrèrent en ville en fin d'après-midi et n'eurent envie ni l'un ni l'autre de se précipiter à la gare. Il proposa qu'ils essayent de louer des chambres au magnifique hôtel où ils avaient pris le thé. « On n'a pas besoin de nous avant demain soir, insista-t-il. Nous ne sommes pas la propriété de Fontini, bien qu'il le croie! Et Delorenzi aussi, ce petit nabot prétentieux! Je vois ce que vous pensez de Milan. Un endroit affreux! Eh bien, le diable les emporte, passons la nuit ici! »

Lisa « en était », dit-elle une fois la surprise passée. « Splendide! » s'écria-t-il, et il s'élança dans l'hôtel. Il en ressortit avec un sourire triomphant.

« Mais je n'ai rien emporté! se souvint-elle tout d'un coup.

– De quoi avez-vous besoin? »

Elle réfléchit. « Eh bien, une brosse à dents et du dentifrice, c'est tout, je pense!

– Attendez-moi là. » Il fut de retour en trois minutes avec deux sacs en papier. « Voici vos bagages, dit-il en riant. J'avais d'autres besoins que vous, de quoi me raser, en plus! »

Dans l'ascenseur ils s'amusèrent, complices, des regards soupçonneux que leur avaient lancés le portier et le réceptionniste. Une fois installés dans leurs chambres ils dînèrent tranquillement, avec plaisir. La salle à manger était encombrée, mais si vaste et si haute qu'elle invitait à manger en silence ou à parler bas. Victor s'était remis de sa crise d'incontinence verbale; mais leur silence était agréable et n'avait rien de contraint. Par les portes-fenêtres ils admirèrent le lac dont les eaux calmes commençaient à se rider à l'approche de la nuit. Ils allèrent ensuite se promener le long du rivage. La nuit tomba vite entre les montagnes, et bientôt on ne « vit » plus les sommets que par les étoiles qui manquaient, car partout ailleurs le ciel était resplendissant. Lisa sentit le saint suaire tomber de ses épaules, et sa foi vivre à nouveau. Si banal que cela pût sembler, Victor avait raison : on ne pouvait lever les yeux sur de tels astres sans croire qu'il y avait *quelque chose.*

Arrivés devant sa porte il la surprit en l'embrassant résolument sur la bouche. « Il y a des semaines que j'en avais envie! » Il rit. « Elles sont si... pleines et délicieusement arrondies! Vera me pardonnera! Cela ne vous a rien fait, j'espère? A demain matin. »

Il ne s'était jamais montré curieux à propos de son passé: mais une remarque qu'elle lâcha au petit déjeuner, sur ce qu'elle était « probablement demi-juive », éveilla son intérêt. Elle se surprit à lui raconter, pendant leur retour tranquille à Milan, des choses qu'elle n'avait jamais dites à personne. Ne parlant pas si bien lui-même, il savait écouter; et elle fut soulagée de pouvoir en parler à quelqu'un, quelqu'un lui étant sympathique sans être trop proche. Dans l'ensemble ce voyage à Côme la reposa et la revigora, de sorte qu'elle put envisager calmement les deux semaines de saison qui restaient.

Une semaine avant la fin elle prétendit être prise de migraine juste avant la matinée. Lucia prit sa place et surmonta l'épreuve avec succès. Alors Lisa laissa sa migraine continuer jusqu'au soir. Lucia chanta une fois de plus. Victor, comme le signor Fontini et Delorenzi, furent stupéfaits par les progrès que la doublure avait faits en secret.

2

Victor passa la nuit à Vienne, chez Lisa et sa tante, avant de reprendre le long voyage vers Kiev. Il trouva la vieille dame charmante et cultivée. En fait elle n'était pas si vieille, mais un douloureux rhumatisme la faisait paraître plus âgée. Il ne s'était pas encore attaqué à ses mains, par bonheur, et elle était encore capable de jouer du piano, fort bien et avec émotion. Elle les supplia de lui donner un aperçu de ce qu'elle avait manqué, se désolant d'avoir été trop malade pour accompagner sa nièce à Milan. Grâce à son accompagnement vigoureux, ils chantèrent la scène finale de l'opéra avec un naturel et une spontanéité qu'ils n'avaient jamais vraiment atteints pendant les représentations. Tout arrivait toujours trop tard!

Pendant les mois qui suivirent son retour, pour la première fois depuis des années, Lisa se sentit troublée par des désirs sexuels. Un soir après le concert, elle fut raccompagnée chez elle par le fils d'une amie de sa tante, un jeune homme attirant mais vain qui n'avait guère plus de vingt ans. Il la persuada de laisser le chauffeur de taxi les déposer chez lui pour un dernier verre. Elle lui apprit qu'elle était « indisposée », mais il dit qu'il n'avait pas d'objections à cela, si elle n'en avait pas. De fait elle en avait – elle trouvait cela laid, de mauvais goût – mais elle lui permit de lui faire l'amour. Tout ce qu'elle put en dire c'est qu'elle fut partiellement soulagée de ses désirs physiques, et qu'il n'y eut aucun des effets secondaires dont elle avait souffert autrefois : sans doute parce que la conception était impossible.

Mais elle se sentit dégradée, car elle n'était rien pour lui qu'une conquête, l'objet de sa curiosité lascive, de s'être laissée séduire par lui alors qu'elle était dans cet état. Elle repoussa ses attentions pendant un mois, puis retourna dans son appartement. Quand ils eurent terminé il commença à l'interroger avec une grossièreté impardonnable sur ses amants passés. Elle ne répondit rien, bien sûr, mais une fois rentrée chez elle, après avoir vérifié que sa tante allait bien, elle répondit silencieusement aux questions du jeune homme, pour sa propre gouverne, et fut consternée de la réponse. Il y avait eu Willi, bien sûr, son mari, et Alexei, l'étudiant à Saint-Pétersbourg, son premier et peut-être son seul amour. Mais que pouvait-elle dire pour justifier les autres? Il y avait eu le jeune officier qui l'avait séduite à dix-sept ans, dans le train d'Odessa à Pétersbourg. Enfin, c'était en partie la faute des couchettes mixtes dans les trains russes; parce qu'elle avait le diable au corps du fait de voler de ses propres ailes; qu'elle vibrait de joie à l'idée d'être emportée si vite à travers la nuit; à cause du champagne dont elle n'avait pas l'habitude. Liaison aussi brève, vide de sens et charnelle, avec en plus la tache de l'adultère, la nuit qu'elle avait passée avec un musicien de l'orchestre peu après que son mari fut parti pour l'armée. Elle était tombée sur lui plusieurs années plus tard, à Bad Gastein, et avait eu trop honte pour lui parler. Et finalement ce jeune dandy, absurde et dégradant. En comptant son mari, cinq hommes! Combien de femmes à Vienne étaient si légères, hors celles des basses classes qui vendaient leurs faveurs? Elle était contente de ne plus avoir éprouvé le besoin de se confesser. Enfin, en tout cas il n'y en aurait plus d'autres. Pendant quinze ans elle avait « sublimé » ses désirs, jusqu'à cet épisode honteux, et il était bien plus reposant d'être pure, pour ne pas dire neutre.

A peine revenue de ses débuts réussis à la Scala, Lisa trouva qu'on la demandait bien plus souvent pour des opéras et des récitals, et elle se plongea de nouveau dans la musique. Elle entendait souvent parler de Vera et de Victor; et une de leurs lettres apporta une nouvelle passionnante. Victor disait qu'on l'avait persuadé de chanter *Boris Godounov* à Kiev l'an prochain – c'était sa fin en tant que baryton, ce serait son chant du cygne – et on avait accepté avec enthousiasme sa suggestion, qu'elle, Lisa, soit invitée à chanter le rôle de Martina, l'épouse polonaise du Prétendant. Elle pouvait s'attendre bientôt à recevoir une invitation officielle. Ils ne se tenaient pas d'impatience de la revoir. Vera avait mis un astérique après l'expression « chant du cygne » et griffonné dessous : « Pas de danger! » suivi d'une phrase ou deux pour dire qu'il serait merveilleux qu'elle vienne à Kiev et qu'elle, Vera, faisait éclater toutes ses robes, mais qu'elle serait à nouveau mince à l'arrivée de Lisa, en train de nourrir un gros bébé.

Or elle reçut environ un mois plus tard une lettre où, malgré toute sa chaleur, on lisait entre les lignes un message plutôt sombre. Le plan de monter *Boris Godounov* avait été ajourné, disaient-ils, il paraissait que c'était trop dur pour le goût du public. Ils en étaient bouleversés, et ils aimeraient beaucoup la voir, néanmoins; mais il valait peut-être mieux qu'elle attende quelque temps, jusqu'à ce que le bébé soit assez âgé pour ne pas exiger toute l'attention de Vera. Peut-être qu'alors la compagnie déciderait après tout de monter *Godounov*. Bien qu'en ce cas Victor ne jouerait pas le premier rôle, car il avait décidé de se retirer.

Avec une veste de layette bleue qu'elle avait tricotée, Lisa envoya une lettre disant qu'elle comprenait; et que de toute façon il lui aurait été difficile de quitter sa tante, dont les rhumatismes avaient grandement empiré.

Deux semaines plus tard, une lettre arriva qui la frappa comme un coup en plein visage. Vera était morte en couches. C'était un résultat de sa chute à Milan, pensait Victor, bien qu'il fût seul à le croire. Le petit garçon allait bien. La mère de Victor était aussitôt venue de Géorgie pour s'occuper de lui. Elle était très âgée, mais forte; c'était bon de l'avoir près de lui. Les gens disaient que le bébé était à l'image de Vera. Victor ne pouvait croire que sa femme bien-aimée l'avait quitté. Il avait jeté tous les disques qu'il avait d'elle, ne supportant plus d'écouter sa voix en sachant qu'elle était morte. Il avait mis la radio, et il y avait Vera qui chantait une berceuse de Brahms à son bébé.

Le lendemain de la lettre, les journaux de Vienne publièrent des nécrologies de la Serebryakova, comme pour confirmer sa mort.

Lisa pleura des jours entiers. Il lui semblait incroyable qu'une amie avec qui elle n'avait jamais passé qu'une seule journée lui manquât à ce point, et qu'elle la regrettât si profondément. C'était pourtant le cas. Elle ne savait que dire à Victor. Les paroles de tristesse et de sympathie lui semblaient fausses quand elle les écrivait, alors qu'elles sortaient tout droit de son cœur.

Une fois le choc passé, son deuil continua. L'hiver de la même année elle apprit de Leningrad la mort de Ludmila Kedrova, son amie et son ancien professeur de danse au Marinsky. Elles avaient maintenu au fil des ans une correspondance chaleureuse, tant que la situation politique le permettait; et Lisa n'oubliait jamais l'anniversaire de son filleul. Ludmila n'avait que cinquante ans, emportée par un cancer. La mort de ces deux amies, chacune avec un enfant qui avait besoin d'elles, affecta durement Lisa.

Elle aussi tomba malade quelque temps; elle fut reprise de douleurs au sein et à la région pelvienne, ce qui ne lui était pas arrivé depuis de nombreuses années. C'était seulement le chagrin, pensa-t-elle; et son deuil s'augmentait encore de ne pas comprendre pourquoi la perte de Vera la touchait plus que celle de Ludmila. Elle se demanda si elle ne s'affligeait pas en partie sur elle-même. Elle associait Vera au seul jour de sa vie où on l'avait traitée, même si c'était absurde et qu'elle ne le méritait pas, comme quelqu'un d'important. Depuis lors elle avait été engagée pour chanter plus souvent qu'avant, mais rien n'avait paru particulièrement significatif; et maintenant elle était moins demandée. Elle se réveilla un jour pour découvrir qu'elle avait quarante ans. D'autres l'avaient su avant elle. Elle était la chanteuse d'opéra qui n'avait pas vraiment réussi; et il y a peu de directeurs pour s'empresser d'engager une telle personne pour leurs spectacles. Bien sûr, si vous étiez une Patti, une Galli-Curci, une Melba, vous commenciez à peine; mais si vous n'aviez que du talent, vous étiez morte. Du moins c'est ce qu'elle éprouvait, et il lui semblait qu'en fait elle ne chantait plus si bien. Elle savait que ses craintes étaient morbides, et les attribuait à ce qu'elle n'avait pas vraiment vécu jusque passé trente ans, ce qui ne la rendait que trop consciente des années qui s'enfuyaient. Déjà maintenant, que ce soit l'effet de ses ennuis de gorge ou simplement de son manque d'assurance, sa voix était moins pure. Et les problèmes qu'elle avait avec ses dents ne l'aidaient pas. Le dentiste en sauva quelques-unes en les aurifiant, mais dut en arracher quatre. L'appareil qu'elle dut mettre affecta sa vanité et sa voix. Que c'est ridicule, pensait-elle, de chanter le *Liebestod* en pensant à ses fausses dents!

Un événement venu de loin, n'ayant rien à voir avec sa vie, la tourmenta plus encore que son deuil. Un homme coupable de nombreux meurtres fut jugé et condamné à mort à Düsseldorf. C'était une affaire sensationnelle à beaucoup d'égards, et toute la presse s'en empara, même à Vienne. Le condamné avait tué indifféremment hommes, femmes et enfants, mais surtout des femmes et des petites filles. Il avait terrorisé Düsseldorf, et quand il fut pris ce fut un tollé général : on allait ressortir la guillotine rouillée et ce serait la première exécution capitale en Allemagne depuis longtemps. Les journaux autrichiens participaient au débat qui faisait rage au sujet de la peine de mort, avec plus ou moins de sérieux ou de sensationnalisme. Sur ce sujet, bien sûr, tout le monde se passionnait avec la certitude d'avoir raison.

Lisa, bien que l'idée des enfants assassinés la révulsât, était instinctivement et passionnément convaincue qu'il était monstrueux de supprimer une vie humaine. Beaucoup de ses amis allaient dans le même sens. Beaucoup d'autres pensaient, avec autant d'ardeur et de certitude « morale », que l'auteur du massacre, Kürten, devait être abattu comme un chien enragé. Il y avait des disputes féroces. Une de ses amies, une institutrice qui s'appelait Emmy et qui était normalement la personne la plus douce et la plus aimable, devint rouge de fureur et sortit en coup de vent du café où elles discutaient. En partant, elle jeta sur les genoux de son amie le journal à scandales qui publiait les détails les plus sordides de l'affaire. Lisa dut combattre sa nausée pour se forcer à lire l'article jusqu'au bout.

Le criminel, bien sûr, avait eu une enfance épouvantable : dix enfants dans une seule pièce avec leurs parents; mangeant des chiens et des rats; violé par une sœur plus âgée; son père, un ivrogne psychopathe. Les études de Kürten avaient eu pour sujet l'art de torturer et de masturber les animaux. Tout cela confirmait à Lisa qu'il n'était pas responsable de ses dispositions criminelles. Le reste de l'article la fit douter que, même dans son propre intérêt, on dût lui permettre de continuer à vivre. Il tuait parce qu'il avait besoin de boire du sang. Un soir, il avait souffert d'une telle frustration de ne pas trouver de victime qu'il avait coupé la tête d'un cygne endormi sur le lac et avait bu son sang. On disait qu'il avait exprimé l'espoir de vivre assez longtemps, lorsque la guillotine aurait frappé, pour entendre jaillir son propre sang.

Il y avait d'autres détails horribles; par exemple qu'il avait déterré certaines victimes longtemps après pour avoir des rapports sexuels avec elles; et, encore plus froidement terrifiant, qu'il continuait à vivre paisiblement avec sa femme, laquelle ignorait tout de son obsession et de ses activités secrètes. Mais ce fut l'image du cygne, et le désir qu'avait l'homme d'entendre jaillir son sang, qui vinrent hanter Lisa pendant plusieurs semaines, comme un cauchemar en plein jour. Dans la rue elle s'arrêta net, prise de vertige à l'idée du cygne endormi, du couteau qui tombait.

Toujours avec l'idée que ce n'était que par la grâce de Dieu, ou le hasard, qu'elle était Elisabeth Erdman de Vienne et non Maria Hahn de Düsseldorf! Se réveiller un matin, dans la douceur de la vie, se préparant de petites joies comme d'acheter un nouveau maquillage ou aller au bal... rencontrer un homme attirant, charmant, se promener avec lui dans les bois; et soudain... Rien. Et l'horreur plus impensable encore, qu'elle fût née Peter Kürten... Passer chaque moment de sa vie, la seule vie qu'on aura jamais, en étant Kürten... Et enfin la seule idée qu'il fallait que *quelqu'un* soit Maria Hahn et Peter Kürten rendait impossible d'éprouver le moindre bonheur à être Lisa Erdman...

Après qu'on eut procédé à l'exécution, elle lut dans le journal d'Emmy que, lorsqu'on recherchait le meurtrier, près d'un million d'hommes avaient été dénoncés à la police comme étant le monstre, et interrogés, dans toute l'Allemagne. Mais Kürten n'en faisait pas partie; même le procureur avait dit que c'était « un homme plutôt sympathique ». En prison il avait reçu des milliers de lettres de femmes, la moitié le menaçant des pires tortures, l'autre moitié étant des déclarations d'amour. Lisa pleura en lisant cela; et elle pleura encore, plus tard le même jour, calmement assise auprès de sa tante. Magda pensa qu'elle se lamentait toujours sur la mort de ses amis, et elle la gronda de vivre ainsi dans le passé.

Mais ce n'était pas le passé, c'était vivant. Car même si cet assassin était mort (et Lisa priait dans le fond de son cœur pour qu'il ne fût plus le *même* Peter Kürten lorsqu'il entrerait dans ce qui attend les morts, quelle que fût cette condition) il y avait *quelque part* – à cet instant même – quelqu'un qui infligeait à un autre être humain la pire des horreurs.

Il se passa plusieurs semaines avant qu'elle retrouve à nouveau la pleine possession de son corps et que ses douleurs se réduisent à des malaises intermittents. Longtemps après que l'affaire eut quitté les premières pages des journaux, où ce fut la sensation d'un jour, elle fut hantée par le visage d'un petit garçon allongé sur un matelas dans une pièce avec onze autres personnes; par un homme aimable et timide, portant lunettes, apprécié par ses collègues, aimé des enfants; et par un cygne blanc niché sur les rives d'un lac, perdu dans un sommeil dont il ne se réveillerait pas.

Mais il fallait aider tante Magda à s'habiller, à se laver; il fallait faire les courses, chanter le *Liebestod*, aller chez le dentiste, voir un ami à l'hôpital, répéter un nouveau rôle, appeler un plombier pour réparer une fuite, écrire des cartes de Noël, acheter et envoyer des cadeaux en Amérique, à la famille fantôme de son frère, puis d'autres cartes et d'autres présents pour les amis plus proches, acheter un manteau neuf pour l'hiver, écrire des lettres de remerciements.

Elle correspondait fréquemment avec Victor Berenstein, faisant tout son possible pour répondre à ses questions d'ordre spirituel, les grandes questions sur l'existence, la mort et la vie éternelle dont il était maintenant préoccupé. Elle-même avait là-dessus des idées plus confuses que jamais, et le lui disait. Pourtant il semblait trouver quelque réconfort dans son amitié, en ces jours sombres. Sombres, et pas seulement pour lui, car il laissait entendre qu'en général les conditions avaient empiré.

Pendant cette période lugubre ponctuée de maladies et de décès, quelqu'un d'autre resurgit de son passé défunt : nul autre que Sigmund Freud. Elle eut la surprise de recevoir une lettre disant qu'il avait lu avec intérêt et avec plaisir les récits de ses débuts à la Scala de Milan, qu'il espérait que sa carrière était toujours florissante et qu'elle allait bien. Lui-même « s'acheminait doucement et plus ou moins douloureusement » vers la mort, d'opération en opération de la bouche. Il devait porter une prothèse, un monstre. Il continuait à travailler, bien qu'au prix de grandes difficultés, et avait récemment terminé une étude sur son cas qui devait être publiée à Francfort en même temps que le « journal de Gastein ». C'est pour ce motif qu'il lui écrivait. Aurait-elle la bonté de bien vouloir lire l'article inclus, ainsi qu'une copie de son journal (qu'elle avait pu oublier) et de lui faire savoir si elle avait quelque objection à faire? Il avait, bien évidemment, masqué sa véritable identité, mais il serait rassuré de savoir qu'elle approuvait entièrement cette publication. Il y aurait quelques modestes droits d'auteur, dont il s'assurerait qu'elle recevrait la moitié, en raison de sa contribution essentielle.

Lisa, souffrant à l'époque de son appareil dentaire tout neuf, fut pleine de remords en apprenant les souffrances infiniment plus grandes du professeur, et s'en fit une leçon pour apprendre à ne plus se plaindre. Elle imaginait sa détresse de ne plus pouvoir fumer le cigare : il citait cette interdiction, dans sa lettre, comme étant peut-être la conséquence la plus douloureuse de son cancer et de l'appareil effroyable qu'il était obligé de porter.

Aussitôt après avoir mis à égoutter les assiettes du petit déjeuner, Lisa emporta l'épais dossier dans sa chambre. Jusqu'au soir, où elle avait un concert à donner, elle ne quitta la chambre que pour préparer le déjeuner de sa tante. La tante Magda, qui avait encore de bons yeux, vit qu'elle avait pleuré et qu'elle ne mangeait presque rien. Elle en déduisit que c'était en rapport avec la lettre et le paquet qu'elle avait reçus du professeur Freud, et, sagement, s'abstint de tout commentaire. Il fallut tant d'énergie à Lisa pour achever sa réponse qu'elle n'eut plus rien à donner, ce soir-là, au public, et que son exécution, comme dit un critique, fut « exsangue ».

Appartement 3
4 Leopoldstrasse
29 mars 1931

Cher professeur Freud,

Votre lettre m'a fait une grande surprise, en même temps qu'un plaisir douloureux. Le plaisir de recevoir des nouvelles de celui à qui je dois tant. La douleur d'être obligée de fouiller dans les cendres du passé. Non que je le regrette; ce fut salutaire.

Je suis désolée d'apprendre votre mauvaise santé. J'espère que les efforts de vos médecins amèneront votre complet rétablissement. Le monde a trop besoin de vous pour vous laisser vous « acheminer », encore moins douloureusement. Vous êtes assez bon pour vous enquérir de ma santé et de celle de ma tante. Tante Magda souffre de graves rhumatismes, mais reste alerte et gaie, quant à moi je suis en bonne santé. L'an passé, malheureusement, n'a pas été si clément pour d'autres. Mon amie de Pétersbourg, Mme Kedrova (Mme R.), est morte l'hiver dernier, laissant un mari et un fils de quatorze ans (mon filleul que je n'ai jamais vu). Et une autre amie proche est morte en couches. Je pense aux enfants sans mère; et de lire *Frau Anna G.* m'a rappelé la tragédie de votre propre famille. J'espère que vos petits-enfants vont bien. Ils doivent être tout à fait grands, maintenant. J'avais la terrible impression, à l'époque, que l'un d'entre eux ne survivrait pas longtemps à sa mère. Rassurez-moi, je vous prie, en me disant qu'il n'en fut pas ainsi. Je suis sûre que c'était le produit de mon imagination morbide de l'époque. Je vous prie de présenter mes respects à votre épouse et à Anna, et de me rappeler au bon souvenir de votre belle-sœur. Quand je la rencontrai brièvement avec vous à Gastein, j'ai eu le sentiment que nous serions de bonnes amies si nous avions l'occasion de mieux nous connaître.

De lire votre lettre si belle et votre article si savant m'a émue plus que je ne saurais dire. Mais je ne crois pas avoir besoin de le dire. C'est comme de lire la vie d'une jeune sœur qui serait morte, chez qui je puis voir une ressemblance familiale, et aussi de grandes différences : des traits de caractère et des actes qui n'ont jamais pu s'appliquer à *moi*. Je ne veux pas que cela vous paraisse une critique; vous avez vu ce que je vous ai permis de voir; non, beaucoup plus que cela, et vous avez pénétré en moi plus loin que quiconque ne l'a jamais fait. Ce ne fut pas votre faute si je semblais incapable de dire la vérité, ou de l'affronter. Maintenant je le puis, surtout grâce à vous.

Pour répondre sans détour à votre question : je n'ai bien sûr aucune objection possible à la publication de votre étude. Je devrais me sentir honorée. Quant à mes écrits honteux – ou serait-ce éhontés?... – enfin, pensez-vous que cela soit *nécessaire*? J'étais toute rouge en les relisant. J'avais cru et espéré qu'ils étaient détruits depuis longtemps. On ne peut sûrement pas les publier. Mais je suppose qu'il faut les joindre pour pouvoir comprendre l'article. De telles divagations obscènes, comment se fait-il que *je* les ai écrites? Je ne vous ai pas dit qu'à Gastein je fus prise d'une fièvre de désir physique. Oui, malade comme j'étais, ou peut-être à cause de ma maladie. Un serveur impertinent, très jeune, me croisant dans l'escalier, me toucha à un endroit intime puis me regarda avec une froide effronterie, comme si rien ne s'était passé. Son aspect me rappela votre fils (celui de la photographie). En tout cas, pendant tout mon séjour, je ne cessai d'avoir les plus horribles phantasmes au sujet du jeune serveur. J'ignore ce qu'il vient faire avec mon homosexualité, mais vous savez que je n'ai jamais accepté cette idée.

Je dois avouer que j'ai effectivement écrit les vers – vers de « mirliton », comme vous dites justement – pendant mon séjour à Gastein. Le temps était affreux, et nous n'avons pu mettre un pied dehors de trois jours à cause d'une tempête de neige. Il n'y avait rien à faire que manger (ce que je fis compulsivement), lire, observer les autres clients et poursuivre des rêveries à propos du jeune homme. Le major anglais me donna l'idée d'écrire un peu de poésie. Il me montra un jour un poème qu'il venait de composer, parlant du temps de ses études lorsque, pendant les vacances d'été, il était allongé dans un jardin anglais sous un prunier avec l'élue (ou plutôt l'élu) de son cœur. C'était sentimental, c'était atroce, j'ai pensé que je pourrais difficilement faire pire, d'autant que j'ai toujours aimé m'exercer à faire des vers. Sans jamais les réussir, bien sûr. Je voulais que ce soit choquant, ou plutôt je voulais que ce soit fidèle aux sentiments complexes que j'avais quant au sexe, et je voulais aussi que ma tante sache qui j'étais réellement. Je les laissai traîner et elle les lut. Vous pouvez imaginer comme elle fut horrifiée.

Ainsi quand vous m'avez suggéré d'écrire quelque chose, j'ai pensé vous mettre à l'épreuve avec ces vers. Et je les ai recopiés sur la partition du *Don Giovanni*, je ne sais pourquoi. Cela montre que j'étais folle. Quand vous m'avez demandé une interprétation j'ai eu l'idée de le mettre à la troisième personne pour voir si cela m'aiderait à y comprendre quelque chose. Mais ce ne fut pas le cas. J'avais besoin de vous pour ça; et je trouve remarquable que votre compréhension semble s'être approfondie au cours des ans. Votre analyse (le ventre de la mère, et ainsi de suite) me frappe comme une profonde vérité, bien que vous soyez trop indulgent envers sa monstruosité.

Le corset de l'hypocrisie – oui! Mais aussi la retenue des bonnes manières, des traditions, de la morale, de l'art. Mes révélations indécentes me donnent l'impression d'être devant vous sans corset, et je rougis.

Je regrette de ne pas vous avoir dit que j'avais déjà écrit mon *Don Giovanni*. Je n'imagine pas que ce puisse être important. Mais je me suis rendue coupable d'autres supercheries, et j'ai [illegible] en disant [illegible] [illegible] voudaire à son mari; et cela, je [illegible] penser que votre étude a [illegible] ma mère et modifiée – ou même abandonnée. Je ne vous blâmerai pas si vous me détestez pour tous les mensonges et demi-vérités que j'ai dits.

Vous aviez raison de penser que mon souvenir du pavillon d'été faisait écran à quelque chose d'autre. (Bien que l'incident du pavillon d'été ait eu lieu *aussi*). Un jour que j'étais petite je me promenais sur le bateau de mon père alors que j'étais censée ne pas le faire, et je tombai sur ma mère, et ma tante et mon oncle, tous ensemble et nus. Quel choc ce fut! Je croyais voir le visage de ma mère (ou peut-être de ma tante) reflété dans un miroir; mais non, elles étaient là toutes les deux. Je pensais que ma mère (ou peut-être ma tante) était à genoux pour prier; mon oncle à genoux derrière elle. C'était très évidemment un rapport *a tergo*. Soyez sûr que je ne suis pas restée pour le demander... Apparemment, j'avais trois ans à l'époque.

Cela ne m'est revenu en mémoire qu'il y a environ cinq ans, après une discussion très éprouvante avec tante Magda. J'avais appris de mon frère Yuri (à Detroit) que mon père était mort. Il avait bien sûr perdu son affaire et sa maison, et il vivait seul dans une pièce unique. Je ne puis dire que j'ai eu du chagrin de sa mort, mais la nouvelle m'a touchée, et j'ai décidé de tout tirer au clair avec ma tante. La pauvre, elle était ravagée de remords. Elle avait tellement envie, au fond, de décharger sa conscience du seul acte pervers qu'elle eût jamais commis. Elle reconnut qu'à Odessa, elle et sa sœur avaient couché deux ou trois fois avec mon oncle. Qu'elle eût permis à une telle chose d'arriver, elle put seulement l'expliquer, en disant qu'une épouse ferait beaucoup pour [illegible] peux le comprendre. Il semblait que [illegible] mon père eussent un mariage blanc depuis longtemps. Mon oncle persuada tante Magda qu'il n'y aurait aucun mal et que ce serait même par bonté... Enfin, en tout cas, c'est arrivé; mais cela la rendit profondément misérable, et la fois où j'entrai en trottinant joyeusement, ce fut le prétexte idéal pour dire : jamais plus. Tous espéraient que j'étais trop jeune pour comprendre.

Après cela, pensait ma tante, ils seraient tous dégrisés. Elle alla se confesser (je suppose), espérant que cette histoire honteuse était maintenant du passé. Elle n'avait pas idée qu'ils continuaient à se voir, faisant des efforts extraordinaires pour se retrouver pendant les mois d'hiver; et que ce ne devait pas seulement être du désir physique, mais une véritable histoire d'amour. Elle ne le sut que le jour où un policier frappa chez elle, espérant tomber sur un fils ou une fille car, d'après le registre de l'hôtel, elle et mon oncle étaient morts à Budapest... J'avais raison, par ailleurs : oncle Franz était à une conférence pédagogique !... Les corps étaient brûlés au point d'être méconnaissables. Ce ne fut que lorsqu'ils montrèrent à ma tante quelques bijoux appartenant à la morte qu'elle reconnut les affaires de sa sœur. Et il fallut qu'elle envoie un télégramme à mon père. Vous imaginez cela... Si je n'avais déjà pardonné à ma tante les incidents sordides d'Odessa, je l'aurais fait en apprenant le cauchemar qu'elle avait dû traverser. Une autre idée venait la tourmenter : que cela n'avait peut-être pas commencé par leur « trio »; qu'ils s'étaient peut-être moqué d'elle. C'est une chose que nous ne saurons jamais.

Ma tante est convaincue qu'elle ira en enfer pour le rôle qu'elle a joué dans cette tragédie, bien que j'aie fait de mon mieux pour la persuader que nous avons tous fait des choses épouvantables, mais qu'on peut nous pardonner. Bien sûr, quand mon père est mort, et que tout ceci est ressorti, elle s'est aussi sentie horriblement coupable de la façon dont tous les trois l'avaient trompé, *lui*. J'ai moi aussi certaines « excuses » à faire à mon père. Je ne lui ai pas rendu justice, lors de mon analyse. Si nous n'avions pas de bons rapports, c'était beaucoup de ma faute. Voyez-vous, je crois que je savais déjà (ne me demandez pas comment) que la mort de ma mère avait quelque chose à voir avec la scène du yacht sur quoi j'étais tombée; et je suis sûre qu'avec tout l'illogisme des enfants je le blâmais de ne pas avoir été *là*. Je l'accusais, *lui*, de la mort de ma mère. Et c'est vrai dans la mesure où rien de tout cela ne serait arrivé s'il était resté plus souvent avec nous. Par le fait, il ne s'agissait pas seulement de ses affaires : il s'occupait aussi du Bund, le parti démocratique juif. Il avait l'esprit très pris. J'aurais dû être plus tolérante.

Je plaide coupable également d'avoir calomnié Alexei (A.). Ce week-end en bateau dans le golfe de Finlande *fut* un week-end magnifique; sauf pour quelques discussions sur la violence. C'est la première fois que nous avons couché ensemble, et pour moi en tout cas ce fut merveilleux. J'ai eu quelques hallucinations – le « feu » – mais rien qui pût se comparer avec la joie d'être vraiment unie à l'homme que j'aimais. L'incident que j'ai décrit n'a pas eu lieu. Alexei était très correct, puritain même, en ce qui concernait le sexe. Il était parfaitement capable de tirer sur des gens et de les faire exploser – et depuis, de toute évidence, il l'a fait de nombreuses fois – mais pas de faire l'amour avec une autre fille en ma présence. Il prenait bien garde de ne pas laisser ses émotions se mettre en travers de sa cause; en fait, pour être honnête, nous aurions été amants depuis longtemps si cela n'avait dépendu que de moi. Je suis sûre qu'il a souffert de m'abandonner, mais le mariage et la paternité menaçaient à ses yeux d'anéantir la mission qu'il s'était fixée dans la vie. La jeune femme qui le suivit à son départ de Pétersbourg était plus une camarade, à mon avis, qu'autre chose. Elle lui convenait probablement mieux; j'étais trop émotive, trop frivole, pour être la compagne d'un révolutionnaire.

Mais, pour en revenir au week-end en mer...

Après que nous eûmes fait l'amour, je *pense* que je me suis réveillée au milieu de la nuit (mais il faisait encore très clair dans notre cabine) et que j'ai aperçu mon visage dans le miroir de la penderie. Je pense que je me suis souvenue à ce moment-là de cette scène d'enfance, mon oncle avec les deux jumelles. Probablement, quand vous m'avez interrogée sur le rapport *a tergo*, je me suis *souvenue de m'être souvenue*, et j'ai confondu les deux yachts. C'est la seule façon que j'ai d'expliquer, ou d'excuser, mes grossiers mensonges. Je ne suis même pas sûre que je savais que je mentais. J'en voulais tellement à Alexei de sacrifier tout ce que nous avions, je voulais l'accuser de quelque noirceur. Je suis désolée. Comme je l'ai dit, je crois que j'étais incapable de dire la vérité. Je pouvais facilement me laisser entraîner dans un phantasme. J'ai sûrement pris *plaisir* à l'idée de m'enfuir du yacht à la nage.

Il ne m'a même pas brûlé les cheveux avec son cigare. J'ai vu l'éclair de votre allumette, pardessus mon épaule, et je me suis souvenue du grésillement de mes cheveux, mais ce n'était pas sur le bateau d'Alexei, c'était avant, à Odessa, quand j'ai été « capturée » par les marins. Ce qui fut plus ordurier et plus effrayant que je ne vous ai laissé croire. Ce n'étaient pas des marins du *Potemkine*, comme j'ai dit, mais d'un navire marchand qui transportait du grain pour mon père. Ils m'ont reconnue dans la rue comme étant sa fille et m'ont forcée à remonter sur le navire avec eux. Ils venaient d'incendier, de piller et de boire, ils étaient frénétiques, j'ai cru qu'ils allaient me tuer. Du pont je pouvais voir les quais qui brûlaient se refléter dans l'eau (je crois que c'est l'incendie de l'hôtel). Ils ne dirent pas un mot de la légèreté de ma mère – comme vous l'aviez si bien deviné, je l'ai inventé. Non, ils m'ont injuriée parce que j'étais juive. Jusqu'alors je n'avais pas réalisé qu'il y avait quelque chose de *mal* à être juif. Il y avait beaucoup d'antisémitisme à l'époque en Russie, en même temps que des idées révolutionnaires. Il y avait même une organisation répugnante qui prônait l'extermination de la race juive. Mon père m'a donné à lire un de leurs pamphlets, pour compléter mon « éducation » de membre d'un clan persécuté. Mais je n'ai appris ce genre de choses que plus tard, après mon « baptême » sur ce navire. Les marins voyaient mon père comme un horrible exploiteur (peut-être l'étais-je) et ne savaient même pas que politiquement il était de leur côté. Ils m'ont craché dessus, ont menacé de me brûler les seins avec leurs cigarettes, ont employé un langage ordurier que je n'avais jamais entendu. Ils m'ont forcée à commettre sur eux des actes de sexualité orale, parce que, disaient-ils, n'étant qu'une sale juive, je n'étais bonne qu'à... Mais vous vous doutez de l'expression qu'ils ont employée.

Plus tard ils me laissèrent partir. Mais depuis cette époque il ne m'a jamais été facile d'admettre que j'ai du sang juif. Je me suis donné beaucoup de peine pour le cacher; et je crois que cela peut avoir un rapport avec mon côté évasif et mes mensonges en général, lorsque j'étais plus jeune; et particulièrement avec vous, professeur. Car je savais que vous étiez juif, naturellement, et j'avais honte d'avoir honte. Je pense que c'est la chose la plus importante que je vous aie cachée. J'ai tenté, dans mon « journal », d'y faire allusion à votre bénéfice.

Mon père, après cet épisode, fut très bon avec moi; mais à mes yeux c'était encore lui qui était à blâmer, d'être juif. Ce qui me dérangeait, ce que je trouvais intolérable – et que je ne comprends toujours pas : peut-être pouvez-vous m'y aider – c'est qu'en repensant à ces événements terrifiants je les trouvais *excitants*. Vous dites que je répondais à toute question sur la masturbation comme si j'étais la Vierge. Eh bien, vous aviez raison de penser que je ne disais pas la vérité. Je ne me *comportais* certainement pas comme l'aurait fait la Vierge, après l'histoire du bateau – honnêtement je ne me souviens de rien lorsque j'étais plus jeune. Je me mettais au lit et je me répétais les mots qu'ils avaient employés, reconstituant en imagination ce qu'ils m'avaient obligée à faire. Pour une jeune fille « pure » telle que j'étais, à qui une nurse catholique polonaise avait appris que la chair était pécheresse, ma réaction était plus horrible que l'événement lui-même. Peut-être est-ce pour cela que mon « asthme » est apparu peu après. Je crois me souvenir d'avoir lu dans une de vos histoires de cas que des symptômes d'infection de la gorge, etc., viennent de la culpabilité qu'inspirent de tels actes.

Je déversais mes émotions complexes et mes phantasmes – en ce temps-là déjà – dans d'affreux poèmes et un journal intime. Un jour, je surpris notre femme de chambre japonaise qui lisait mon journal. Je ne sais laquelle de nous fut le plus gênée. En fait cela nous conduisit sur le lit, à nous embrasser. Ah! penserez-vous, c'est bien comme je l'ai toujours dit! Elle l'admet! Mais l'adolescence n'est-elle pas une période d'expérimentation? C'était très innocent, et cela ne s'est jamais reproduit, avec elle ou une autre. Nous étions toutes les deux seules et sevrées d'affection. Je crois aussi – sur la base de ce que vous m'avez enseigné – que j'essayais de me rapprocher de mon père, au moyen d'un intermédiaire. Il était très clair, voyez-vous (de fait elle le reconnut), qu'une de ses fonctions était de répondre occasionnellement aux besoins physiques de mon père. Ce en quoi elle n'était pas seule. Je pense que presque toutes, depuis la gouvernante jusqu'aux plus humbles, avaient été « appelées ». Il était beau, charmant, et son pouvoir était bien sûr absolu. Sonia, ma gouvernante, s'éloigna quelque temps dans des circonstances très suspectes, et je suis sûre qu'il lui avait arrangé un avortement. Mais la très jolie Japonaise était sa favorite du moment. (Elle rentra chez elle peu avant que je parte pour Pétersbourg.) En l'amenant à m'embrasser, cette unique fois, j'ai dû inconsciemment à la fois le « toucher » et aussi me venger de ce qu'il me négligeait.

Je vois que je semble revenir sur ce que j'ai dit avant. Il faisait *vraiment* de son mieux pour communiquer avec moi; il était généreux quant à l'argent, il évitait scrupuleusement de favoriser mon frère. Pourtant j'ai toujours senti que pour lui c'était un *effort*, une question de *devoir*. Peut-être avait-il peur des femmes, se sentait-il mieux dans une relation anodine. Il a dû être capable de passion, sinon il n'aurait jamais épousé ma mère envers et contre tout. Mais je suppose qu'il a fini par regretter d'avoir exprimé ses émotions. Quand je vivais avec lui, il avait un abord froid, calculateur, se jetant de toutes ses forces dans ses affaires et – secrètement – dans des intrigues politiques pour le compte du Bund. Après l'épisode des marins je pense qu'il a compris qu'il m'avait « perdue », et il a fait un effort particulier pour être gentil. Il m'a même emmenée en vacances, faire du ski dans les monts du Caucase. Ce fut désastreux, car je sentais qu'il regrettait chaque instant passé loin de son travail. A ce moment-là, de toute façon, j'avais commencé à l'accuser de ce terrible crime qu'était ma judéité. Nous fûmes tous les deux infiniment soulagés de rentrer à la maison.

J'en arrive maintenant à mon mari. Toute sa famille et lui-même étaient affreusement antisémites. Bien plus que je ne vous ai laissé croire. A vrai dire, je ne pense pas qu'à cet égard il sortait de l'ordinaire, mais tout, littéralement, était de la faute des juifs. Par ailleurs, il était très agréable, avait bon cœur, et j'avais énormément d'affection pour lui. Je n'ai pas menti là-dessus. Mais, voyez-vous, j'étais un mensonge *vivant*. Il disait qu'il m'aimait; mais s'il avait su que j'avais du sang juif il m'aurait haïe. Chaque fois qu'il disait « Je t'aime », je comprenais « Je te hais ». Cela n'aurait pas pu durer. Mais j'en ai été terriblement bouleversée, car sur beaucoup de plans nous étions très bien assortis, et je voulais m'assagir et fonder une famille.

Ceci m'amène à la nuit où je me suis souvenue de l'incident du pavillon d'été, et peut-être d'autres. Pendant quelques instants, je fus remplie de bonheur! Comprenez-vous? J'étais persuadée que mon père n'était *pas* mon père. Je n'étais pas juive, je pouvais vivre avec mon mari, et tomber enceinte la conscience en paix! Mais, bien sûr, je ne pus supporter d'être *contente* que ma mère fût adultère et m'eût fait passer pour sa fille auprès de son mari – d'une perversité et d'un sordide inexprimable. Etre *contente* d'une chose pareille! Alors, comme vous le savez, je l'ai « enterrée ».

Nous avons obtenu l'annulation, à propos. J'ai su qu'il s'était remarié et s'était installé à Munich après la guerre.

Ainsi, voyez-vous, notre séparation avait très peu à voir avec des problèmes sexuels. J'ai toujours trouvé difficile de prendre vraiment du plaisir, sachant qu'il y avait des gens qui souffraient « de l'autre côté de la colline ». Et il y en a toujours. Je ne puis expliquer mes hallucinations; mais je sais qu'elles étaient distinctes, en un certain sens, du plaisir (que je continuais à éprouver). Il en fut de même avec Alexei; et j'ai à vous confesser que j'ai « expérimenté » avec un des musiciens de l'orchestre de l'Opéra, peu après le départ de mon mari pour l'armée, et qu'avec lui aussi j'ai senti la même chose (quoique le plaisir fût évidemment superficiel à l'extrême, et teinté de culpabilité). Je ne mentais pas en disant que les hallucinations étaient liées à ma peur d'avoir un enfant. Si je ne me trompe, je suis maintenant à l'abri, pour ainsi dire, car je commence à ne plus avoir mes règles – un peu en avance... Mais en tout cas il n'y a rien qui puisse me le faire redouter.

Je ne puis non plus expliquer mes douleurs. (Elles sont revenues de temps en temps). Je pense toujours qu'elles sont organiques, d'une façon bizarre; et je continue à espérer, chaque fois que je consulte un médecin, qu'il dise que je souffre depuis quinze ans de quelque maladie exotique au sein et à l'ovaire! L'« asthme » de mes quinze ans a pu être hystérique, je vous l'accorde; mais pour le reste, je ne crois pas. Essayons de changer de point de vue. J'ai perdu ma mère à cinq ans. Ce fut terrible; mais, comme vous dites, il y a des orphelins partout. Elle est morte dans des circonstances affreusement immorales – et très douloureusement. Oui, mais je pouvais m'en accommoder. Y a-t-il une seule famille sans un squelette dans le placard? Franchement, je ne souhaitais pas ne parler toujours que du passé; je m'intéressais plus à ce qui m'arrivait à l'époque et à ce qui pourrait m'arriver à l'avenir. En un sens c'est *vous* qui avez fait en sorte que je sois fascinée par le péché de ma mère, et je vous serai éternellement reconnaissante de m'avoir donné l'occasion de l'exhumer. Mais je ne crois pas un seul instant que cela ait eu quoi que ce soit à voir avec les douleurs qui m'ont rendue infirme. Cela me rendait malheureuse, pas malade. Et enfin, il est tout de même possible qu'il y ait un léger élément bisexuel dans ma constitution : mais rien de spécifiquement sexuel, ou du moins rien dont je n'aie pu très facilement m'arranger. Dans l'ensemble je trouve que ma vie a été plus supportable grâce à mon intimité avec des femmes.

Ce qui me tourmente, c'est de savoir si la vie est bonne ou mauvaise. Je repense souvent à la scène que j'ai surprise sur le bateau de mon père. La femme que je croyais en train de prier avait une expression sauvage, effrayante; alors que son « reflet » était paisible, souriant. La femme qui souriait (je pense que ce devait être ma tante) avait la main posée sur le sein de ma mère (comme pour la rassurer, tout allait bien, elle était d'accord). Mais les visages – pour moi du moins, maintenant – étaient tellement contradictoires. La contradiction devait être en elles, également : la femme grimaçante, joyeuse; et la femme souriante, triste. Méduse et Cérès, comme vous dites si brillamment! Cela peut sembler fou, mais je crois que l'idée de l'inceste me trouble beaucoup plus profondément en tant que symbole qu'en réalité. Le bien et le mal accouplés, pour accoucher du monde. Non, pardonnez-moi, je dis des folies. Les divagations d'une vieille fille solitaire!

D'où la phobie des miroirs que j'eus quelque temps. C'était quand je lisais le cas de *L'Homme aux loups*, avec son obsession compulsive pour le rapport *more ferarum*. (Ne sommes-nous pas effectivement bien proches des animaux?) A propos, je le connaissais. Ou plutôt je connaissais sa famille, de réputation, à Odessa. C'était très clair, d'après les détails. C'est pourquoi – si je puis me permettre une requête – j'aimerais autant que vous n'appeliez pas Odessa « la ville de M. » Cela ne trompera aucun proche, dont il reste si peu. Tous les autres seront suffisamment égarés par le fait que je sois une violoncelliste (!), déguisement dont je vous remercie.

L'histoire de l'homme aux loups m'a hantée pendant des années : une sorte d'image du Christ pour notre époque.

Maintenant, au moins, j'ai été franche avec vous, et je puis seulement exprimer le sincère regret de ne l'avoir pas été *jadis*, quand vous avez consacré tant de temps et d'énergie à une patiente indigne. Je suis touchée, au-delà des mots, de savoir que tant de sagesse, de patience et de bonté furent vouées à une pauvre jeune femme fausse et sans volonté. Je vous assure que ce ne fut pas stérile. Si j'ai de moi-même quelque compréhension, c'est à vous seul que je le dois.

Je vous souhaite les meilleures chances quant à la publication de votre étude de cas, si toutefois vous décidez toujours de l'entreprendre. Je préférerais que mon vrai nom reste en dehors de toute négociation. Si quelque argent devait me revenir, je vous prie d'en faire don à une œuvre charitable.

Très sincèrement à vous,
LISA ERDMAN

Elle fut grandement soulagée d'avoir tout dit – tout ce qui était pertinent. Elle avait aussi eu l'intention de lui parler de l'homme « sans importance », dans le train d'Odessa à Pétersbourg, sa première expérience de rapport sexuel et aussi sa première hallucination; mais sa lettre était déjà si longue, si occupée à corriger des mensonges, qu'elle avait pris peur. Un de plus pourrait « faire déborder la coupe »; et, vraiment, ce n'était *pas* important, elle ne pouvait pas dire que cela l'avait jamais travaillée.

Oui, c'est merveilleux d'avoir donné libre cours à tout cela. Elle attendit anxieusement une réponse. Comme les jours, puis les semaines passèrent sans une lettre du professeur, son angoisse devint une sorte de terreur. Elle l'avait mortellement offensé. Il était en rage contre elle. Et, en vérité, pouvait-il en être autrement? Elle méritait sa colère. Elle fut reprise de suffocations (certainement pas pour avoir pratiqué la fellation); elle dut annuler trois concerts à cause de sa santé. Un matin, entre la cuisine et la chambre de sa tante, elle laissa tomber le plateau du petit déjeuner, croyant entendre la voix tonitruante de Freud qui la maudissait.

Elle eut des cauchemars, et l'un d'eux la fit gémir si fort que sa tante se précipita dans sa chambre, boitillant sur sa canne, le visage aussi blanc que sa chemise de nuit. Lisa avait croisé un homme dans l'escalier de la maison, qui avait ôté son chapeau mou et dit qu'il était l'homme aux loups, venu pour l'emmener chez Freud. Elle avait eu peur, mais il était très aimable, expliquant que Freud voulait seulement revoir les noms de lieux du manuscrit et remplacer les initiales par les vrais noms. Elle le suivit donc, mais au lieu de se diriger vers chez Freud il l'entraîna dans une forêt. Il avait besoin de son aide, lui dit-il, lui montrant quelques photos pornographiques d'une fille qui lavait par terre, agenouillée, sa robe relevée jusqu'aux hanches.

C'était le seul soulagement qui lui était possible, regarder ces photos. Elle en discuta fort sérieusement, et il parut lui en être reconnaissant. Ils étaient près d'un lac, et elle admirait les cygnes. Quand elle se tourna vers son compagnon, il s'était changé en un vrai loup : il y avait une tête de loup entre son chapeau et son long manteau noir élimé. Il gronda, elle s'enfuit et il bondit vers elle, cherchant à lui mordre la tête. Même alors qu'elle cherchait son salut dans la fuite, elle savait qu'elle méritait son sort, à cause de sa lettre à Freud. C'est alors qu'elle fut réveillée en sursaut par sa tante Magda, debout dans sa chemise de nuit blanche, l'air aussi effrayé que la grand-mère dans *Le Petit Chaperon rouge.*

Quand une lettre arriva enfin, il fallut plusieurs heures pour que Lisa trouve le courage de l'ouvrir. Ses mains tremblaient en dépliant le papier de la lettre. En la lisant elle tressaillit de douleur (mais surtout à cause du paragraphe où il parlait de son petits-fils); elle devint rouge comme une pivoine quand il cita son *lapsus calami,* au martyre de ne pouvoir se souvenir du contexte; pourtant, dans l'ensemble, elle la trouva plus indulgente qu'elle ne le méritait.

19, Berggasse
18 mai 1931

Chère Frau Erdman,

Merci pour votre lettre du 29 mars. J'y ai pris naturellement grand intérêt; non le moindre au lapsus qui vous fait écrire « peut-être l'étais-je » au lieu de « peut-être l'était-il (mon père) ». Mais, après tout, cela n'est pas si divertissant qu'une erreur faite par un de mes correspondants anglais m'écrivant pour me plaindre de ce « *jew* » si gênant, au lieu de « *jaw*[1] ». Par ailleurs, c'est la cause de mon retard à vous répondre. Ma mâchoire, veux-je dire. J'ai dû subir une nouvelle opération, et je crains d'avoir pris du retard dans ma correspondance.

Je suis content de savoir que votre tante et vous allez bien. Pour répondre à votre question, mon petit-fils Heinz est mort à l'âge de quatre ans. Avec lui, ma vie affective a pris fin.

Pour en venir à l'essentiel. Je préfère publier l'étude de cas telle qu'elle est, malgré ses imperfections. Je suis disposé, si vous le permettez, à ajouter une postface où vos réserves ultérieures seraient exposées et discutées. Je me sentirais dans l'obligation d'insister sur le fait que le médecin doit faire confiance à son patient, tout autant que le patient doit se fier au médecin.

Je rappellerai une maxime d'Héraclite : « L'âme humaine est un pays lointain qu'on ne peut approcher ni explorer. » Ce n'est pas entièrement vrai, je pense; mais le succès doit dépendre d'un port favorable s'ouvrant dans les falaises.

Très sincèrement vôtre,
SIGMUND FREUD

Lisa lui répondit brièvement, le remerciant de son indulgence et exprimant son angoisse devant la justesse de sa prémonition. Elle avoua éprouver un certain remords, comme si son pressentiment avait été en quelque sorte responsable de la mort de l'enfant. Elle n'attendait pas de réponse à cette note; elle lui avait même expressément demandé de ne pas se donner la peine de lui répondre. Néanmoins

1. *Jew*, juif; *jaw*, mâchoire. *(N.d.T.)*

une lettre qui parvint quelques jours plus tard de la Berggasse.

Chère Frau Erdman,

Vous ne devez pas vous inquiéter de la mort de mon petit-fils, qui appartient au passé. Déjà, quand sa mère est morte, il portait sans aucun doute le germe de la maladie qui lui fut fatale. Mon expérience de la psychanalyse m'a persuadé de l'existence de la télépathie. Si j'avais à recommencer ma vie, je la consacrerais à étudier ce phénomène. Il est clair que vous êtes particulièrement sensible aux influences psychiques. Que cela ne vous afflige pas outre mesure.

A vrai dire un de vos rêves, pendant votre analyse, m'a convaincu que vous possédiez ce pouvoir. Vous l'avez probablement oublié. D'après les notes que j'avais prises, vous avez rêvé qu'un homme et une femme d'âge moyen se mariaient à l'église à Budapest; et qu'au milieu de la cérémonie un homme se levait dans l'assistance, sortait un pistolet de sa poche et se tuait d'une balle. La mariée hurlait – c'était son ancien mari – et tombait évanouie. Quand vous avez raconté ce rêve il était parfaitement clair à mes yeux qu'il se référait à un tragique événement qui avait eu lieu plus tôt la même année (1919) à Budapest. Un de mes collègues des plus distingués, qui exerçait dans cette ville, épousa une femme qu'il courtisait depuis dix-huit ans. Elle n'avait pas voulu divorcer de son mari tant que ses filles n'étaient pas mariées. Le jour même du mariage de mon collègue, l'ancien mari se suicida. Je suis sûr que vous avez senti ces informations dans mon esprit, et que cela s'est mêlé à la situation de votre mère: je suis toujours convaincu, évidemment, qu'elle était à l'origine de vos troubles.

Vous étiez vous-même présente dans votre rêve comme une silhouette « brumeuse » occupée à réconforter la femme évanouie, très consciente en même temps que le nouveau marié cherchait votre consolation plus qu'il n'était convenable. Et de fait mon collègue avait une relation des plus ambivalentes avec une des filles de la femme qu'il épousait. Cette jeune femme fut à une époque une de mes patientes.

Je dois ajouter que nul à Vienne, sinon moi-même et un ou deux de mes plus proches collègues, n'eut connaissance de la tragédie qui marqua le mariage de notre ami, et il est certain que vous n'aviez pu obtenir par ailleurs cette information. J'aurais aimé inclure votre rêve dans mon article, mais son rapport évident avec ce que savent mes collègues de Budapest rend la chose impossible; d'autant qu'il n'est pas en bonne santé, et qu'il croit à l'existence des facultés télépathiques.

Je ne vous ai dit cela que pour vous démontrer que votre don est entièrement inconscient. Il n'y a rien que vous puissiez y faire. Vous ne pouvez pas plus le transformer que vous ne pouvez changer votre belle voix en croassement de corbeau. N'essayez donc pas.

Je vous envoie mes souhaits les meilleurs.

Très sincèrement vôtre,
SIGMUND FREUD

Voyant combien Lisa semblait plus heureuse et plus vivante, sa tante se demanda s'il n'y avait pas un homme dans les parages. Quelle qu'en fût la raison, c'était pour elle un soulagement, car elle avait craint que sa nièce ne s'acheminât vers une autre dépression nerveuse.

En fait Lisa avait le sentiment d'être extraordinairement proche de Freud : plus proche, en vérité, que lorsqu'elle le voyait presque chaque jour. C'était le ton de ses dernières lettres qui lui donnait cette impression : d'une chaleur inattendue, la félicitant pour sa voix et pour ses dons psychiques, lui faisant le compliment plus considérable encore d'une confidence, l'histoire de son collègue hongrois. Il y avait là quelque chose d'étrange. Non qu'elle pensât que ce fût inexact : Freud était incapable de tromperie. Elle se souvenait du rêve, de tout sauf de la partie que Freud avait séparée du reste, comme pour la lui souligner. Elle ne se souvenait pas du tout d'avoir été présente au mariage tragique, cette silhouette « brumeuse » et consolatrice.

N'était-ce pas la façon qu'avait Freud de demander pour lui-même aide et réconfort pour sa vieillesse et son infirmité ? Elle se rappela la seule remarque personnelle, ou presque, qu'il eût lâchée devant elle : l'allusion – pas plus – à ce que son propre mariage, sur le plan physique, avait pris fin quand il avait atteint la quarantaine. N'était-ce pas cela qui était dans son rêve ? Freud étant le mari d'âge moyen, le jeune homme qu'il fut étant déjà mort. Il avait donc besoin d'être consolé « plus qu'il n'était convenable » par la jeune femme qui s'occupait de l'épouse évanouie... Enfin, ostensiblement ce serait Anna Freud, avec sa mère. Or, dans l'étude de cas Lisa était devenue « Anna »... « Une relation des plus ambivalentes »... « Cette jeune femme fut à une époque une de mes patientes »...

Il faisait appel à son amitié, mais craignait qu'elle ne trouvât incorrect qu'il s'exprime ouvertement. Peut-être plus qu'à son amitié. S'il en était ainsi, elle ne devait pas se dérober, il fallait qu'elle essaye de le consoler. Lisa se monta la tête jusqu'à un état de tension extrême, se demandant comment répondre à son appel. Elle décida que le mieux était simplement de lui répondre amicalement de façon détendue, de parler franchement de ce qui touchait à son étude, et de voir ce qui se passerait.

16 juin 1931

Cher professeur Freud,

Votre lettre si bonne et généreuse m'a touché le cœur. Vos compliments au sujet de ma voix m'ont également touchée, jusqu'à ce que je me souvienne que vous ne m'avez jamais entendue chanter! Autrement vous ne diriez pas qu'elle est belle. En fait, le corbeau s'y entend chaque jour un peu plus.

Ces derniers temps, je n'ai fait guère plus que repenser sans cesse à cette soirée où se déclara mon « hystérie ». Je me souviens de quelques détails supplémentaires qui pourraient peut-être vous êtres utiles pour écrire votre appendice. D'abord j'étais (comme je l'ai dit) heureuse de penser que je pourrais ne pas être juive. Même « pourrais ne pas » suffisait à justifier que je m'abandonne complètement à mon mari avec la conscience claire; et que, grâce à Dieu, je lui donne un enfant. Jusqu'alors je m'inquiétais au sujet de sa prochaine permission (vous aviez raison). C'était dans moins d'un mois. Dans ses lettres, il me pressait « d'aller jusqu'au bout ». Je ne pouvais l'en blâmer, c'était trop naturel. Mais l'idée même me faisait horreur. Par contre, maintenant, grâce à ma filiation douteuse, je croyais pouvoir accepter, et je lui écrivis une lettre passionnée en rentrant de chez ma tante.

Mais, une fois endormie, j'eus de terribles cauchemars. Voyez-vous, il y avait d'autres choses qui commençaient à me déplaire. Une des tâches de Willi était de poursuivre les déserteurs, et il venait de gagner un procès, ce qui signifiait qu'on allait fusiller le pauvre soldat. Il m'avait donné par lettre tous les détails du brillant discours qui avait convaincu le tribunal; de toute évidence, il était extrêmement content de lui. J'en fus malade. Je ne pouvais « accorder » le personnage des lettres avec le souvenir que j'avais de sa douceur. Ainsi donc mes douleurs, qui apparurent la nuit même, ne provenaient-elles pas de mon chaos émotionnel, plutôt que d'une révélation à supprimer? (Je suis très forte pour supprimer les informations gênantes. Un jour j'ai « oublié », une heure après l'avoir lu, que mon premier rôle était marié avec la vedette féminine que je remplaçais parce qu'elle était tombée malade. Uniquement parce que j'avais rêvé un instant que j'avais une merveilleuse histoire avec lui!) Mais mes trous de mémoire si commodes ne me rendent pas malade.

Et mon état ne s'est-il pas amélioré quand vous m'avez aidée à « déterrer » la liaison de ma mère, simplement parce que j'étais passionnée par tous les mystères que cela éclaircissait? Clarification! Anagnorisis! Je viens juste de chanter dans un nouvel oratorio intitulé *Œdipus Rex* – imaginez-vous cela? J'aime cette idée de clarification. « Encore de la lumière! Encore de la lumière! » Encore de la lumière, et encore de l'amour.

Qu'en pensez-vous? Ce ne sont que des idées brumeuses, et je n'en suis pas du tout certaine.

Je considère bien sûr comme un sujet confidentiel les événements tragiques ayant trait à votre collègue. Malgré cela votre lettre m'a semblé plus gaie, ce qui j'espère signifie que votre santé s'améliore. Je vais bien. Tante Magda est tout excitée parce que mon frère vient des Etats-Unis, en vacances. Sa vie est maintenant réduite à peu de chose. Nous ne sommes plus vraiment seules, nous avons un petit chat malicieux. Malheureusement, il a provoqué une éruption de boutons chez ma tante et je vais devoir lui trouver un autre foyer. (Au chat, veux-je dire!) Parfois je manque d'une compagnie plus stimulante. Je donnerais beaucoup pour retrouver nos discussions d'antan. Voilà ma tante qui m'attend pour faire une réussite à deux. Cela m'empêchera de me laisser aller à mon faible pour les lettres interminables et décousues.

Avec mes cordiales salutations,
LISA

Après avoir posté la lettre elle eut l'impression douloureuse et familière de se souvenir, ou de craindre qu'elle se souvenait de la partie équivoque de son rêve. Sa seule excuse était de ne pas s'être exprimée trop clairement. Mais elle n'attendait pas de réponse, et il n'en vint aucune.

Lisa et sa tante se trouvèrent occupées à distraire deux touristes américains aux cheveux gris, George et Natalie Morris; George avait un poste important dans une usine de moteurs à Detroit et s'était fait une belle situation. Natalie avait même un vison.

Je ne sais pas ce qu'ils font là, écrivit-elle à Victor. Je m'attends tout le temps qu'ils sortent des petits drapeaux américains pour les agiter en se promenant dans les rues. J'ai un ami de New York qui les a rencontrés et qui a été rebuté par la lourdeur de leur accent américain. Ils regrettent leurs *milkshakes* au drugstore du coin. Ils se demandent comment nous pouvons vivre dans ce petit appartement lugubre. (Il a rétréci depuis qu'ils y ont habité après la guerre avec leurs enfants!) Ils ont très peur d'attraper une dysenterie. Natalie ne trouve pas un seul endroit où se faire faire une permanente et une teinture. George fouille vainement l'actualité internationale pour les résultats du baseball. Lui et moi n'avons rien de commun, pas même des souvenirs. On croirait que nous avons vécu dans des pays différents. Comment avons-nous pu naître des mêmes entrailles? Je ne pus me résoudre, à la gare, à embrasser sa joue mal rasée, et nous nous sommes serré la main. *Mein Bruder!* Je lis l'*Enfer* pour me réconforter. Bien sûr tout va très bien pour tante Magda. Pour elle il est toujours Yuri, son petit neveu, et c'est quelqu'un d'autre à qui parler.

Au bout de deux semaines de cette visite infernale, Lisa comprit enfin pourquoi ils étaient venus. Ses enfants ayant quitté le nid, George se sentait vide, en dehors du coup. Il voulait que Lisa et sa tante reviennent avec eux aux Etats-Unis. Il avait déjà leurs visas. Lisa pourrait enseigner la musique : elle en aurait toutes les occasions. Un soir, pendant le dîner, Gorge fit état de sa proposition et Natalie l'aida de toute sa persuasion. Elle aurait adoré ramener ses propres parents de Moscou, mais c'était impossible.

Lisa refusa sans hésiter. Mais sa tante fut touchée de l'invitation et promit d'y réfléchir. En fin de compte, après maintes discussions éplorées avec sa nièce, elle accepta. Ce serait un déchirement terrible de quitter Vienne et Lisa. Mais déjà elle ne voyait presque plus rien de la ville, sinon de sa fenêtre, car l'escalier était au-dessus de ses forces. Du cercle de ses amies, des veuves et des vieilles filles pour la plupart, « certaines n'étaient plus, d'autres étaient plus loin encore... » – y compris son amie la plus chère, le professeur de chant de Lisa, qui avait elle aussi émigré en Amérique avec ses enfants, et qui parlait avec chaleur dans ses lettres de la gentillesse des gens.

George et Natalie pouvaient lui offrir une chambre agréable au rez-de-chaussée, et une voiture pour l'emmener en promenade. Ils avaient de quoi lui payer les meilleurs soins médicaux, ainsi que des soins à domicile si cela s'avérait nécessaire. Si elle partait, dit-elle, cela vaudrait mieux aussi pour Lisa. Elle était pour elle un fardeau de plus en plus lourd (c'était vrai, même si Lisa le niait). Lisa ne pouvait s'attendre à toucher beaucoup plus longtemps des cachets confortables, et que deviendraient-elles ? Seule, Lisa pourrait subvenir à ses besoins en enseignant au Conservatoire, par exemple.

Il n'y avait pas vraiment de décision à prendre, mais il y eut des larmes à verser, par la tante et par sa nièce. « Le visage de mon frère était drôle à voir, écrivit Lisa à Victor. Je suis sûre que c'est ce qu'ils avaient espéré. Ils ne m'aiment pas plus que je ne les aime, mais ils voient très bien tante Magda chez eux comme un animal domestique, une charmante vieille dame européenne qu'ils peuvent sortir et montrer à leurs amis. Ils ont même promis de lui acheter un piano à queue, et ils pourront avoir des soirées culturelles viennoises. Et de plus le cher George est toujours à la recherche de sa mère. »

Lisa regarda sa tante qu'on installait à bord du

train, comme un objet d'art coûteux que les Morris auraient acheté pendant leurs vacances. Lisa et sa tante n'osèrent pas se regarder dans les yeux, car elles savaient qu'elles ne se reverraient jamais. C'était encore une peau dont elle se dépouillait, et l'appartement fut soudain vide et très grand. D'autant que Lisa y passait plus de temps, ses engagements s'espaçant de plus en plus. Elle s'enquit au Conservatoire de leçons à donner. Depuis les après-midi milanais avec Lucia, elle pensait qu'elle aimerait enseigner, et que même elle pourrait se montrer douée. Mais les années à venir semblaient vides, inutiles.

Puis, au printemps 1934, Victor écrivit de Kiev pour dire que les choses allaient beaucoup mieux. Les mauvaises récoltes étaient révolues. Les gens avaient de quoi manger. On lui avait demandé de monter *Boris Godounov*, et il mettait pour condition à son acceptation que Lisa fût invitée à chanter le rôle de Marina. Il mourait d'envie de la revoir. En fait, maintenant qu'il pouvait l'inviter en toute bonne conscience, il souhaitait lui proposer de l'épouser. Ce n'était pas un geste irréfléchi; il y avait longuement pensé. Pendant les semaines qu'il avait passées à Milan en sa compagnie, il ne s'était jamais senti si proche d'une femme, sinon de Vera et de sa première épouse. Il était sûr que Vera l'aurait souhaité. N'avait-elle pas demandé à Lisa de veiller sur lui à sa place? Le petit Kolya commençait à se dissiper et avait grand besoin d'une véritable mère. Sa propre mère avait fait de son mieux, mais elle était vieille et voulait passer ses dernières années chez elle dans le village où elle était née et où elle avait toujours vécu. Elle avait le mal du pays, comme seuls peuvent l'avoir les très jeunes et les très vieux. Mais il ne voulait pas qu'elle croie qu'il ne lui demandait sa main que pour des considérations pratiques. Il sentait qu'ils s'étaient très fortement rapprochés l'un de l'autre au cours des années où ils s'étaient écrit; mais lui aussi prenait de l'âge, et la vie était trop courte pour se contenter de lettres... Si elle pouvait se voir épouser un homme approchant de la sénilité, il serait fou de joie.

En une seule journée, Lisa condensa tout ce qu'elle avait connu d'expériences névrotiques et d'hallucinations. Elle marchait dans un rêve; elle se prit à errer dans la chambre avec un pot qu'elle portait à la cuisine; à verser du lait dans une passoire au lieu d'une casserole. Elle ne savait que faire, et elle n'avait personne pour l'aider à prendre une décision, personne d'assez proche pour avoir envie d'en parler. Il y avait toutes les raisons de dire oui. Elle avait de l'affection pour Victor, et elle l'admirait. Le petit garçon sans mère emplissait son cœur d'amour et de compassion. Sa propre vie, malgré de nombreuses relations et quelques amis, pas tellement proches, était de plus en plus solitaire.

Et il y avait à Vienne une atmosphère de violence. Elle entendit pendant plusieurs jours gronder la fusillade et s'imagina qu'elle était de nouveau à Odessa au début du siècle. Les nouvelles politiques étaient terribles, partout, et il sembait que le pire fût à venir.

Elle rêva d'enfants trois nuits de suite, et vit cela comme le signe qu'elle devait partir et devenir la mère du fils de Vera. Mais saurait-elle comment faire? Aimait-elle suffisamment Victor? Elle ne l'aimait certes pas comme elle avait aimé Alexei ou même son mari. Pourtant, à force de lire et de relire sa lettre, elle se mit à l'aimer un peu plus et son cœur commença à frémir.

De jour en jour, de semaine en semaine, elle retardait sa réponse. Elle se rendait malade d'indécision chaque instant du jour, et la plus grande partie de la nuit. Puis son esprit se bloqua, et elle fut incapable de la moindre pensée. Elle passa tout un après-midi assise à l'église sans entrevoir une réponse. Ses douleurs étaient revenues à pleine force; elle pouvait à peine respirer. Elle ne mangeait plus. L'idée folle la saisit d'aller à la Berggasse, de frapper à la porte de Freud et de se jeter à ses pieds. Elle lui poserait quelque question sans rapport avec le sujet, et selon qu'il répondrait oui ou non, cela déciderait sa réponse à Victor.

Un matin elle sortit la partition d'*Eugène Onéguine* du coffre délabré qui servait de banquette au piano et en joua quelques passages. Puis, comme elle avait trop de temps dont elle ne savait que faire, elle se mit à composer sa réponse sous forme d'une lettre de Tatiana à Onéguine, se disant qu'elle laisserait les rimes la conduire jusqu'à la bonne réponse. Après avoir écrit et raturé tout le jour, voici ce qu'il en sortit, juste avant minuit...

Je tremble comme si j'étais encore enfant;
La plume grelotte dans ma main.
Tatiana ne pouvait cacher son sentiment;
Mes pensées, à moi, je ne les comprends point.

Oh! en un sens je lui ressemble un peu,
A l'imprudente Tanya : mon sein est en feu,
Il ignore le repos.
Déjà vous regrettez d'avoir écrit les mots
Qui me tourmentent jour et nuit,
Jour et nuit!
Pourquoi troubler ma paix, cette fois?
Mon cœur était froid, en cendres les tisons,
Car je m'étais délivrée autrefois
Des indignités de la passion.
J'étais contente, à ma façon,
Telle serais restée jusqu'à la mort, j'avoue.

Il est trop tard pour mon cœur épuisé,
Pour apprendre à jouer le rôle d'une épousée,
La Tatiana qui s'ouvre et s'épanouit pour vous.

Trop tard!
Sa vieille nourrice, et non pas Tanya
Ecoute, assise, l'oiseau de minuit –
La bonne et bête ignorante nyanya
Pour qui l'amour est un mot inouï,
Un mot venu d'un très lointain pays.
Pourtant ce n'est pas vrai; un mot – pour moi –
Qu'il fut plus facile à l'oubli de laisser
Plutôt que d'en garder un souvenir blessé.
Je ne sais pas pourquoi je suis si apeurée
D'aller cueillir la fleur que j'ai tant désirée,
Comme si mon corps était un vrai tombeau.
Mais, il est vrai, mes peurs sont allégées
Depuis que j'ai franchi le Rubicon, trop tôt...
Vous comprendrez très bien ce que de dire j'ai osé...
Ne préférez-vous pas choisir comme épousée
Une jeune personne qui soit une vraie mère
Pour Kolya, qui lui donne un enfant, un frère
Ou une sœur, pensez-vous à son âge?
Il est seul, il doit être sauvage.

Je l'aimais pourtant, si tendre je serais,
Seriez-vous là peut-être que j'accepterais,
J'en suis sûre, ce que vous demandez,
Vous ne m'êtes pas indifférent, voyez.
Et la nuit du baiser, quand je vous ai connu,
Pourrait faire fondre le torrent gelé.
Qui êtes-vous donc? L'ange du salut
Ou le démon de tentation?
Et qui suis-je? Une fille naïve, pas plus,
Tout de rides vêtue; car c'est vous, attention,
Qui du mariage auriez peut-être un goût amer,
Il est pire destin que d'être solitaire.

Qu'il en soit donc ainsi! Que je fasse mon choix:
Non je ne viendrai pas pour jouer la Tsárina
polonaise. Ma voix elle aussi a franchi
Le point de non-retour... Il serait étourdi.,
Quoique je sois flattée, de prétendre à ce choix
Et d'épouser le prince qui va me commander.
La gorge est enrouée qui fut tendre autrefois,
Mieux vaut sourire à ce qu'on ne peut amender!
Ne faites pas le fol,
Repoussez-la! Dure à l'égal du corbeau
Elle qui fut presque *un rossignol.*
Une jeune, prenez. Vous pourrez assez tôt
Me juger sans courage et sans foi.
Voilà, je dois finir. Autre chose que ma voix
M'avez-vous demandé... Si vous êtes encore chaud,
Oui, je viendrai à vous, mais non pas pour chanter,
Ou sera-ce peut-être à l'abri du rideau.

Puis elle griffonna, après coup, quelques-uns des vers simples et sans artifices de Pouchkine... « Peut-être n'est-ce qu'oisiveté, / Illusions d'une âme inexpérimentée, / Que le destin sera chose bien différente... / Imagine : je suis là, seule! / Personne ne me comprend!... » Pendant quelques instants, attendant que l'encre sèche, elle redevint la petite amoureuse de 1820 qui dévoila audacieusement et imprudemment son cœur à un cynique insensible à l'amour. Mais Lisa, au contraire de Tatiana, n'hésita pas à sceller l'enveloppe d'un coup de langue, après avoir signé de son nom; et comme elle n'avait pas de vieille nourrice à expédier, elle enfila son manteau et descendit dans la nuit pour poster sa lettre au coin de la rue.

3

Après deux semaines de doutes abominables, de bagages fatigants et de tristes adieux, la première semaine à Kiev fut un vrai délire. Le large sourire de Victor sur le quai de la gare; Kolya et sa vieille grand-mère dans l'appartement; une fête à l'Opéra où lui souhaitèrent la bienvenue tous les protégés de Victor – des jeunes gens délicieux; des promenades à pied et en voiture qui ranimèrent ses anciens souvenirs de la cité – et comme il était agréable (à part sa gêne à se rendre compte qu'ils étaient des privilégiés) leur appartement au cœur de la ville, sur le Kreshchatik, avec ses boutiques élégantes, les théâtres, les cinémas. Puis après une simple cérémonie, la fête du mariage, plus folle encore que celle de son arrivée; les promesses de cours de chant – si Kolya ne lui donnait pas trop de travail –; les verres pour célébrer ceci, et cela, et quelqu'un d'autre, tout en aidant la mère de Victor à faire ses bagages. Pas un instant pour penser, sinon qu'elle avait pris la bonne décision.

Ce fut elle qui eut l'idée de raccompagner sa belle-mère jusqu'à Tiflis, un long voyage en train, pour remonter ensuite par la mer Noire; ils prendraient un cargo dans le petit port géorgien de Poti, qui les emmènerait à Odessa; de là ils regagneraient Kiev par le train. Ce serait une brève lune de miel, et un heureux changement pour le petit Kolya. Lisa pensait que l'excitation d'un voyage en mer le consolerait des adieux à sa *nyanya*, apportant en même temps l'atmosphère détendue et paisible qui aiderait l'enfant et sa nouvelle maman à faire connaissance.

La mère de Victor était une petite dame de

quatre-vingts ans aux yeux gris, bossue, un peu chauve et très vive. C'était elle la plus excitée de tous, car elle rentrait dans son village pour y mourir. Le mariage de son fils ne la chagrinait pas le moins du monde; il était clair, en fait, qu'elle était soulagée. Elle aimait infiniment son petit-fils, et pleura d'avoir à s'en défaire, mais elle était vieille et il lui donnait trop de fil à retordre.

A Tiflis elle fut remise entre les mains d'une horde de parents et de voisins qui se lamentèrent en la voyant comme s'ils accueillaient un cadavre. Lisa vit que son mari était violemment ému par cette rencontre avec son passé, qu'il devait quitter aussitôt, et surtout par le baiser qu'il donna à sa mère, probablement le dernier. Le moment était trop douloureux pour qu'ils veuillent le prolonger, et heureusement ils eurent très vite la correspondance avec le train qui devait les emporter vers la côte à travers les montagnes. Ils furent bientôt lentement hissés sur la pente escarpée – leur convoi tiré par deux locomotives, comme deux éléphants au travail – traversant un paysage merveilleux que Lisa et Victor, pour des raisons différentes, étaient trop troublés pour admirer. Puis la mer Noire fut en vue, et le train plongea vers la côte. A Poti, ils trouvèrent sans difficulté un cargo prenant des passagers; et Lisa se retrouva sur la mer de son enfance.

Quand Victor l'avait présentée à son fils de quatre ans, en disant : « Dis bonjour à la dame qui va être ta mère », Kolya lui avait tendu la main et répondu, sérieux : « Salut, Lisa. » Ce qui les avait fait rire et brisé la glace. Elle l'avait soulevé, serré dans ses bras, elle l'avait embrassé en jurant qu'il était le portrait de sa mère, les mêmes cheveux blonds et lisses, les yeux verts et le sourire malicieux. Il avait souri quand elle l'avait embrassé, et le voyage en mer ne semblait même plus indispensable, puisqu'elle lui avait plu. Il l'appelait toujours Lisa. Très bien, elle n'y voyait pas d'inconvénient; qu'il lui dise maman à son heure, si elle venait jamais, cela ne la gênait pas. « Il a été si *bien*, Victor! » dit-elle stupéfaite, quand il fut allé se coucher sans problème, dans leur cabine. « Je ne vois pas qu'il soit le moins du moinde difficile. » Il rit et dit que c'était le calme précédant la tempête.

Mais elle ne pouvait croire que la tempête viendrait. Quelques bourrasques, certes, mais elle savait déjà qu'elle pourrait y faire face.

Bien sûr, elle était assez vieille pour être sa grand-mère; mais elle lui paraîtrait jeune après la vieille personne chauve qui lui avait servi de mère. Elle ferait en sorte qu'il ait beaucoup de camarades.

C'était un garçon aventureux qui découvrit bientôt la passerelle et se nomma lui-même premier officier. Il « barra » le navire toute la matinée et il fallut qu'un steward souriant le fasse descendre pour déjeuner. Mais il fut content de voir son papa et la nouvelle dame, il lui entoura les genoux de ses bras en disant : « Bonjour, Lisa! » Elle se promena sur le pont avec lui et ils regardèrent les dauphins. En hiver, lui dit-elle, la mer était couverte par les glaces. Plus tard, quand elle le déshabilla et le mit au lit, elle lui raconta l'histoire d'une énorme baleine qui avait un drôle de nom, Porphyre, et qui avait parcouru cette mer des centaines et des centaines d'années plus tôt. La baleine, elle aussi, aimait les aventures; de méchants marins essayaient de la capturer, mais elle était toujours trop rapide ou trop maligne pour eux. Le petit garçon, suçant son pouce, la regardait avec des yeux ronds.

Quand il fut endormi, ils dînèrent avec les officiers et les quelques passagers. Même les béotiens avaient vaguement entendu parler de Victor Berenstein, et ils étaient impressionnés. Ils le supplièrent de chanter, montrant le vieux piano au son grêle. Il leur dit en riant qu'il était bien trop vieux pour chanter, mais qu'à la place ils devraient demander à Lisa, car elle était aussi une célèbre cantatrice. Ainsi le couple, pour sa lune de miel, fut obligé de chanter en duo. Une fois dans la cabine il lui reprocha d'avoir prétendu que sa voix s'était éteinte. Il faudrait qu'il lui fasse répéter *Boris* quand ils seraient rentrés, au lieu de Bobrinskaya, cette débutante de Leningrad! Elle écarta ses flatteries d'un rire. Kolya se réveillait, et elle se percha sur sa couchette pour lui chanter tout doucement une berceuse. Il dormit bientôt à poings fermés.

Ils furent gênés de se déshabiller, même dans le noir, car c'était la première fois qu'ils faisaient chambre commune. L'appartement de Kiev n'avait que deux pièces, et au début Lisa avait cohabité avec la grand-mère. Il leur parut trop évident, voire embarrassant, le soir de leurs noces, de changer de chambre; et puis ce n'était que pour deux jours. Il grimpa maladroitement dans l'étroite couchette et se mit auprès d'elle; mais dès qu'ils se prirent dans les bras ils se sentirent à l'aise, heureux. Ce n'était pas l'ardente passion de la jeunesse, mais cela n'eût guère été possible, de toute façon, avec le petit Kolya endormi à côté. Il ne fallait pas qu'ils fassent de bruit. Cela, peut-être, les aida; rien ne les poussait à s'agiter violemment dans tous les sens comme sont censés se conduire des amants... ce qui leur fit parfois souhaiter, à tous deux, qu'ils le pussent.

Ils eurent des gestes lents, silencieux, qui suivaient les craquements du navire et le clapotis des vagues. Elle n'eut aucune vision déplaisante; rien que la lueur, par le hublot, d'un phare familier qu'elle avait oublié. Pendant qu'ils faisaient l'amour, elle écouta l'enfant qui respirait. La tête posée sur son épaule était presque celle d'un deuxième enfant. Les éclairs du phare faisaient briller les cheveux blancs de son mari.

Le voyage accomplit tout ce qu'elle en avait espéré, et plus encore. Quand ils accostèrent à Odessa, dans la fraîcheur du matin, à la fin de l'été, elle sentit qu'ils commençaient déjà à former une famille unie. Une de leurs photos de vacances, prise par un des passagers, faisait ressortir les débuts prometteurs de l'union : adossé à un canot de sauvetage il y a la haute et lourde stature de Victor, en manteau d'astrakan et toque de fourrure, son visage rond et souriant regardant fièrement sa femme qui a son col relevé et les cheveux ébouriffés par le vent, tandis qu'elle-même tourne fièrement son regard sur le petit garçon qui est entre eux, les tenant par les mains. Il sourit à l'appareil, les paupières baissées car il avait cligné de l'œil au mauvais moment.

Lisa ne reconnut pas la ville, et la ville ne la reconnut pas. Pendant qu'il visitaient à pied ou en voiture les endroits intéressants, Lisa se sentait non pas morte, mais irréelle, comme si elle n'avait jamais vécu. Quelqu'un, pourtant, la reconnut. Une femme entre deux âges, fanée, s'arrêta sur le trottoir, hésitante, et la regarda droit dans les yeux. « Lisa Morozova? » dit-elle, mais Lisa secoua la tête et passa sans s'arrêter, poussant Kolya pour qu'il rattrape son père. La femme était jadis une de ses amies proches; elles étaient dans la même classe de danse.

Victor se méprit sur son humeur sombre, et, par sympathie, lui passa le bras dans le sien. Ils étaient dans le quartier des quais, et il pensait que l'atmosphère sinistre de l'endroit l'attristait. « Ne t'inquiète pas; tout cela est passé », murmura-t-il. Il se mit à lui expliquer pourquoi la plupart des établissements commerciaux étaient barricadés ou à moitié en ruine, y compris celui qui s'appelait jadis : *Morozov : Exportation de Grains.* Il y avait maintenant au-dessus des portes une pancarte du gouvernement, mais là aussi la peinture s'était effacée, et les fenêtres étaient brisées.

Kolya voulait regarder par les fenêtres cassées, et son père le souleva jusqu'à la rambarde. Mais il n'y avait rien à voir à l'intérieur, sinon l'obscurité et des morceaux de verre.

Ils prirent un car suivant la côte vers l'est, vers l'ancienne maison de Lisa. La grande bâtisse blanche avait été transformée en maison de santé. Les vacanciers ordinaires n'avaient pas habituellement accès à ses installations, mais Victor, un artiste soviétique de premier plan, put acheter des tickets pour le déjeuner. La vaste salle à manger était pleine à craquer, surtout, semblait-il, d'ouvriers des usines de Rostov. Rien ne restait des meubles ou des tableaux des anciens occupants; seuls les arbres qu'on voyait par les portes-fenêtres étaient restés les mêmes. Et une vieille serveuse, qui leur apporta leur soupe aux choux, avait été jadis une fille de cuisine. Elle les servit d'un air maussade, ne reconnaissant visiblement pas Lisa; non que celle-ci eût envie de se faire connaître, bien qu'elle eût autrefois échangé des paroles amicales avec elle.

Après déjeuner, ils se promenèrent dans le jardin. Il y avait maintenant une allée en ciment jusqu'à la petite baie où était la plage, mais celle-ci n'avait pas changé. Sauf qu'il y avait maintenant beaucoup d'inconnus qui s'agitaient dans l'eau, au lieu du petit groupe familial de son enfance. Elle aida Kolya à se déshabiller et retira ses chaussures et ses bas (accrochant sa jupe à sa culotte). Même son mari releva le bas de son pantalon pour barboter. Lisa chercha dans l'eau s'il y avait des méduses, mais n'en trouva aucune. Puis ils s'allongèrent au soleil pour se sécher; il faisait chaud, mais moins que dans son souvenir, peut-être à cause de l'arrière-saison.

Pas plus que les arbres, les plantes et les fleurs n'étaient subtropicaux, comme le voulait sa mémoire. Elle s'étonna de cette erreur. Peut-être avait-elle confondu son propre jardin avec d'autres endroits qu'ils avaient visités en bateau, plus au sud. Laissant Victor à son bain de soleil, elle emmena l'enfant explorer les environs. Le changement n'avait pas atteint les arbres touffus de ce coin retiré du jardin, sauf que la pavillon d'été, déjà délabré quand elle était petite, n'était plus qu'un fouillis de buissons et de ronces poussés sur les pierres et les poutres pourries.

Elle avait l'impression de n'être plus qu'un spectre. Elle n'était pas réelle, l'enfant ne l'était pas. D'être coupée du passé, elle ne vivait plus dans le présent. Mais soudain, alors qu'elle était tout près d'un pin et qu'elle respirait son parfum sec et aigre, un espace libre s'ouvrit à son enfance comme si le vent était venu de la mer dissiper le brouillard. Ce n'était pas un souvenir, c'était le passé même, aussi vivant, aussi réel; et elle sut qu'elle-même et l'enfant d'il y a quarante ans étaient la même personne.

De le savoir la remplit de bonheur. Puis elle eut aussitôt une seconde intuition qui la saisit d'une joie presque insupportable. Car, en regardant vers son enfance par l'espace ainsi libéré, elle n'y vit plus un mur aveugle mais une étendue sans borne, comme une avenue où partout elle restait elle-même, Lisa. Oui, elle était toujours là, même au début de toutes choses. Et quand elle regarda de l'autre côté, vers l'avenir, l'inconnu, la mort, l'immensité d'après la mort, elle était encore là. Tout était venu de l'odeur d'un pin.

La journée passa comme un éclair. Elle déposa des fleurs sur la tombe de sa mère, après que son mari l'eut aidée à la dégager des bruyères; elle rendit visite au crématorium et découvrit le nom de son père dans le livre du souvenir; elle écrivit et posta des cartes pour sa tante Magda, son frère George, une amie de Vienne et son filleul de Leningrad (qu'elle verrait bientôt); ils emmenèrent Kolya à la foire dans le parc, lui achetèrent même un jouet coûteux parce qu'il avait été si patient et si sage. Ils prirent le train de nuit pour Kiev. Ils espéraient dîner tranquillement une fois l'enfant endormi (il aurait dû être épuisé). Mais en fait il ne dormit presque pas de la nuit et s'assura qu'ils restaient éveillés. Il se plaignit, bouda, fut malade, demanda sa grand-mère, mordit le doigt de Lisa, dérangea les voyageurs de ses cris. Au matin, quand ils sortirent en titubant du train, Victor et Lisa étaient si hagards que les amis venus les accueillir – des gens influents disposant d'une voiture – firent des commentaires grivois. Kolya, maintenant, était angélique et sommeillait dans les bras de son père.

Appartement 5
118, Kreshchatik
Kiev, U.R.S.S.
4 novembre 1936

Chère tante Magda,

Je ne puis croire que c'est déjà presque Noël. J'espère que les cadeaux t'ont plu. Ta lettre a fait grand plaisir, comme toujours. Je suis désolée que tu doives si souvent garder le lit; tu as toujours été si active. Mais c'est gentil de la part de George et de Natalie d'avoir fait décorer ta chambre et de t'avoir donné un poste de radio. Comme tu dis, tu as beaucoup de chance d'être en de si bonnes mains. Je te prie de leur faire mes amitiés. La promotion de George est une bonne nouvelle; et je suis sûre qu'il n'en méritait pas moins. Et adresse aussi mes félicitations à Toni, puisqu'elle a obtenu son doctorat. Docteur Morris! Cela sonne bien. Ses parents doient être très fiers, j'en suis sûre. Et elle est belle, en plus! Elle est merveilleuse avec sa toge et sa toque, et je parie qu'elle a des tas d'admirateurs. Je ne puis croire que c'est la même petite fille qui habitait Vienne avec nous. J'aimerais la rencontrer maintenant. Je suis sûre qu'elle me voit toujours (si elle se souvient de moi le moins du monde) comme une femme si maigre et déprimée qu'elle ne pouvait s'occuper que d'elle-même. Quel dommage que nous ne puissions nous connaître! Et je pense de même au sujet de Paul, aussi, bien sûr. Je suis contente qu'il réussisse à l'Ecole commerciale.

Cela fait quelques semaines que notre vie est plutôt mouvementée. Kolya a repris l'école et il s'y plaît, après avoir souffert quelques jours. Mais quel petit rêveur! Un jour il est rentré à la maison au milieu de la matinée : il croyait que c'était l'heure du dîner, alors que c'était la récréation du matin! Il est venu à pied tout seul à travers les rues! Il grandit comme un champignon, et il est difficile à ce rythme de subvenir à ses besoins. Les vêtements coûtent cher, bien sûr, et on ne les trouve pas facilement. Mais nous y arrivons tout de même; nous avons vraiment beaucoup de chance. Victor grommelle de temps en temps qu'il vieillit, ce qui est absurde, lui dis-je, parce qu'il est en bonne santé et qu'il a la jeunesse du cœur. Il est occupé à monter un nouvel opéra, sur la construction d'un barrage; pas aussi mauvais que cela en a l'air. Il y a quelques bonnes mélodies. Ils ont eu très peur que les costumes ne soient pas prêts à temps, aussi pendant quinze jours je me suis mise en quatre et j'ai tiré l'aiguille. C'était très amusant de travailler contre la montre et de rire avec les filles. Et j'ai deux très bonnes élèves qui viennent chez moi trois fois par semaine. Alors le temps s'envole.

Deux semaines avant la première du nouvel opéra nous avons appris que la mère de Victor était morte, et nous avons dû nous précipiter à Tiflis pour l'enterrement. Naturellement, ce n'était pas inattendu, elle avait atteint un grand âge et elle était malade depuis un certain temps; mais c'est un choc quand cela arrive, heureusement qu'il est si occupé, cela l'aide à ne pas trop y penser. Des amis ont pris soin de Kolya. Nous ne sommes restés absents que quelques jours, mais il nous a manqué; et je pense qu'il a été très content de nous revoir.

Quel dommage que tu n'aies pas été assez bien pour faire le voyage et aller voir Hannah, et qu'elle te voie, mais c'est bien de sa part de t'avoir téléphoné pour ton anniversaire. (Je suis contente que notre cadeau soit arrivé à temps.) Le téléphone est une invention merveilleuse. Je pense toujours à lui écrire, ne serait-ce que pour lui dire comme j'ai apprécié son merveilleux enseignement, maintenant que j'ai moi-même des élèves! Adresse-lui mes meilleurs vœux, quand tu lui écriras.

Oui, ce serait délicieux de prendre le thé ensemble. Tu ne quittes pas mes pensées. J'espère que le traitement à l'or te sera bénéfique.

Quelle bénédiction que tes yeux aillent mieux! J'espère que tu aimes les mouchoirs que j'ai brodés – un petit morceau d'Ukraine. Maintenant il a commencé à neiger – le début de l'hiver – et je dois mettre manteau et chapeau, sortir et aller chercher Kolya à l'école. Crois à notre amour, et recevez tous nos souhaits pour la saison.

Avec notre affection,
LISA, VICTOR et KOLYA

V

LE WAGON-LIT

IL se réveilla pour la dixième fois de la nuit et gémit en voyant que le jour n'était pas levé. Il écouta les bruissements à l'intérieur du mur. Il n'entendrait plus jamais ce bruit-là. L'excitation lui faisait la bouche sèche; il voulait ordonner au soleil de se lever pour qu'ils puissent commencer leur voyage. La première fois qu'il avait « déménagé », c'était juste pour changer de quartier; et quelle misère, ce changement! L'endroit n'était qu'un dépotoir. Mais aujourd'hui ils franchiraient des frontières, des déserts, des chaînes de montagnes – et cela continuerait. Demain soir, il dormirait dans un train! Il n'en pouvait plus d'attendre. C'était sûrement le matin, il allait bientôt entendre remuer sa mère.

Dans le train, ils joueraient aux cartes, Pavel et lui. Mais c'était dommage que les autres ne viennent pas parce que c'est encore plus excitant de jouer à quatre. Pavel était bien, mais pas tellement drôle, tout seul. Le reste de la bande allait lui manquer. Il y avait plusieurs choses qui lui manqueraient : récupérer un peu partout, chaparder ce qu'on pouvait sans se faire prendre, et ne pas être obligé d'aller à l'école. Oui, ça serait terrible, d'avoir à retourner à l'école, mais cela ferait plaisir à sa mère. Ce n'est pas qu'elle ne le faisait pas suffisamment travailler comme ça; mais au bout de deux heures elle se fatiguait, heureusement, et le laissait sortir. Est-ce que sa chambre lui manquerait? Oui, un peu, même si c'était un dépotoir c'était chez lui. Mais il y aurait des tas de choses pour la lui faire oublier très vite.

Choura lui manquerait, pourtant. Choura était vraiment son meilleur ami. Bien qu'il se demandât si Choura ne préférait pas Pavel. Il ne voulait pas l'admettre, mais il était un peu jaloux. Sa mère disait que les autres enfants seraient peut-être autorisés à les suivre, plus tard. Et les visites chez Choura lui manqueraient, parce qu'il y avait toujours quelque chose à manger là-bas. Il aimait la mère de Choura; elle était jeune, vivante. Il souhaitait que sa mère ne fût pas si vieille. C'était gênant d'avoir une vieille femme pour mère. Elle avait aussi une très mauvaise toux qui ne s'arrêtait jamais, et il espérait qu'elle n'allait pas mourir. Il l'entendait tousser, maintenant, derrière le rideau. Bon, cela voulait peut-être dire qu'il était temps de se lever.

Ce qu'il y a d'étrange dans le sommeil, c'est qu'on n'a aucune idée de l'heure qu'il est. On peut quelquefois s'en douter en regardant par la fenêtre, mais le rideau tiré devant son lit l'empêchait de voir la fenêtre. Il faisait nuit noire. Il pensa, terrifié, qu'il pouvait n'être que minuit! Ce n'était sûrement pas possible! Sans savoir comment, il pensait qu'il était beaucoup plus tard; et il savait qu'ils devaient se lever très tôt, avant l'aube.

Il se tourna dans son lit et essaya de faire passer le temps en imaginant l'endroit où il allait. Tout ce qui pouvait servir à sa rêverie, c'étaient les histoires de la Bible que sa mère lui racontait parfois; mais elles ne l'aidaient pas beaucoup. Et elles étaient ennuyeuses. Il valait mieux s'efforcer de penser au voyage. Il aimait les trains. La première fois qu'il était monté dedans il avait été malade, lui avait dit sa mère, et il avait ennuyé tout le monde. C'était quand il n'était qu'un bébé. Il ne s'en souvenait pas. Le plus long voyage qu'il avait fait c'était d'aller jusqu'à Leningrad. C'était quand il avait dormi dans une pièce de ce qui était avant un vrai palais. Il n'avait que cinq ou six ans, mais il se souvenait de plein de choses de vacances. Il y avait un vieil homme et un plus jeune; et quand il avait regardé par-dessus l'appui de la fenêtre il avait eu la surprise de voir de l'eau. Il se souvenait aussi d'avoir été en bateau, autrefois, mais c'était très vague. Pourtant la mémoire est étrange, parce qu'il pensait vraiment se souvenir de son premier anniversaire. Il se rappelait que sa grand-mère l'avait pris dans ses bras pour souffler la bougie du gâteau. Pourtant c'était bien avant que sa mère et son père l'aient emmené en bateau. Peut-être imaginait-il seulement se souvenir de son premier anniversaire parce qu'il y en avait une photo dans l'album. Sa grand-mère le tenait pour qu'il souffle la bougie, et son père aussi était là, qui souriait.

Il se représenta le bruit des roues du train qui avait fait l'aller et retour de Leningrad, et le mélangea au bruissement des cafards dans le mur. Cela faisait une drôle de musique. Il aimait écouter des sons variés; surtout la nuit, essayant d'en entendre dans le silence, ou de se rappeler certains sons. Il était presque le dernier en musique, à l'école, et il avait dit à ses parents qu'il détestait la musique; ce qui les avait déçus. Toutes ces notes, si ennuyeuses. Mais (et c'était un grand secret) il serait compositeur quand il serait grand. Cela ferait un choc à sa mère. Si elle vivait encore. Il s'agita, mal à l'aise.

Son père était vieux, lui aussi, mais rien n'aurait d'importance s'il revenait. Il se rappela la dernière fois qu'il l'avait vu – encore à moitié endormi, son père le serrait dans ses bras et l'embrassait, lui disant d'être un bon garçon et de veiller sur sa mère. C'était son souvenir le plus triste, comme le train de Leningrad était le meilleur. Pas seulement cette nuit-là, mais les semaines suivantes, quand les autres enfants l'avaient brutalisé et injurié, disant que son père était un traître. C'était avant que certains de *leurs* pères eussent été mis en prison; après, ce fut encore pire. Il s'était fait battre. C'est là qu'ils avaient dû déménager. Mais il était sûr que son père n'était pas un traître. Sa mère aussi en était sûre. Il ne pouvait comprendre pourquoi il avait fallu mettre son père en prison pour avoir voyagé à l'étranger, des années et des années plus tôt, ou pour avoir monté un opéra au sujet d'un tsar cruel. La prison, où qu'elle fût, serait sûrement bientôt détruite; et quand son père reviendrait il irait les chercher, et ils ne seraient plus là! Tout d'un coup il trouvait que partir n'était pas une si bonne idée. Il voyait l'image de son père frappant à la porte, puis se retournant tristement.

Il entendit à nouveau sa mère tousser, et il était clair qu'elle était bien réveillée. Elle allait bientôt se lever, allumer le feu et faire le déjeuner. Alors il se blottit au fond de son lit pour profiter de la chaleur. Elle s'arrêta de tousser et ce fut encore le silence; comme si elle s'habituait à l'idée de se lever. Il attendit les bruits familiers : le grincement du lit, les craquements du plancher, les crissements et les froissements des vêtements qu'elle mettait, le raclement de ses chaussures. Mais rien ne vint qu'une toux intermittente, et il dériva de nouveau dans un demi-sommeil, rêvant que son père était revenu et qu'ils étaient tous les trois dans un traîneau qui parcourait les rues enneigées.

La vieille femme pensait à tout ce qu'elle avait

encore à faire. Puis elle se leva, frissonnante, car c'était une froide matinée d'automne, et il faisait encore noir. Levés si tôt, ils arriveraient à temps pour avoir des places dans le train. Elle écouta si elle entendait remuer en haut, mais les Shchadenko n'étaient pas encore levés. Elle s'habilla lentement et se réchauffa un peu, mais elle tremblait toujours. C'était l'incertitude et la crainte, elle le savait, plus que le froid de la nuit; parce qu'elle avait justement mis des vêtements chauds de côté pour une urgence de cet ordre, et aussi des sous-vêtements de laine pour Kolya, tout prêts sur une chaise au chevet de son lit. Ils allaient passer une ou même deux nuits dans le train et il pourrait faire vraiment très froid. Elle resta en chaussettes, traînant les pieds pour ne pas réveiller Kolya avec le bruit de ses chaussures. Qu'il dorme jusqu'au dernier moment. Il serait bien assez fatigué au bout du voyage.

Elle alluma la bougie qu'elle avait gardée pour Noël; puis la poêle, avec les derniers copeaux qui lui restaient. A la lueur du feu et de la bougie on pouvait voir qu'elle n'était pas si vieille, malgré ses cheveux gris et ses gestes raides – probablement pas plus de cinquante ans. Elle ne semblait vieille qu'à Kolya et – la plupart du temps – à elle-même. Quand le feu eut bien pris, elle enfila ses chaussures, jeta un manteau sur ses épaules, souleva doucement le loquet de la porte et sortit à tâtons dans la cour. Elle ouvrit la porte des latrines. En s'accroupissant au-dessus du trou, tâchant de ne pas respirer l'odeur infecte, elle entendit derrière elle un glissement, une longue forme grise et indécise frôla ses pieds et s'élança par la porte qu'elle avait appris à laisser ouverte pour cette raison même. Elle frissonna, sentant encore le contact du poil sur sa cheville, elle déchira un morceau de l'*Ukrains-*

koye Slovo, s'essuya rapidement, se redressa et rajusta sa robe. Une fois ressortie dans la cour, elle respira un grand coup. Ce n'était pas encore l'air pur, car le Podol baignait dans une odeur perpétuelle de graisse rance et de pourriture venue des fosses à ordures; mais elle s'y était habituée, et comparée aux latrines, l'odeur en était fraîche et douce. Puis elle rentra.

Faisant le moins de bruit possible, elle ôta son manteau, déboutonna sa robe, et versa dans la cuvette un peu de l'eau du seau, prenant garde d'en laisser suffisamment. L'eau était précieuse : l'un d'eux devait aller chaque jour en chercher dans le Dniepr. Elle fit passer sa robe par-dessus ses épaules et se lava. Maintenant elle entendait les Shchadenko remuer au premier étage, des pas affairés trottant dans tous les sens. La compagnie de Liouba lui ferait du bien. Elle mit dans la casserole les restes d'épluchures de patates. Kolya se calerait l'estomac avec les crêpes, pour le voyage. Elle adorait l'odeur des épluchures qui commençaient à frire.

Il était temps de réveiller son fils. Il n'y avait pas si longtemps, elle lui aurait murmuré à l'oreille et l'aurait chatouillé pour le réveiller. Mais dernièrement il était devenu pudique et secret, elle avait dû séparer la pièce avec un vieux rideau pour qu'il ait le moyen de se sentir un peu indépendant. Elle se contenta donc de se mettre à l'ouverture du rideau et d'appeler son nom. Quand il grogna, elle lui dit que le déjeuner était presque prêt. « Il y a des crêpes ! » dit-elle pour le tenter. Il grogna une fois de plus et se tourna dans son lit, mais elle savait qu'il n'attendrait pas longtemps avant de sauter du lit. Le voyage l'excitait beaucoup.

Pendant qu'elle s'occupait du déjeuner, il apparut en maillot de corps et en pantalon, respira un bon coup les délicieuses crêpes et prit place à table. Elle lui dit de se laver d'abord, et avant cela d'aller aux toilettes, parce qu'ils manquaient d'eau et qu'il n'y en avait pas assez pour qu'il se lave deux fois. A vivre dans une telle saleté depuis trois ans, elle était sûre qu'ils n'étaient pas tombés malades uniquement à cause du souci qu'elle avait de la propreté. Marmonnant qu'il n'en avait pas besoin, il enfila une veste sur son maillot et ouvrit la porte d'un coup de pied.

Quand ils furent assis, en train de manger les crêpes, il lui demanda encore à quoi ressemblait, d'après elle, l'endroit où ils allaient. Elle ne pouvait lui fournir que des bribes de ses leçons d'école : les bosquets d'orangers parfumés, les cèdres du Liban... Jésus marchant sur l'eau... « Je suis la rose de Saron... » La géographie et les Ecritures se mélangeaient dans son esprit, et elle avait du mal à donner une image convaincante. Elle se sentait parfaitement ignorante. La géographie n'avait jamais été son fort. Il commençait à faire jour; elle lança un coup d'œil à la cour lugubre avec ses fosses à ordures, adossée à d'autres taudis. « Par rapport à cela, Kolya, ce sera le paradis, dit-elle. Tu verras. Tu seras très heureux là-bas. »

Mais Kolya avait des doutes. Il était très contrarié que deux de ses meilleurs amis, Choura et Bobik, ne soient pas juifs et ne puissent pas venir. Et elle savait aussi qu'il s'inquiétait de ce que son père ne pourrait pas les retrouver.

« Ne t'inquiète pas, dit-elle, il nous trouvera. Ils ont des listes des gens qui ont émigré. Quand il reviendra à Kiev il pourra savoir exactement où nous serons et il viendra tout droit nous rejoindre. » Elle essaya d'avoir un ton et un air persuasifs, et fit mentalement un signe de croix sur son mensonge. Cela n'avait jamais semblé le bon moment pour lui

trésors irremplaçables : vêtements, lettres, albums de photos, le dessin de Leonide Pasternak et autres objets précieux qu'elle avait si soigneusement emballés la nuit dernière.

Des visages se pressaient aux fenêtres des maisons, regardant passer la masse des émigrants. Certains semblaient les plaindre, mais d'autres riaient et se moquaient. Il y avait maintenant des soldats sous les porches, qui observaient attentivement ceux qui passaient. Un groupe d'entre eux apostropha une jeune femme en face de Kolya : « *Komm waschen!* » Ils montraient du doigt la cour derrière eux, comme pour dire : « Elle a besoin d'être lavée. » La fille tourna la tête dans leur direction; du coup elle aperçut Lisa mais fit comme si elle ne la reconnaissait pas. Lisa l'avait connue autrefois : c'était la fille du premier violoncelliste de l'Opera de Kiev. Elle prononça son nom – Sonia – et la fille se retourna une deuxième fois vers la femme plus âgée, fouillant dans sa mémoire. Elle la reconnut, finalement, bien qu'elle eût beaucoup changé. Lisa craignait de se voir rejetée, mais ne lui en aurait pas voulu pour cela. Il était très clair que, pour sauver sa famille, Victor avait marchandé en sacrifiant la liberté, et même la vie, de plusieurs musiciens de l'Opéra – y compris le père de Sonia. Mais la jeune fille parut contente de retrouver quelqu'un qu'elle connaissait, même de loin, et elle s'arrêta pour les laisser venir à sa hauteur.

Elle demanda à Lisa si elle savait à quelle heure le train devait partir. Elle craignait qu'on ne les laissât sur place. Ils n'avançaient presque plus, une fois encore, et la jeune femme monta sur la pointe de ses chaussures à talons pour essayer d'y voir par-dessus la foule. Mais on ne pouvait distinguer qu'une masse grise de têtes et de véhicules surchargés de bric-à-brac. Elle eut un soupir exaspéré. Sa valise était lourde, elle était fatiguée. « Vous avez raison de voyager presque sans rien », dit-elle en regardant le paquet de Kolya.

Lisa se lamenta sur la valise volée, lui racontant leur infortune. Ils n'avaient plus rien. « Oui, ne vous inquiétez pas trop, dit la jeune femme. J'ai entendu dire qu'ils allaient expédier les bagages séparément et les partager à égalité une fois arrivés en Palestine. »

Des rumeurs – il n'y avait que des rumeurs depuis que Kolya et Pavel étaient entrés en courant et en criant qu'il y avait un avis sur la barrière et des foules de gens autour. Lisa et Liouba, qui faisaient un peu de couture ensemble, avaient couru dehors et avaient écarté la foule surexcitée pour lire l'affiche. Comme d'habitude elle était imprimée sur du mauvais papier d'emballage grisâtre, et rédigée en russe, en ukrainien et en allemand. L'ordre disait que les Yids habitant la ville de Kiev et ses environs devaient se présenter à huit heures au matin du lundi 29 septembre 1941 au coin des rues Melnikovski et Dokhtourov (près du cimetière). Ils devaient emporter papiers, argent, objets de valeur, ainsi que des vêtements chauds, des sous-vêtements, etc. Tout Yid ayant désobéi à ces instructions et qu'on découvrirait serait fusillé.

Les mots simples, ordinaires (vêtements chauds, sous-vêtements, etc.) étaient singulièrement plus terrifiants que le froid et méprisant « Yid ». Les gens se chuchotaient les termes du décret comme s'ils ne les comprenaient pas. « Un ghetto, un ghetto », murmura quelqu'un; et une vieille femme se mit à gémir. « Ils nous rendent responsables des incendies », dit un vieil homme à barbe blanche. Autour d'eux les gens tournèrent instinctivement les yeux vers le centre de la ville, où l'air était encore embrasé par les incendies qui continuaient.

Les Allemands étaient entrés dans la ville en triomphe une semaine plus tôt comme les libérateurs du joug russe, et on leur avait offert le pain et le sel. Les officiers allemands, affables, se faisaient couper les cheveux chez les barbiers ukrainiens et juifs. Nul ne s'attristait de ce que les généraux allemands – au lieu des pontes du parti communiste, des acteurs et des musiciens privilégiés du régime – occupent les luxueux appartements du Kreshchatik. Puis, quand les nouveaux occupants se furent agréablement installés au milieu des tableaux et des pianos à queue, tout le quartier devint un enfer. Allemands et Ukrainiens furent mis en pièces les uns avec les autres. Lisa, comme tout le monde, était allée regarder l'immense brasier qui dévorait le centre historique de la ville, où elle vivait jadis.

L'Armée Rouge – qui en accusait les barbares nazis, comme s'il était vraisemblable qu'ils se soient fait sauter eux-mêmes! – était de toute évidence responsable des explosions. Quelques soldats étaient restés pour faire sauter les bombes. Puis la rumeur courut qu'il fallait en accuser les juifs. Voilà pourquoi on avait affiché ce décret : les Allemands s'en prenaient aux juifs et les envoyaient dans un ghetto, probablement en Pologne. Pourtant, même si les juifs *étaient* responsables, pourquoi punir tout le monde des agissements de quelques-uns?

C'est quand les deux femmes étaient plantées devant le bout de papier gris que Liouba Shchadenko lui avait fait une proposition digne d'une sainte. Elle l'avait entraînée hors de la foule et avait murmuré : « Tu n'as pas à y aller. Tu n'es pas juive. Je peux m'occuper de Kolya à ta place. Un de plus, je ne m'en rendrai pas compte. » Lisa fut prise de colère : Liouba s'imaginait qu'elle allait envoyer son fils dans un ghetto sans elle! Mais elle fut immédiatement émue aux larmes par la générosité de son amie. Elle se mit à pleurer. Elle lui devait déjà tant. Quand ils avaient arrêté Victor, elle et Kolya avaient dû quitter l'appartement. Liouba Shchadenko, une pauvre veuve employée comme couturière par l'Opéra, était venue lui offrir une pièce dans sa petite maison délabrée. Une femme qu'elle connaissait à peine! Liouba dit que c'était parce que Victor lui avait donné du travail, quand elle était restée sans son gagne-pain, enceinte de Nadia, et qu'elle ne faisait que rembourser sa dette. Mais elle ne s'était pas contentée de lui offrir une pièce sans loyer à payer, elle avait aussi donné des travaux de couture à Lisa pour les empêcher de mourir de faim. Et maintenant voilà ce qu'elle offrait! C'était plus qu'une sainte, un ange! Lisa se tordit les mains. « Non, dit-elle, mais merci! Nous irons tous ensemble. »

Par bonheur, ils eurent des nouvelles plus rassurantes. Il n'était pas question de les envoyer dans un ghetto. Les Allemands n'étaient-ils pas un peuple décent, civilisé? Lisa le savait bien, pour n'avoir entendu la moitié de sa vie que des voix amicales lui parler en allemand. Même les communistes n'avaient que du bien à dire des Allemands, les deux dernières années avant la guerre. Pourquoi, quand le Kreshchatik avait sauté, les Allemands avaient-ils risqué leurs vies en envoyant des escouades dans toute la ville pour prévenir les gens de quitter leurs maisons? Ils avaient sauvé des vieux, des enfants, des infirmes, les mêmes gens dont on disait maintenant qu'ils les envoyaient dans un ghetto! Non, on les évacuait plus loin du front, à l'abri. Mais pourquoi, demanda quelqu'un, évacuer les juifs en premier? La réponse venait tout de suite, confiante : « Parce que les Allemands connaissent bien les juifs. »

Et pourtant, comment expliquer le ton dur et brutal de leur proclamation? « Tous les Yids... Tout Yid... » Mais ce n'était brutal que pour les juifs eux-mêmes, pour les Allemands c'était juste un terme neutre, comme « vêtements chauds, sous-vêtements, etc. » Et regardez, souligna une jeune femme, ils parlaient des rues Melnikovski et Dokhtourov, qui n'existaient pas; ils voulaient dire Melnikov et Degtyarev, donc l'ordre était passé par les mains d'un mauvais traducteur. Il ou elle était responsable du ton déplaisant.

Lisa savait que la version allemande avait exactement le même ton; mais ne dit mot. Elle ne savait pas que penser. Son don, son intuition, avait disparu comme la chair sur ses os. Elle pouvait seulement espérer, prier pour que les prophètes de malheur se trompent. Puis, à peine une heure plus tard, quand ils avaient commencé à faire leurs bagages, les bonnes nouvelles s'étaient répandues comme un éclair à travers le Podol : on les envoyait en Palestine.

Les heures se traînaient, et ils n'en voyaient toujours pas la fin. Plus loin l'étranglement, quel qu'il fût, refusait de céder, pourtant la masse des gens derrière eux les poussait en avant. C'était terrifiant pour les mères qui avaient des petits enfants, et Lisa commença à se demander comment Liouba allait y arriver. Elle et Kolya auraient dû les attendre et les aider; elle se sentait coupable. Sur le moment pourtant, il avait paru raisonnable d'aller réserver des places. Lisa aida une femme harassée qui devait s'occuper de quatre enfants dont le plus vieux n'avait que dix ou onze ans et le plus jeune environ dix-huit mois. Elle prit celui-là, une petite fille, des bras de sa mère, pour la soulager un peu. Le bébé hurlait; Lisa essaya de babiller avec elle, sans résultat aucun, puis lui chantonna un air, ce qui changea ses cris en soupirs. C'était un bébé plutôt laid, défiguré par un bec-de-lièvre, et qui sentait mauvais. Il fallait la changer. Mais comment changer un bébé au milieu de cette foule? La mère ne s'en était probablement pas rendu compte, car les gens de Podol étaient habitués aux odeurs et à la vermine en tout genre. Lisa ne s'était jamais sentie à l'aise parmi eux, et elle n'avait guère fréquenté que Liouba. Maintenant le bébé qu'elle tenait se remit à crier et sa mère le redemanda. Lisa le lui rendit, soulagée. Mais quelle colère la prenait à l'idée qu'on faisait souffrir ainsi des vieilles gens et des petits enfants, sûrement à cause de l'incompétence de quelqu'un!

Kolya s'ennuyait, il était de mauvaise humeur, et qui pouvait l'en blâmer? Elle essaya de trouver des jeux de langage pour jouer avec lui, mais cela ne l'intéressait pas. Quand ils furent restés sur place au moins vingt minutes elle le persuada de montrer ses tours de cartes à Sonia, et il s'exécuta à contre-cœur, se servant de la valise de la jeune femme comme table. Sonia accueillit ses tours d'un sourire agréable, tout en jetant des coups d'œil par-dessus les têtes qui les précédaient.

Elle dit à Lisa la tristesse qu'elle avait eue à devoir abandonner le violoncelle de son père. L'instrument était le seul ami qu'elle avait eu pendant cette période noire. Lisa détourna les yeux. Elle voulait exprimer son regret, mais n'arrivait pas à trouver les mots.

Ils avançaient de quelques centimètres en deux minutes, puis s'arrêtaient cinq minutes. Quand ils atteignirent le long mur du cimetière juif, le soleil était haut et tapait dur. Lisa étouffait dans son manteau d'hiver mangé aux mites, mais elle avait peur qu'on le lui arrache si elle l'enlevait. Elle laissa Kolya ôter le sien, lui disant de s'y cramponner; et elle lui promit un verre d'eau dès qu'ils seraient installés dans le train. Le dépôt de marchandises de Loukyanovka était tout près du cimetière, ce n'était donc plus très loin. Sûrement la foule allait bientôt avancer. Ils auraient dû mieux organiser tout ça.

Assurément la foule eut une poussée en avant, bientôt stoppée. Maintenant ils pouvaient voir un barrage en fil de fer barbelé avec de chaque côté de la rue des rangées de soldats allemands et de policiers ukrainiens. Comme dans toutes les gares il y avait un vacarme et une confusion extrêmes; car, sans compter les voyageurs, il y avait une grande quantité de gens, Russes et Ukrainiens, venus accompagner parents, amis ou voisins, leur porter leurs bagages et aider les infirmes. Quelques-uns essayaient de revenir en arrière à travers la foule, d'autres, tout aussi décidés, poussaient en avant pour mettre les leurs en sécurité, dans le train. Il y avait même des époux qui se disaient adieu en se séparant : pas étonnant qu'il fallût une éternité pour faire quelques mètres.

Kolya eut un profond soupir exaspéré, et sa mère lui ébouriffa les cheveux d'un geste réconfortant. Elle ne pourrait plus faire cela bien longtemps, car il était déjà presque aussi grand qu'elle et il poussait comme une asperge. La fille du violoniste leur transmit l'information, venue de plus loin, qu'un train venait de partir, bondé, et qu'un autre allait venir d'une voie de garage. Dans le train, disait-on, les gens étaient entassés jusque dans les couloirs. Ils allaient faire un voyage des plus inconfortables.

Ils durent s'écraser contre le mur du cimetière pour laisser passer un fiacre. Le cocher agitait furieusement son fouet pour s'ouvrir le passage. Après avoir débarqué ses clients à l'entrée de la gare, il était impatient d'aller chercher un nouveau chargement. Par la brèche un instant ouverte, ils purent voir qu'on entassait tous les bagages sur la gauche. Il semblait que Sonia avait eu raison : on allait expédier les bagages séparément, dans un autre train, et les partager également quand ils seraient arrivés à destination. A moins qu'ils ne fussent censés avoir mis des étiquettes? Ce problème ne la concernait plus, mais autour d'elle beaucoup de gens étaient pris de panique, et certains improvisaient des étiquettes avec une ficelle et un bout de papier arraché à un paquet.

C'était trop tard, car il y eut une ruée soudaine. L'homme chargé de la tâche ardue consistant à entasser efficacement et rapidement les bagages était un grand et beau cosaque portant une longue moustache noire. Il était difficile de ne pas admirer son allure splendide et son air d'autorité; tout aussi difficile de ne pas éprouver, maintenant, un brin de sympathie pour les soldats et les policiers qui devaient contrôler la foule hargneuse et grondante. Lisa et son fils franchirent enfin la barrière. Le train qu'on attendait n'était nulle part en vue : il n'y avait que la même foule qui attendait dans un endroit légèrement différent, donnant néanmoins l'impression de savoir qu'ils s'étaient rapprochés de leur but. Comme de faire la queue pour un film, jadis, et de passer enfin de la rue dans le hall du cinéma. Comme pour confirmer cette comparaison, on retirait aux gens leurs « vêtements chauds ». Un soldat vint ôter poliment son manteau à Lisa, et prit aussi celui que Kolya portait sur le bras.

Personne n'avait eu ce geste pour elle depuis l'époque où elle arrivait au théâtre pour un gala.

Elle frissonna; pas du tout parce qu'elle avait

froid. Même sans son manteau elle étouffait encore. Ce qui était bizarre, c'étaient les rafales de mitrailleuse qu'on entendait parfois tout près. Il n'y avait sûrement pas de quoi s'inquiéter, mais le bruit était troublant, malgré tout, et il planait un courant de panique qui poussait les gens à s'absorber dans des occupations insignifiantes. Sonia, par exemple, se remettait du rouge à lèvres. Il était impossible qu'on fusillât des gens, sauf peut-être ceux qui avaient voulu échapper à l'ordre de déportation et qu'on avait rassemblés. Des enfants pleuraient, ce qui en soi était un soulagement, car c'était un bruit humain et compréhensible. Bien sûr, avec ce temps dégagé, le bruit pouvait venir des Allemands qui s'cxerçaient, ou même du front. Lisa passa son bras autour des épaules de Kolya et lui demanda s'il voulait boire un peu. Il était pâle, n'avait pas l'air bien; il fit oui de la tête.

Elle défit son paquet, lui donna une tasse et la bouteille d'eau. Elle échangea avec Sonia quelques oignons et patates contre un peu de son pain moisi et deux petits morceaux de fromage. D'autres, assis sur leurs paquets, mangeaient aussi. La scène était comme coupée en deux : d'un côté l'inquiétude très forte, la panique même; de l'autre des attitudes de pique-nique à la campagne. Un avion décrivait des cercles à basse altitude; on entendait toujours par intervalles les rafales de mitrailleuse, mais ou bien les gens ne l'entendaient pas, ou bien ils ne voulaient pas y penser pendant qu'ils mangeaient.

Les soldats emmenaient les gens peu à peu. Ils comptaient un groupe, le faisaient partir, attendaient, envoyaient un autre groupe. Quand Lisa voulut avaler un petit morceau de fromage qui resta coincé au fond de sa gorge, son esprit accepta ce qu'elle avait su dès qu'ils avaient passé la barrière – qu'on allait les fusiller. Elle se leva d'un bond, comme une femme de vingt ans, fit lever Kolya et retourna en courant vers la barrière. Il y avait encore beaucoup de gens qui essayaient de sortir, se débattant contre la masse des gens qui poussaient en avant. Tirant son fils par la main, elle arriva jusqu'au grand cosaque qui donnait des ordres. « Excusez-moi, dit-elle, haletante, je ne suis pas juive. »

Il demanda sa carte d'identité. Elle fouilla dans ses sacs, et grâce à Dieu en ressortit une vielle carte, celle qu'on lui avait donnée à son arrivée en Russie, disant qu'elle s'appelait Erdman et qu'elle était ukrainienne. Il lui dit qu'elle pouvait passer. « Et lui? demanda-t-il en désignant le garçon.

– C'est mon fils. Il est ukrainien aussi. »

Mais il insista pour voir ses papiers, et quand elle prétendit les avoir perdus il s'empara de son sac et trouva une carte de rationnement. « Berenstein! s'exclama-t-il. Fils de juif! Reviens par ici! » Il repoussa Kolya qui se perdit dans la cohue. Lisa essaya d'éviter le cosaque, mais il lui barra le passage de son bras. « Vous n'êtes pas une Yid, vous n'avez pas besoin d'y aller, la vieille », dit-il. « Mais il le *faut*! dit-elle d'une voix étranglée. Je vous en prie! » Le cosaque secoua la tête. « Les Yids seulement.

– Je *suis* une Yid! cria-t-elle en luttant pour écarter son bras. Je le suis! Mon père était un Yid. Croyez-moi, je vous en prie! » Il eut un sourire dur, lui barrant toujours le passage.

« *Mayim rabbim lo yukhelu lekhabbot et-ha-ahavàh u-neharot lo yisthtefuha!* » hurla-t-elle. Le cosaque haussa les épaules, méprisant, baissa le bras et lui fit signe d'entrer. Elle aperçut le visage blême de Kolya et se fraya un chemin de force jusqu'à lui. Il se jeta dans ses bras. « Qu'est-ce qui se passe, maman? dit-il.

– Je ne sais pas, mon chéri. » Elle le garda dans

ses bras et le berça. Un gigantesque soldat s'approcha d'une fille debout près d'eux et lui dit : « Viens coucher avec moi et je te laisse sortir. » Le visage de la fille garda son expression abasourdie, et au bout d'un moment le soldat s'éloigna. Lisa se précipita vers lui et le tira par la manche. Il se retourna. « J'ai entendu ce que vous avez demandé à la fille, dit-elle. Je le ferai. Laissez-moi seulement sortir avec mon fils. » Il regarda la vieille folle de haut, sans expression, et continua son chemin.

Ils se retrouvèrent dans un groupe qu'on poussait pour les mettre en rang. Kolya demanda s'ils allaient monter dans le train, maintenant. Lisa se ressaisit et lui dit : « Oui, probablement »; en tout cas elle était juste derrière lui, qu'il n'ait pas peur. Leur troupe s'ébranla. Tout le monde se taisait. Ils marchèrent quelque temps en silence, entre des files d'Allemands. Devant ils voyaient d'autres soldats avec des chiens en laisse.

Maintenant ils étaient dans un étroit couloir entre deux rangs de soldats et de chiens. Les soldats avaient retroussé leurs manches et ils brandissaient chacun une matraque ou un grand bâton. Les coups pleuvaient des deux côtés sur les têtes, les dos, les épaules. Du sang coulait dans sa bouche mais elle sentait à peine les coups, car elle s'efforçait de protéger la tête de Kolya. Elle sentit les coups féroces qui s'abattirent sur lui – y compris un coup de bâton qui lui écrasa le bas-ventre – mais presque pas ceux qui atteignaient son propre corps. Le cri de Kolya n'était qu'un fil du cri universel, mêlé aux cris de joie des soldats et aux aboiements des chiens, mais c'était le seul que Lisa entendait, mieux même que le sien. Il trébucha; elle lui prit les bras et l'empêcha de tomber. Ils devaient piétiner les corps de ceux qui étaient tombés et qu'on livrait aux chiens. « *Schnell, schnell!* » disaient les soldats en riant.

Ils arrivèrent en chancelant dans un espace isolé par un cordon de soldats, un carré d'herbe jonché de vêtements. La police ukrainienne s'empara des gens, les frappant et criant : « Déshabillez-vous! Vite! *Schnell!* » Kolya était plié en deux de douleur, il sanglotait, mais elle tâtonna pour lui défaire sa chemise. « Fais vite, chéri! Fais ce qu'ils disent. » Car elle voyait que tous ceux qui hésitaient recevaient des coups de pied, de coup-de-poing américain ou de bâton. Elle ôta sa robe et sa combinaison, puis enleva ses chaussures et ses bas tout en aidant son fils, parce que ses mains tremblaient et qu'il ne venait pas à bout des boutons de chemise et des lacets de ses chaussures. Un policier se mit à la frapper de son bâton, sur le dos et les épaules. Dans sa panique, elle ne put délacer son corset assez vite, et le policier, de plus en plus irrité par cette vieille idiote aux seins flasques, lui arracha le corset.

Il y eut un instant de paix, maintenant qu'ils étaient dévêtus. On emmenait quelque part un groupe de gens nus. Fouillant dans les vêtements abandonnés pour retrouver son sac, Lisa en sortit un mouchoir et essuya doucement le sang et les larmes du visage de Kolya.

Elle vit sa carte d'identité dans son sac et prit une décision immédiate. Parmi les formes blanches des gens affolés, ahuris, elle vit un officier allemand qui avait l'air de contrôler l'opération. Elle alla vers lui d'un pas résolu, lui mit sa carte d'identité devant les yeux et dit en allemand qu'elle et son fils étaient là par erreur. Ils étaient venus accompagner quelqu'un et s'étaient fait prendre dans la foule. « Regardez! dit-elle. Je suis une Ukrainienne mariée à un Allemand. » L'officier, fronçant les sourcils, marmonna qu'on faisait trop d'erreurs de ce genre. « Mettez vos vêtements et allez vous asseoir sur ce talus. » Il lui désigna un endroit où une poignée de gens étaient déjà assis. Elle revint en courant, dit à Kolya de se rhabiller vite et de la suivre.

Tous, sur le talus, étaient muets, fous de peur. Lisa s'aperçut qu'elle ne pouvait pas détourner les yeux de la scène qui se jouait devant eux. Un groupe après l'autre sortait en titubant du couloir, les gens hurlaient, saignaient, chacun était pris par un policier, encore frappé et dépouillé de ses vêtements. La scène se répétait, se répétait encore. Des gens riaient d'un rire hystérique. D'autres devenaient vieux en quelques minutes. Quand le don de seconde vue de Lisa l'avait si misérablement abandonnée et qu'on lui avait arraché son mari dans la nuit, ses cheveux étaient devenus gris du jour au lendemain, selon l'expression consacrée. Et cela, maintenant, elle le voyait arriver sous ses yeux. Dans le second groupe qui suivait le leur elle vit Sonia; et ses cheveux de jais grisonnèrent pendant le temps qu'il lui fallut pour être déshabillée et emmenée pour être fusillée. Lisa le vit arriver encore, et encore.

Il y avait un grand talus de sable, et derrière on entendait tirer. Ils alignaient quelques personnes et les faisaient passer par la brèche qu'on avait creusée à la hâte dans le mur de sable. La muraille leur cachait tout, mais naturellement les gens savaient où ils étaient. La rive droite du Dniepr est creusée de profonds ravins, et celui-là était énorme, majestueux, profond et large comme un défilé dans les montagnes. Debout d'un côté, on vous entendait à peine crier de l'autre. Les pentes étaient à pic, avec des surplombs, un filet d'eau claire coulait dans le fond. L'endroit était entouré de cimetières, de forêts et de jardins ouvriers. Les gens du coin appelaient le ravin Babi Yar. Kolya et ses amis venaient souvent y jouer.

Elle vit aussi que tous les hommes et les femmes

qu'on faisait passer par la brèche, sans exception, serraient les mains sur leurs parties génitales. La plupart des enfants faisaient de même. Certains des hommes et des enfants souffraient horriblement des coups qu'ils y avaient reçus, mais c'était surtout une honte instinctive, comme celle qui poussait Kolya à ne pas vouloir qu'elle le voie déshabillé. Lui aussi, en se dénudant, avait posé ses mains à cet endroit, en partie à cause de la douleur, mais aussi par pudeur naturelle. C'est ainsi qu'on avait enterré Jésus. C'était étrange et terrible de les voir si préoccupés de leur pudeur, alors qu'on les menait se faire fusiller.

Kolya avait toujours les mains serrées entre ses cuisses. Il était penché en avant, plié en deux, et ne pouvait s'arrêter de trembler. Il n'y pouvait rien, même lorsqu'elle le serra et le réchauffa et tâcha de lui murmurer des consolations. Lui ne disait rien. Le choc l'avait laissé muet.

Elle savait qu'elle ne devait pas se laisser aller à s'effondrer complètement, même quand Liouba Shchadenko sortit en chancelant du couloir, cramponnée à son plus jeune enfant, Nadia. La bouche de la petite fille de trois ans était ouverte dans un hurlement muet. Le visage de Liouba était couvert de sang, comme ceux d'Olga et de Pavel qui trébuchèrent à sa suite. Il n'y avait aucune trace de la vieille Mme Shchadenko. Un instant, juste après avoir fait passer sa robe par-dessus sa tête, il sembla que Liouba regardait dans les yeux son amie sur le talus, d'un air accusateur. Mais à ce moment elle n'aurait rien pu voir. Une fois déshabillée elle s'affaira sur les boutons de la robe de Nadia, mais trop lentement. Un policier en colère s'empara de l'enfant, l'emporta comme un sac de patates jusqu'au rempart de sable et la lança de l'autre côté.

« Salut Marie pleine de grâce... » « *Ora pro nobis...* » Lisa murmura les prières de son enfance tandis que les larmes s'amassaient sous ses paupières.

Personne n'aurait pu imaginer cette scène, parce qu'elle avait lieu. Malgré les cris, les hurlements, et le fracas des mitrailleuses, Lisa n'entendait rien. Comme dans un film muet, avec des nuages blancs qui dérivaient dans le ciel bleu. Elle commença même à croire qu'il ne se passait rien de bien terrible derrière le mur de sable. Car rien ne pouvait être pire que cela, ni aussi horrible. Elle ignorait où on emmenait les gens, mais ce n'était pas pour les tuer. C'est ce qu'elle dit à Kolya : « On veut juste nous faire peur. Tu vois, nous allons rentrer et Pavel et les autres seront sains et saufs. » Elle avait toujours eu du mal à tuer même un cafard; et il n'y avait simplement aucune raison pour tuer tant de gens. Les Allemands mettaient les gens en rang, tiraient au-dessus de leurs têtes sur le flanc du ravin, riant de leur plaisanterie, puis ils leur disaient d'aller mettre d'autres vêtements et de s'installer dans le train. C'était fou, mais moins fou que l'autre solution. Elle continua de le croire à demi même après avoir entendu un officier ukrainien dire : « On fusille les juifs d'abord et on vous fait partir. »

Ces mots étaient adressés à une jeune femme qu'elle avait un peu connue dans l'ancien temps – Dina Pronicheva, une actrice au théâtre de marionnettes de Kiev. Lisa la reconnut quand elle sortit en vacillant du couloir. Deux vieilles gens, peut-être ses parents, firent signe à Dina d'un autre groupe, lui disant probablement d'essayer de se sauver. Au lieu d'ôter ses vêtements Dina marcha vers l'officier ukrainien debout devant leur talus, et Lisa l'entendit demander qu'on la laissât sortir. Elle lui montra le contenu de son sac. Elle n'avait certes pas l'air juif, moins encore que Lisa et son nez plutôt long. Dina avait un nom russe, elle parlait ukrainien, le commandant fut convaincu; c'est alors qu'il parla de la laisser partir plus tard. Dina était maintenant assise à quelques pas, plus bas sur le talus. Elle avait enfoui sa tête entre ses bras, comme la plupart des gens; le choc, le chagrin, et peut-être aussi la peur que quelqu'un la reconnaisse et crie : « C'est une sale Yid! » en espérant sauver sa propre peau.

Lisa se rappela une prière que lui avait apprise sa nourrice pour la protéger des cauchemars : « Toi qui es le Sauveur... » Il y a des choses tellement incroyables qu'on devrait pouvoir se réveiller et en sortir. La prière l'aida bien un peu, mais le cauchemar continua. Le monde était un monde où on jetait les petits enfants par-dessus un mur comme des sacs de grain qu'on lance sur un chariot; où on battait la chair blanche et molle comme les paysannes battent les vêtements pour les sécher – une botte noire et luisante tapotée par le fouet noir de l'officier ennuyé planté devant la butte. « Toi qui es le Sauveur... »

Elle se sentait impuissante à aider Kolya. Il n'y avait rien à faire qu'à prier égoïstement que tous les autres se fassent tuer, vite, par miséricorde, et qu'on permît à ceux du talus de rentrer chez eux. Prière qu'elle répétait sans cesse dans sa tête. Mais pas une fois elle ne regretta d'avoir refusé l'offre de Liouba et de ne pas être restée. Elle savait, maintenant, pourquoi elle ne devait jamais avoir d'enfant. Et pourtant l'idée que Kolya, son fils, ait pu se trouver là au milieu d'inconnus, peut-être avec ce groupe d'enfants de l'orphelinat, était cent fois pire que la peur de mourir.

Elle tomba dans une transe où tout ce qui s'accomplissait sous ses yeux se déroulait lentement et sans un bruit. Peut-être était-elle vraiment devenue sourde. Tout était calme comme au fond de la nuit la plus calme. Et les nuages dérivaient dans le ciel avec la même lenteur terrible, inhumaine et glacée. Il y avait aussi des changements de couleur. La scène se teinta de mauve. Elle regarda un nuage grossir à l'horizon, se diviser en trois, et continuer son voyage à travers le ciel en changeant continuellement de forme et de couleur. Les nuages n'étaient pas conscients de ce qui se passait. Ils pensaient que c'était un jour ordinaire. Ils auraient été stupéfaits. La petite araignée qui remontait en courant un brin d'herbe pensait que c'était un simple brin d'herbe, ordinaire, dans un pré.

L'après-midi, qui n'était pas une durée concevable, continua; puis la lumière commença à baisser.

Soudain arriva une voiture découverte avec un officier élégant, grand et bien bâti, qui avait une cravache à la main. Un prisonnier russe était à côté de lui.

« Qui sont ceux-là? » demanda l'officier au policier par l'entremise de son interprète, en désignant le talus où étaient maintenant assises une cinquantaine de personnes.

« Ce sont des nôtres, des Ukrainiens. Ils accompagnaient des gens; on devrait les laisser sortir. »

Lisa entendit l'officier crier : « Fusillez-les tous immédiatement! Si un seul sort d'ici et commence à bavarder en ville, demain pas un seul juif ne se montrera. »

Elle prit la main de Kolya et la serra très fort tandis que l'interprète traduisait l'ordre mot pour mot. Le garçon se mit à haleter; sa main tremblait très fort mais elle resserra son étreinte. Elle chuchota : « Dieu s'occupera de nous, mon chéri, tu verras. » Soudain une odeur forte et désagréable apprit à Lisa qu'il avait perdu le contrôle de ses intestins. Elle le serra dans ses bras et l'embrassa; maintenant les larmes qu'elle avait retenues presque toute la journée coulèrent sur ses joues. Il n'avait ni pleuré ni parlé depuis tout le temps qu'ils étaient sur le talus.

« Alors allons-y! En avant! Levez-vous de là! » cria le policier. Les gens se mirent debout comme s'ils étaient ivres. Ils étaient calmes et tranquilles, comme si on leur disait d'aller prendre quelque collation. Parce qu'il était déjà tard, peut-être, les Allemands ne prirent pas la peine de dévêtir le groupe et leur firent passer la brèche tout habillés.

Lisa et Kolya étaient parmi les derniers. Ils franchirent l'ouverture et se retrouvèrent dans une carrière dont les murs de sable étaient presque en surplomb. Il faisait à moitié nuit, et elle ne put pas bien voir la carrière. L'un après l'autre on les fit courir vers la gauche, sur une étroite corniche.

Ils avaient à gauche la paroi de sable, à droite un trou profond; la corniche semblait avoir été taillée spécialement pour les exécutions, et elle était si étroite qu'en avançant les gens se penchaient instinctivement vers la paroi pour ne pas tomber. Kolya plia les genoux et il serait tombé si sa mère ne l'avait pris par le bras.

On les arrêta, on les fit se tourner face au ravin. Lisa regarda vers le bas et la tête lui tourna, tant cela semblait haut. Sous elle s'étendait une mer de cadavres recouverts de sang. En face de la carrière elle distinguait tout juste les mitrailleuses et quelques soldats. Les soldats avaient allumé un grand feu et il semblait qu'ils se faisaient du café.

Elle s'agrippa à la main de Kolya et lui dit de fermer les yeux. Il ne sentirait rien et quand ils seraient au paradis elle serait toujours avec lui. Elle vit ses yeux se fermer. Elle pensa lui dire que son père et sa vraie mère l'attendaient déjà là-haut; mais elle décida que ce n'était pas la chose à faire. Un Allemand but son café et se dirigea tranquillement vers sa mitrailleuse. Elle se mit à murmurer le *Notre Père* et entendit près d'elle la voix faible de son fils qui priait aussi. Elle vit moins qu'elle ne sentit les corps tomber de la corniche et les giclées de balles se rapprocher d'eux. Juste avant d'être atteinte elle tira la main de Kolya en criant « Saute! » et sauta avec lui.

Il lui sembla tomber pendant une éternité – c'était probablement très profond. Quand elle s'écrasa au fond elle perdit conscience. Elle était chez elle, la nuit, couchée sur le côté droit, à moitié dans un rêve, et les cafards bruissaient dans les murs et sous le lit. Les frottements des insectes remplirent toute sa tête. Puis elle commença à comprendre que le bruit venait de la masse des corps qui bougeaient un peu en s'enfonçant et qui étaient poussés encore plus bas par les mouvements de ceux qui vivaient encore.

Elle était tombée dans une mer de sang. Elle était sur le côté droit, son bras droit sous elle, à un angle anormal. Il ne lui faisait pas mal. Elle ne pouvait ni remuer ni se tourner, parce que quelque chose d'autre, probablement un autre corps (peut-être Kolya) coinçait sa main droite. Elle ne sentait aucune douleur. A part les bruissements, il y avait d'autres bruits étranges et souterrains, un chœur assourdi de grognements, d'étouffements et de sanglots. Elle essaya d'appeler son fils, mais aucun son ne sortit.

Quand il ferait noir elle trouverait Kolya et ils ramperaient hors du ravin, se glisseraient dans les bois et s'enfuiraient.

Quelques soldats sortirent sur la corniche et dirigèrent leurs lampes-torches sur les corps, tirant une balle de revolver sur tous ceux qui paraissaient encore vivants. Mais quelqu'un, non loin de Lisa, continua de gémir aussi fort qu'avant.

Puis elle entendit des gens marcher près d'elle, sur les corps en fait. C'étaient des Allemands qui étaient descendus; ils se baissaient, prenaient des choses aux morts et tiraient à l'occasion sur ceux qui montraient signe de vie.

Un S.S. se pencha sur une vieille femme couchée sur le côté, ayant aperçu un objet brillant. Il effleura sa poitrine de la main en voulant arracher la croix, et il dut sentir une étincelle de vie. Lâchant la croix il se leva, souleva une jambe et écrasa de sa botte son sein gauche. Elle bougea sous la force du coup, mais n'émit pas un son. Pas encore satisfait il donna un autre coup de botte et lui fracassa le pelvis. Cette fois encore le seul bruit fut le craquement sec des os. Enfin content il arracha la croix, puis s'en alla, marchant parmi les corps.

La femme, dont les cris n'avaient pu réussir à franchir sa gorge, continua de hurler; ses cris se changèrent en gémissements, mais personne ne l'entendit. Dans le calme du ravin une voix cria d'en haut : « Demidenko! Allez, viens pelleter! »

Il y eut un cliquetis de pelles, puis des coups sourds quand la terre et le sable tombèrent sur les corps, se rapprochant de plus en plus de la vieille femme qui vivait encore. De la terre lui tomba dessus. L'insupportable, c'était d'être enterrée vivante. Elle cria d'une voix terrible et puissante : « Je suis vivante. Achevez-moi, je vous en prie! » Il ne sortit qu'un murmure étouffé, mais Demidenko l'entendit. Il racla la terre de son visage. « Hé, Semashko! cria-t-il. Celle-là est encore vivante! » Semashko, qui avait une démarche légère pour un homme de sa corpulence, traversa. Il baissa les yeux et reconnut la vieille femme qui avait essayé de lui acheter sa sortie. « Alors baise-la! » glousse-t-il.

Demidenko sourit et se mit à défaire sa ceinture. Semashko posa son fusil et tira la femme plus à plat. Sa tête roula sur le côté et regarda droit dans les yeux ouverts d'un jeune garçon. Puis Demidenko lui ouvrit les jambes d'un coup.

Au bout d'un temps, Semashko se moqua de lui; Demidenko grommela qu'il faisait trop froid, et que la vieille était trop laide. Il rajusta ses vêtements et reprit son fusil. Avec l'aide de Semashko il trouva l'ouverture, et ils blaguèrent ensemble quand il introduisit la baïonnette, presque délicatement. La vieille femme ne produisait aucun son; pourtant ils voyaient qu'elle respirait encore. Toujours très doucement, Demidenko imita les poussées du coït; et Semashko éclata d'un gros rire qui se répercuta sur les parois du ravin, quand la femme eut une secousse en arrière, retomba, une secousse, retomba. Mais après ces spasmes elle ne réagit plus et semblait même avoir arrêté de respirer. Semashko grogna qu'ils perdaient leur temps. Demidenko donna une torsion et enfonça profondément la lame.

Pendant la nuit, les corps se tassèrent. Une main se déplaçait à peine, faisant bouger légèrement une tête. Les traits s'altéraient insensiblement. « Le tremblement de la nuit endormie », disait Pouchkine; mais il parlait d'une maison qui se tasse.

L'âme de l'homme est un pays lointain, qu'on ne peut approcher ni explorer. La plupart des morts étaient pauvres et illettrés. Mais le moindre d'entre eux avait rêvé des rêves, vu des visions et eu des expériences extraordinaires, même les nourrissons (peut-être surtout les nourrissons). Bien que la plupart ne fussent jamais sortis des taudis de Podol, leurs vies et leurs histoires étaient aussi riches et complexes que celle de Lisa Erdman-Berenstein. Si un Sigmund Freud avait écouté et pris des notes depuis l'époque d'Adam, il n'aurait toujours pas exploré complètement un seul groupe, ni même un seul individu.

Et ce n'était que le premier jour.

Une femme réussit à escalader la paroi du ravin, à la nuit. C'était Dina Pronicheva. Et quand elle s'agrippa à un buisson pour se hisser, elle se trouva *vraiment* face à face avec un garçon, habillé d'une veste et d'un pantalon, lui aussi en train de grimper lentement. Il effraya Dina d'un murmure : « N'ayez pas peur, madame! Je suis vivant, moi aussi. »

Lisa avait rêvé ces mots, un jour, quand elle prenait les eaux à Gastein avec la tante Magda. Mais ce n'est pas réellement surprenant, parce qu'elle avait un don de clairvoyance et qu'une partie d'elle, naturellement, continuait de vivre avec ces survivants : Dina et le petit garçon qui tremblait et frissonnait de tout son corps. Il s'appelait Motya.

Motya fut abattu par les Allemands quand il cria pour avertir la dame, qu'il considérait déjà comme sa mère et aimait comme telle, parce qu'elle était gentille avec lui. Dina survécut pour être le seul témoin, la seule source autorisée sur ce que vit et ressentit Lisa. Pourtant c'est arrivé trente mille fois; jamais de la même manière, toujours différemment. Et les vivants ne peuvent jamais parler pour les morts.

Les trente mille devinrent un quart de million. Un quart de million d'hôtels blanc à Babi Yar. (Chacun d'eux ayant un Vogel, une Mme Cottin, un prêtre, une prostituée, un couple en lune de miel, un soldat poète, un boulanger, un chef, un orchestre tsigane.) Les couches inférieures furent comprimées en une masse compacte. Quand les Allemands voulurent ensevelir leurs massacres, les bulldozers trouvèrent difficile de séparer les corps, qui avaient pris une teinte gris-bleu. Il fallut dynamiter les niveaux du dessous, et parfois y aller à la hache. Les couches inférieures étaient nues, à peu d'exceptions près : mais plus haut ils étaient en sous-vêtements, plus haut encore complètement vêtus : comme des formations rocheuses différentes. Les juifs étaient au fond, puis venaient des Ukrainiens, des gitans, des Russes, etc.

Il se créa un grand chantier de construction aux tâches variées. Des terrassiers creusaient le sol; des crocheteurs sortaient les corps; des prospecteurs *(goldsuchern)* récoltaient les objets de valeur. Fait étrange et touchant, presque toutes les victimes, même celles qui étaient nues, avaient réussi à cacher et à garder jusque dans le ravin quelque objet de valeur sentimentale. Il y avait même des outils d'artisan. Beaucoup d'objets durent être extraits des corps. Les fausses dents que Lisa s'était fait faire peu après son retour de Milan furent mêlées à d'autres, venues d'ailleurs – y compris celles qu'on avait prises dans la bouche des quatre vieilles sœurs de Freud – et transformées en un chargement de lingots.

Les préposés au vestiaire mettaient de côté tout vêtement de bonne qualité; les charpentiers construisaient des bûchers géants; les concasseurs tamisaient les cendres pour l'or qui aurait échappé aux prospecteurs; et les jardiniers transportaient les cendres dans des brouettes pour les répandre sur les jardins ouvriers qui entouraient le ravin.

C'était un travail épouvantable. Les gardes ne supportaient la puanteur qu'en sirotant de la vodka tout au long du jour. On ne donnait rien à manger aux prisonniers russes (mais malheur à eux s'ils faiblissaient); et l'un d'eux, de temps en temps, rendu fou par le parfum délicieux de chair rôtie, était pris à plonger la main dans les flammes pour en tirer un morceau de viande. Pour un acte aussi barbare il était lui-même ajouté au festin, rôti vivant comme un homard. A la fin les prisonniers savaient qu'ils iraient eux-mêmes alimenter les flammes quand le dernier cadavre aurait été brûlé; ceux qui vivraient jusque-là. Les gardes savaient qu'ils savaient : c'était un sujet de plaisanterie entre l'un et l'autre groupe. Un jour un camion exterminateur arriva, rempli de femmes. Quand on ouvrit le gaz il y eut les coups et les cris habituels; mais bientôt le silence revint et on put ouvrir les portes. On en retira plus de cent filles nues. Les gardes, ivres s'esclaffèrent. « Allez-y! Tirez un coup! Baptisez-leur le con! » Ils s'étouffèrent presque de vodka : le drôle, c'était que les filles, étant des serveuses de boîtes de nuit de Kiev, n'étaient probablement pas des vestales. Même un ou deux prisonniers fendirent leurs visages osseux d'un sourire en empilant les filles – les mortes et celles qui vivaient encore – sur le bûcher.

Quand la guerre fut terminée, l'effort d'annihilation des morts continua, en d'autres mains. Au bout d'un certain temps Dina Pronicheva cessa de dire qu'elle avait réchappé de Babi Yar. Des ingénieurs construisirent un barrage à l'entrée du ravin et y pompèrent l'eau et la boue des carrières voisines, créant une sorte de lac verdâtre, stagnant et putride. Le barrage céda : une grande partie de Kiev fut enfouie dans la boue. Figés au milieu d'un geste, comme à Pompéi, on déterrait encore des gens deux ans plus tard.

Personne, en tout cas, ne jugea bon de se concilier le ravin avec un monument. On le remplit de béton, et par-dessus on construisit une grande route, au centre de télévision, et une haute rangée d'immeubles. Les corps avaient été enterrés, brûlés, noyés, enterrés à nouveau sous le béton et l'acier.

Mais tout cela n'avait rien à voir avec l'hôte, l'âme, la fiancée amoureuse, la fille de Jérusalem.

VI

LE CAMP

Après le chaos et l'entassement du voyage cauchemardesque, ils se déversèrent sur le quai étroit et poussiéreux au milieu de nulle part. Ils franchirent péniblement un petit pont, et purent alors goûter la douceur de l'air, et le plaisir de sortir sans brutalités ni formalités. Dehors, une file de cars les attendait.

Le jeune lieutenant chargé de celui de Lisa bégaya d'une drôle de façon en lisant sa liste, ce qui détendit l'atmosphère. Il souriait timidement quand les gloussements des passagers lui disaient qu'il avait mal prononcé un nom difficile. Il eut surtout du mal avec celui de Lisa. Sous une mince couche de sueur – il faisait très chaud – une cicatrice blanche traversait sa joue et son front, et une manche inutile était accrochée à la poche de son uniforme.

Le car démarra dans un nuage de poussière, et il s'écroula sur un siège devant Lisa. « Désolé pour ça! » Il sourit. « Ne vous en faites pas! » Elle sourit en retour. « C'est polonais, je crois? » demanda-t-il; ce qu'elle confirma. En fait elle était gênée par l'erreur qu'elle avait faite. Ayant décidé de ne pas employer son nom juif, Berenstein, ni son nom allemand, Erdman, à cause de toutes les tracasseries qu'elle avait subies quand on lui avait demandé ses papiers, elle avait voulu donner son nom de jeune fille, Morozova. Mais, pour une raison étrange, elle avait donné à la place le nom de jeune fille de sa mère : Konopnicka. Il était maintenant trop tard pour y faire quoi que ce soit. Le jeune lieutenant lui demandait comment s'était passé le voyage en train. « Terrible! Terrible! » dit Lisa.

Il hocha la tête, compatissant, et dit qu'au moins ils pourraient se reposer au camp. Ce n'était pas un palais, mais c'était tout de même assez confortable. Ensuite ils seraient envoyés plus loin. Lisa lui dit qu'il ne savait pas comme c'était important d'entendre une voix amicale. Elle regardait le désert monotone sous le ciel brûlant, et n'écouta pas quand il lui demanda ce qu'elle faisait avant dans la vie. Il dut le répéter. Il fut content d'apprendre qu'elle avait été chanteuse. Bien qu'il ne connût pas grand-chose à la musique, il y prenait plaisir, et une de ses tâches était d'organiser des concerts au camp. Peut-être voudrait-elle y participer? Lisa dit qu'elle en serait heureuse, si on trouvait que sa voix le méritait.

« Je m'appelle Richard Lyons », dit-il en lui tendant sa main gauche par-dessus le dossier. Elle la serra, maladroitement, elle aussi de la main gauche. Le nom lui rappelait quelque chose; par extraordinaire il se trouvait qu'elle avait connu son oncle. Elle l'avait rencontré en vacances dans les Alpes autrichiennes. « Il vous croyait mort », dit-elle; le lieutenant Lyons eut un sourire sardonique : « Pas tout à fait! » et tapota sa manche vide. Bien sûr, il connaissait l'hôtel où elle était descendue, il y était souvent venu faire du ski.

« C'est un bel endroit, dit-il.

– Oui, mais ici aussi, répondit-elle en regardant à nouveau les dunes. Ce monde est très beau. »

Elle saisit l'occasion pour lui demander ce qu'il

fallait faire pour essayer de retrouver des parents. Il sortit un calepin et un crayon de sa poche de poitrine, et, se servant adroitement de sa main gauche à la fois pour tenir le carnet et pour écrire, nota le nom de Berenstein. Il promit de faire quelques investigations. « Soyez sûr que vos parents eux aussi vont étudier les nouvelles listes », dit-il. Elle le remercia de sa gentillesse et il dit que ce n'était rien, qu'il était heureux de l'aider.

Il s'excusa, se dirigea vers l'arrière du car et bavarda amicalement avec quelques passagers. Kolya, épuisé, s'était endormi, la tête sur l'épaule de Lisa. Elle changea de position pour qu'il soit mieux installé. Elle avait le sein très sensible. Bientôt, de toute façon, elle dut le réveiller, parce que le car s'arrêta. Malgré leur fatigue les passagers poussèrent des exclamations joyeuses en voyant une oasis – de l'herbe verte, des palmiers, de l'eau qui miroitait. Et le bâtiment lui-même ressemblait plus à un hôtel qu'à un camp de transit. Lisa et son fils eurent une chambre pour eux deux. Il y planait une douce odeur de bois. Les poutres étaient en cèdre et les étagères en pin.

Kolya partit bientôt à la découverte avec Pavel Shchadenko, mais Lisa était si lasse qu'elle s'écroula aussitôt sur le lit. Elle fut réveillée, dans la pénombre du crépuscule, par des coups timides frappés sur la porte. Elle pensa que c'était Kolya, pas très sûr d'avoir retrouvé leur chambre. Elle était nue, n'ayant pas défait ses bagages, et elle alla ouvrir la porte. C'était le lieutenant. Il s'excusa, rougissant de la voir dévêtue, d'avoir dérangé son repos; il aurait dû comprendre qu'elle se coucherait tôt. Son bégaiement devenait gênant. Il avait simplement voulu lui dire qu'il ne trouvait pas de Victor Berenstein sur les listes; mais qu'il y avait par contre une Vera Berenstein. Cela pouvait-il l'aider? « Merveilleux, dit-elle. Merci » Il rougit encore et dit qu'il continuerait à chercher le nom de son mari. Et peut-être serait-elle contente de savoir qu'il y avait une autre personne portant le nom inhabituel qu'elle avait elle-même, une femme s'appelant Marya Konopnicka. « Mais c'est ma mère! » s'écria-t-elle ravie. Il parut content, et promit de se renseigner encore.

Les jours passèrent comme un éclair. Aux heures des repas elle n'arrêtait pas de regarder les tables et de croire y voir des visages connus. Une fois elle pensa même qu'elle avait aperçu Sigmund Freud : un vieil homme avec un volumineux pansement sur la mâchoire qui mangeait – ou essayait de manger – seul. Elle était bien trop intimidée pour aller lui parler. De plus, ce n'était peut-être pas lui; car on disait que le vieillard était venu d'Angleterre. Mais pouvait-elle se méprendre sur la noblesse de ce visage? Quand elle le vit tirer douloureusement quelques bouffées de son cigare par une bouche qui n'était plus qu'un trou à peine ouvert, elle fut presque certaine. Elle eut l'envie malicieuse de lui envoyer une carte postale (avec la photo du camp de transit, la seule disponible) disant : « Frau Anna G. présente ses respects; lui ferez-vous l'honneur de prendre un verre de lait avec elle? » Cela le ferait peut-être sourire, en souvenir du chef à l'hôtel blanc. Tandis qu'elle jouait avec la carte postale, hésitant à l'acheter, elle réalisa soudain que le vieux prêtre desséché et bienveillant de son journal était Freud; et elle se demanda comment il avait pu manquer de s'en rendre compte à l'époque. C'était si évident. Puis elle eut un frisson, car lui qui était si sage avait dû en être conscient et penser, probablement, qu'elle se moquait de lui. Ce ne serait donc pas faire preuve d'un grand tact que de lui envoyer une carte pour lui rappeler ce souvenir.

Elle le croisa un jour qu'on poussait son fauteuil vers l'infirmerie. Il avait la tête qui pendait, et ne la vit pas. Il avait l'air affreusement malade et malheureux. Si elle se faisait reconnaître, il faudrait qu'elle mette en doute la justesse de son diagnostic, plus encore qu'avant, et cela pourrait ajouter à sa tristesse. Mieux valait rester à l'écart et prier que les médecins puissent l'aider. Ils avaient certainement l'air de savoir ce qu'ils faisaient. Le jeune médecin surmené qui l'avait examinée s'était montré efficace mais attentionné. Même alors elle avait tressailli lorsqu'il avait examiné les endroits douloureux. « Que pensez-vous qui n'aille pas? » demanda-t-il alors qu'elle se reculait sous son contact. « Anagnorisis », soupira-t-elle. Les médicaments qu'il lui ordonna calmèrent la douleur.

Elle se sentait assez bien pour commencer les cours de langues, dans la classe voisine de celle de Kolya! Elle voulait apprendre convenablement l'hébreu. Elle connaissait seulement la citation que lui avait apprise Mme Kedrova : « Beaucoup d'eau ne saurait assouvir l'amour, l'inondation ne saurait le noyer. » Elle avait toujours trouvé facile d'apprendre une langue, et ses professeurs furent satisfaits de ses progrès.

Pourtant il n'était pas besoin d'être juif pour être là, semblait-il, puisque sa mère était sur les listes.

Le deuxième après-midi – elle pensait que c'était le deuxième – le jeune lieutenant vint à sa table et l'invita timidement à danser. Comme il y avait de nombreux musiciens parmi les immigrants, y compris quelques-uns de l'orchestre de Kiev, ils avaient vite formé un orchestre de danse. Les repas se passaient dans une heureuse ambiance communautaire; les couples mariés ne restaient pas égoïstement soudés mais s'assuraient que les veuves et veufs, si nombreux, pouvaient participer. Lisa ne croyait pas pouvoir danser, à cause de sa hanche douloureuse; mais elle ne voulut pas offenser le jeune officier qui s'était montré si bon. Ils vinrent à bout d'une valse, tant bien que mal; lui avec un bras et elle, plus ou moins, avec une jambe! Cela les fit rire. Elle sortit se promener avec lui dans la fraîcheur du soir. Près de l'oasis, il lui montra un très beau parterre de muguet. Qu'elle saignât ne le gênait pas.

Ce qui fut vraiment stupéfiant – tout le monde disait que c'était un miracle – ce fut l'« immigrant illégal » qui apparut quelques semaines après le premier train de Kiev. Il arriva en boitant à travers la vigne, et les vendangeurs s'arrêtèrent de travailler, ébahis, pour le regarder passer. Ce matin-là Liouba Shchadenko était dans sa chambre avec ses enfants et sa belle-mère, quand elle entendit gratter à sa porte. Elle ouvrit et vit à ses pieds un petit chat noir qui miaulait à fendre l'âme. C'était leur chat Vaska, d'une maigreur squelettique, ses pattes réduites à l'état de pulpe; mais c'est bien Vaska, on ne pouvait s'y tromper. Il fut bientôt roulé en boule dans les bras de Nadia, ronronnant et lapant du lait dans une soucoupe. On ne sait comment, grâce à cet instinct extraordinaire des chats, il avait traversé des rues, franchi des déserts et des montagnes, et les avait retrouvés. La chair recouvrit bien vite ses os, on le vit folâtrer dans tout le camp et il devint la mascotte et le chou-chou de tout le monde.

Le chat noir eut la place qui lui revenait dans la fête tapageuse qui célébra la fin des vendanges. La récolte était abondante, et les raisins savoureux. Lisa, pour la première fois, essaya sa voix : mais doucement, et mêlée au chœur d'une chanson à boire. Sa voix était voilée, mal assurée, mais ne lui déplut pas; et des gens tournèrent la tête comme s'ils se demandaient qui donc chantait si bien cette partie mélodique.

Partout où vous alliez, il y avait Vaska! Un soir même il interrompit le cinéma du camp. Lisa allait d'habitude aux séances, même si les films étaient souvent sans intérêt – des documentaires mals faits –, cela l'aidait à apprendre la langue. Le soir où Vaska se montra elle regardait avec Liouba un documentaire sur la colonie d'Emmaüs. On voyait l'hôpital de la prison, qui affirmait avoir beaucoup de succès avec les criminels endurcis. Parmi les patients qu'on montrait et qui se faisaient interroger, Lisa crut reconnaître un homme d'allure sympathique portant lunettes. Des gardes armés l'entouraient quand il se rendait d'un bâtiment à un autre. On le vit jouer avec des enfants dans la salle de récréation, et là aussi les gardes le surveillaient de près. Le commentateur prononça son nom, Kürten, comme si le public le connaissait très bien; Lisa *pensa* qu'elle avait déjà entendu ce nom, et peut-être vu sa photographie dans les journaux, mais ne savait plus dans quel contexte. Elle allait le demander à Liouba en chuchotant quand l'écran fut soudain envahi par Vaska... la silhouette de Vaska! Le public se réveilla et explosa de rire. Le chat s'était introduit dans la cabine de projection, on ne savait comment; et maintenant il se nettoyait tranquillement la tête en plein milieu de l'écran! L'audience applaudit, bissa, c'était beaucoup plus amusant que le film!

Un matin, il y eut quatre chatons noirs et blancs, mouillés, qui miaulaient et tiraient sur les mamelles de Vaska. Liouba dit que c'était un miracle, car elle l'avait fait stériliser... Mais les chatons étaient on ne peut plus réels, et bien sûr Vaska fut encore plus qu'avant l'héroïne du camp. Tous les enfants vinrent faire la queue pour jouer avec les tout derniers immigrants, et tous voulurent soudoyer Nadia pour qu'elle leur donne un des chatons.

Mais le plus grand miracle aurait été – comme disait Liouba en riant – de savoir où était le père.

Lève-toi, mon amour, ma belle, et viens avec moi, car voici que l'hiver est passé, que la pluie est finie; les fleurs apparaissent sur la terre; voici revenu le temps où les oiseaux chantent, et notre pays entend à nouveau la voix de la tourterelle. Oh! ma tourterelle, qui te tiens dans les fentes du rocher, dans les recoins secrets des escaliers, laisse-moi voir ta figure, laisse-moi entendre ta voix; car douce est ta voix, accorte ta figure.

Elle trouva la citation dans une lettre venue d'un correspondant complètement inattendu. Elle était dans les champs quand un homme passa avec le courrier, et quand elle vit l'écriture familière et oubliée, elle dut quitter le rang des glaneuses et se précipiter au seul endroit secret dont elle disposait, les latrines. Tant d'émotions d'un passé mort vinrent la submerger qu'elle eut vraiment besoin d'y aller. Au cours des années qu'elle avait passées à Kiev elle avait souvent vu le nom d'Alexei dans les journaux, avec sa photo, debout au garde-à-vous au milieu d'une rangée d'hommes en uniforme. Puis elle avait appris son arrestation, lu ses confessions sensationnelles, et s'était réjouie qu'il ne fût pas fusillé mais autorisé à rejoindre la diaspora.

Il écrivait qu'il était resté peu de temps en prison à Emmaüs, et qu'il était maintenant transformé. Il vivait dans une communauté dans les montagnes de Bether. Les conditions étaient dures, mais ils travaillaient à construire une vie meilleure. Quand il avait vu le nom de Lisa sur les listes, il avait compris à l'instant qu'il l'aimait toujours, et il souhaitait qu'elle vienne vivre avec lui.

Liouba, qui ne voulait pas voir partir son amie, souligna les avantages qu'elle trouverait à rejoindre

Alexei. Il ne lui avait pas, bien sûr, parlé de mariage, mais les lois de leur nouvelle patrie décourageaient les liens formels.

Lisa lui répondit qu'il était trop tard. Elle l'aimait encore, elle aussi. Mais si elle allait vivre avec lui ils seraient sans cesse hantés par l'image d'un enfant. Ils avaient tous les deux la conscience trop chargée.

Un jour, elle tressaillit de joie en entendant à la radio la voix de Vera Berenstein. Elle chantait, ce qu'elle n'avait pas coutume de faire, un chant religieux, une mélodie sur le vingt-troisième psaume. Sa voix semblait plus belle que jamais. Puis, grâce à son ami, Richard Lyons, Lisa put entendre la voix d'argent à travers les craquements du téléphone. Vera confirma que son mari n'était pas arrivé, pas encore. Elle était excitée, pleine de curiosité à propos de son fils. Lisa, en fait, le préparait à rencontrer sa vraie mère : elle citait souvent son nom, comme par hasard, pour la rappeler à son souvenir.

Pour elle, c'était difficile : beaucoup plus dur que le travail léger qu'elle accomplissait dans les champs. Elle en pleurait secrètement. C'était si dur parce qu'elle se *sentait* la mère de Kolya, qu'il *sentait* qu'elle était sa mère; et que pourtant elle devait le préparer à revenir à celle qui lui avait donné le jour. Ce serait beaucoup moins dur de lui abandonner Victor, si jamais il revenait. Intérieurement, elle était contente qu'il ne soit pas encore là; tout en éprouvant du remords. Si fort qu'elle l'eût aimé, elle ne le voyait pas dans son âme comme étant son mari pour l'éternité. Comme pour se punir, elle essayait d'aider les autres autant qu'elle le pouvait.

Elle essaya d'aider le vieil homme qu'elle croyait être Freud. Richard la laissa parcourir les dossiers des gens qui étaient partis dans les colonies du peuplement. Le problème, c'est qu'elle ne pouvait se souvenir du nom de femme mariée de la fille de Freud. Mais elle trouva le nom de Sophie Halberstadt, avec un petit garçon nommé Heinz, elle pensa que ce devait être ceux-là et envoya une note à Frau Halberstadt. Comme en récompense de sa bonne action, elle tomba sur la fiche de sa vieille amie de Pétersbourg, Ludmila Kedrova. Et quand elle rentra dans sa chambre, par une de ces étranges coïncidences, elle trouva une lettre qui l'attendait sur son lit. C'était de Ludmila, disant qu'elle avait lu le nom de Lisa sur les listes et qu'elle était au comble de la joie de la savoir en sûreté. Elle, Ludmila, n'allait pas encore assez bien pour voyager, mais elle espérait la voir bientôt. Ils soignaient son sein au radium, ce qui était douloureux et la rendait malade. C'était étrange, car Lisa se souvenait qu'on lui avait ôté un sein pour essayer de lui sauver la vie. Elle s'en inquiéta, espérant que cela ne signifiait pas que l'autre sein était atteint.

Un jour sans vent que la chaleur était accablante, Richard Lyons l'emmena dans une jeep de l'armée plus bas sur la rive du lac. Sa mère voulait la rencontrer dans un endroit tranquille. Il arrêta la jeep à l'ombre d'un bosquet de figuiers, et lui dit de monter en haut de la dune. Une fois sur la crête elle regarda vers le lac, avec en arrière-plan les collines de Judée, et vit une femme debout. Le visage de la femme était détourné, comme si elle était absorbée par le nuage de poussière rouge à l'horizon. Aucun mouvement, même l'ourlet de sa robe n'avait pas un frémissement. Quand elle se tourna vers Lisa, celle-ci vit que le côté gauche du visage n'était qu'une peau morte.

Elles marchèrent ensemble le long du rivage. Elles ne savaient que se dire. Finalement Lisa brisa le silence en disant qu'elle était désolée pour ces brûlures au visage.

« Oui, mais je l'ai mérité; et on guérit merveilleusement par ici. » Sa fille reconnut la voix, à un demi-siècle de distance, et elle sentit un bouillonnement dans sa poitrine.

La femme regarda intensément le visage de Lisa et reconnut peu à peu les traits de son enfant. Remarquant la croix, elle dit : « C'est la mienne, n'est-ce pas? Je suis contente que tu l'aies gardée. »

Mais la gêne et la timidité n'étaient pas dissipées. Lisa, pour rompre un silence douloureux, lui demanda quelles étaient les conditions de vie de sa communauté, celle de Cana.

Sa mère eut un sourire triste. « Eh bien, ce n'est pas le dernier cercle, pas vraiment. »

Lisa sourit aussi, poliment, mais fut déconcertée; elle se souvint de l'habitude agaçante de sa mère de ne jamais répondre directement aux questions.

« Ta tante va venir, dit sa mère.

– Oh! Quand?

– Bientôt. »

Un corbeau vola sur le lac, un morceau de pain dans la bouche.

« Yuri aussi, très bientôt. » De ses beaux yeux noisette, désenchantée, elle lança à Lisa un regard oblique. « Tu devrais apprendre à connaître ton frère. Bien sûr, je suis certaine qu'il a été jaloux quand tu es née. Vous êtes très différents. Il ressemble à son père, c'est évident. »

Lisa prit la main de sa mère. Leurs mains tâtonnèrent, malhabiles. « Ton père est là, le savais-tu? dit sa mère. Il est à l'isolement.

– Il l'a toujours été! » s'exclama Lisa; sa repartie les fit rire et la glace fut enfin brisée.

Lisa : « Es-tu en contact avec lui?

– Oh! Oui.

– Tu l'embrasseras pour moi?

– Oui, bien sûr. Oh! et ses parents, et les miens, t'embrassent, et ils sont très impatients de te voir. »

La jeune femme acquiesça de la tête, contente. Elles marchaient du même pas, d'une allure tranquille, sur le sable. Lisa ouvrit la bouche pour poser une question, mais se ravisa. Il était beaucoup trop tôt. Et puis ce n'était que par curiosité, il n'était pas important qu'elle le sache. La seule chose importante, terrible, avait été la *mort*; et elle savait maintenant qu'elle n'avait pas eu lieu, puisque sa mère n'était pas morte, qu'elle avait émigré.

Mais sa mère soupira, comme par intuition, et dit : « Je pense que tu sais ce qui s'est passé?

– Je connais les faits bruts. Pas les circonstances. Mais tu n'as pas à en parler si tu n'en as pas envie. Ce n'est pas vraiment si important. J'aurais été tout aussi choquée si tu étais allée assister à un congrès de religieuses. »

Sa mère rit. « Il n'y avait pas grand-chance! Non, cela ne me fait rien d'en parler. Ton oncle est quelqu'un de bien. Il n'avait pas la vie facile avec Magda. Il était normal, en bonne santé, mais elle avait des désirs tout à fait inverses. Elle ne pouvait pas grand-chose pour lui. Il ne faut pas l'en blâmer : elle ne s'en est aperçue que lorsqu'il était trop tard. Nous étions toutes les deux terriblement innocentes quand nous nous sommes mariées. Et si jeunes. Ignorantes comme des mouches de mai. Tu comprends?

– Oui, dit Lisa. Oui, cela commence à prendre un sens.

– Elle savait ce qui se passait entre nous, au début en tout cas, et j'avais même l'impression qu'elle était plutôt soulagée. » Elle lança à sa fille un regard inquiet.

« Donc, en *fait*, dit Lisa car le brouillard se dissipait, quand vous avez tous les trois... elle voulait en réalité?... » Elle regarda sa mère, rougit, et détourna les yeux.

« Oui, probablement. C'est elle qui l'a proposé. Franz et moi avons trouvé cela très embarrassant. Mais plus tard elle a voulu que *tout* s'arrête, je suppose qu'elle se sentait seule et jalouse, alors ton oncle et moi avons dû nous voir en secret. Ce qui fut le péché impardonnable.

– Père savait-il?

– Il savait, mais ce ne fut jamais mentionné. Nous ne dormions pas ensemble depuis... pratiquement depuis la naissance de Yuri. Enfin, ce n'est pas tout à fait vrai, bien sûr! Une fois tous les trente-six du mois. Il était très occupé. Il avait son travail, son espionnage, sa maitresse. Peu importait ce que je faisais, tant que les apparences étaient sauves. »

Le soleil était si brutal que Lisa commença à se sentir mal. Écouter la confession de sa mère était une expérience épuisante. Elle lui proposa de s'asseoir; il y avait un rocher qui faisait un peu d'ombre. Elles s'installèrent, s'adossant contre la pierre brûlante. Sa mère, inquiète, lui demanda si elle se sentait bien, et Lisa répondit qu'elle se sentait seulement un peu faible d'avoir marché sous le soleil si chaud. Sa mère lui demanda si elle voulait boire, et quand Lisa dit que oui elle déboutonna sa robe et passa le bras autour des épaules de sa fille pour l'attirer contre son sein. Les premières gouttes que but Lisa lui rafraîchirent le sang et sa tête cessa de tourner. Elle écarta ses lèvres et posa respectueusement une main sur le large sein blanc surmonté d'un téton orangé. « Je m'en souviens! » dit-elle en souriant. Sa mère lui rendit son sourire et dit : « Bois tant que tu veux. J'ai toujours eu la chance d'avoir beaucoup de lait.

– Mais comment?... », dit Lisa; et sa mère, en soupirant : « Il y a tellement d'orphelins qu'on nous envoie. Il n'y a jamais assez de nourrices. C'est une manière de me rendre utile. »

Lisa, contente, téta tout son soûl, d'abord un sein, puis l'autre. Sa main, qui étreignait sa mère par-dessous la robe, toucha les baleines rigides, et elle sourit intérieurement à l'idée que sa mère portait encore un corset à l'ancienne. Quand elle eut fini de boire et que sa mère eut rajusté sa robe, elle ouvrit son corsage et laissa téter l'autre femme. Elle était très contente de sentir des lèvres sucer le bout de son sein, et elle dit à sa mère, en lui caressant ses cheveux blonds toujours abondants, qu'elle l'enviait d'avoir allaité des bébés. En refermant son corsage elle rougit à une question de sa mère, et expliqua qu'elle avait du lait à cause du jeune lieutenant anglais. Elle dit qu'elle avait tant d'affection pour lui, et qu'il semblait avoir tellement besoin d'être nourri et consolé, que cela faisait ressortir son instinct maternel.

Se sentant à nouveau fortes et pleines de vie, elles se levèrent et reprirent leur promenade le long du lac. « C'est un peu de cette façon, dit Marya Konopnicka, que je me sentais bonne avec ton oncle. Et sans blesser quiconque outre mesure, pensais-je. Je le consolais. Naturellement, nous nous abusions nous-mêmes, en partie.

– Oui, je t'ai *vue* le consoler! dit la jeune femme avec un sourire oblique, amusée.

– Je sais! Oh! ce fut terrible. Nous avons presque eu une crise cardiaque! Nous pouvions seulement espérer que tu sois trop jeune pour comprendre, mais évidemment ce n'était pas le cas. Je suis désolée, Lisa chérie. Tu vois, nous n'avions pas idée que tu étais encore sur le yacht. Sonia avait des instructions strictes pour...

– Je ne parle pas de cette fois : je parlais du pavillon d'été ! » Elle avait un sourire provoquant, mais sa mère était sérieuse, intriguée. « Nous n'avons *jamais* rien fait dans le pavillon d'été ; ni nulle part où on pouvait nous voir. C'était presque toujours sur le yacht ; quand ton père travaillait et que ta tante préférait rester derrière. Nous faisions toujours très attention. »

Elle rougit en commençant à se souvenir. « Attends ! Oh ! oui, je me souviens maintenant ! Oui, juste une fois ! Oh ! c'était très bête de notre part ! Nous as-tu vus ? Je ne me souviens même pas que tu marchais déjà ! Oui, bien sûr que je m'en souviens ! Je peignais, n'est-ce pas, sur la plage ? J'avais l'esprit ailleurs... Ce devait être un tableau affreux ! Il faisait très chaud ce jour-là, n'est-ce pas ? Presque comme aujourd'hui. Et puis ton oncle et ta tante sont venus en se promenant, et Magda a voulu s'étendre au soleil, alors Franz et moi sommes allés nous promener dans le jardin. Oh ! oui, ciel ! » Elle sourit et sa rougeur, du côté intact de son visage, s'accentua. « Nous ne faisions que nous embrasser, n'est-ce pas ? »

Lisa secoua la tête malicieusement, énergiquement. « Tu n'étais qu'à *moitié* nue !

– L'étais-je ? Oh ! mon Dieu ! C'est vrai ! Je me souviens ! Nous devions être fous ! » Elle éclata soudain d'un rire joyeux, et Lisa vit les dents régulières et nacrées qu'elle connaissait si bien. « Il y avait une attirance sexuelle très forte, je dois le reconnaître. Bien sûr j'essayais de me convaincre que j'étais amoureuse. Et, tu sais, je citais Pouchkine : " Quand nous nous reverrons / A l'ombre des oliviers / Sous un ciel toujours bleu, / Ma très chère, nous partagerons le baiser d'amour... " ce genre de choses, des pages et des pages ! C'est toujours difficile pour nous, les femmes, d'admettre que c'est surtout du désir physique. Tu trouverais probablement plus facile de nous pardonner si cela avait été un amour immortel; mais je ne puis honnêtement dire que ce l'était.

– Non, tu m'as mal comprise, dit Lisa. Je n'ai rien à pardonner. Seulement je trouve cela *intéressant.* » Elle reprit la main de sa mère. « En réalité je peux le comprendre. L'excitation de prendre le train pour rejoindre ton amant, sachant qu'il voyageait vers toi, tout aussi excité. J'ai passé beaucoup de temps à penser à ça.

– Oui! avoua sa mère, souriant tristement.

– Des lignes convergentes se déplaçant sur la carte! Malade de désir, à peine capable d'attendre! Et le plaisir que ce soit *interdit*!

– Oui, ça aussi! C'était un grand péché.

– Enfin, même si cela était, c'est le futur qui compte, non le passé. Je sais que cela paraît banal, mais c'est vrai. »

Sa mère s'arrêta, se prit la tête entre les mains, et frissonna de tout son corps. « Le feu! C'était horrible, horrible! » Elle frissonna longtemps. Puis elle baissa les mains et dit, d'une voix tremblante: « C'était la seconde nuit, je crois. Nous ne nous étions pas vus de trois mois, et nous étions complètement absorbés l'un par l'autre. Tu dois savoir ce que c'est, quand tu es dans un lit avec quelqu'un, tes sens sont moins aiguisés, tu es coupée de tout ce qu'il y a dehors. Nous n'avons rien entendu et rien senti. Soudain, quand nous avons eu fini, nous avons senti la fumée et nous nous sommes mis à tousser. Nous avons entendu un grondement derrière la porte. Franz est allé ouvrir, et dehors c'était l'enfer. » Elle se tordit comme si les flammes l'avaient reprise, comme si elle était flamme.

« Allons, c'est fini », dit Lisa en lui prenant la main. Peu à peu, sa mère se calma.

« En tout cas, continua Lisa, je pense que là où il y a de l'amour, *n'importe* quel amour, il y a un espoir de salut. » L'éclair d'une baïonnette sur des cuisses ouvertes lui passa devant les yeux, et elle se corrigea en hâte : « Là où il y a de l'amour dans les cœurs.

– De la tendresse.

– Oui, exactement. »

Elles allèrent plus loin sur le rivage. Le soleil était moins haut dans le ciel, et l'air plus frais. Le corbeau revint en rasant l'eau, et Lisa eut un frisson dans le dos. Elle s'arrêta. « Est-ce la mer Morte? demanda-t-elle.

– Oh! non », dit sa mère, avec un rire cristallin. Elle lui expliqua que le lac était alimenté par le Jourdain, lui-même alimenté par un torrent, le Cherith. « Tu peux donc voir que l'eau est toujours fraîche et pure. » Lisa hocha la tête, grandement soulagée, et les deux femmes continuèrent leur promenade.

Un vent blanc venait des collines. Le soleil se coucha sur le désert, et sa lumière filtrée au loin par une tempête de sable se brisa en cercles à l'image d'une rose.

Leur promenade autour du lac les conduisit à un petit village, et elles entrèrent dans une taverne pour manger quelque chose. Les deux femmes se sentirent dépaysées, car il n'y avait que des hommes dans la taverne, des pêcheurs discutant des prises de la journée devant un verre de vin. Les hommes, poliment, ignorèrent les étrangères. Le propriétaire, qui les accueillit très courtoisement, était un vieillard tremblant aux gestes lents. Quand il vint remplir à nouveau leurs verres en traînant les pieds, il s'interrompit quand le verre de Lisa fut aux deux tiers pleins, et elle posa sa main dessus pour indiquer qu'elle n'en voulait pas plus. Mais le propriétaire continua son geste hospitalier, le vin coula sur la main de la femme, et de là vint inonder la table. Elle ne retira pas sa main et l'hôtelier continua de verser. Lisa le remercia, le visage grave, puis les deux femmes furent secouées d'un rire silencieux quand le vieil homme repartit à pas lents avec la bouteille vide. La mère de Lisa ne pouvait plus se tenir, elle se serra le ventre des deux bras, se tordit sur sa chaise, se prit la tête dans les mains pour cacher les larmes qui lui coulaient des yeux, se mordit les lèvres, montra du doigt la main mouillée de Lisa et fut prise d'un autre spasme.

Il y avait une cabine téléphonique dans la taverne. Lisa étouffait encore de rire quand elle alla décrocher l'appareil et demander le numéro que lui avait donné sa mère. Quand son père répondit, ce fut presque comme autrefois :

« Comment allez-vous, père?

– Très bien. Comment vas-tu?

– Oh! je vais bien.

– As-tu besoin d'argent?

– Non, tout va bien.

– Bon, fais-moi savoir si tu as besoin de quelque chose. Prends bien soin de toi.

– Oui. Toi aussi. »

Mais au moins il lui avait parlé, même si on entendait mal, et un jour ils auraient peut-être une conversation.

A l'heure où Lisa rentra au camp la pleine lune brillait dans un ciel rempli d'étoiles sereines. Mais il n'y avait rien de serein dans la scène qui l'attendait. Sur le terrain du camp, et s'étendant très loin dans le désert, des tentes se dressaient ou étaient en train d'être montées. Elles s'étendaient de chaque côté jusqu'à l'horizon. De jeunes officiers dirigeaient la gigantesque opération. Lisa aperçut Richard Lyons, son mince visage luisant de sueur à la lumière de la lune, avec sa cicatrice livide. Il courait dans tous les sens, dirigeant de son bras unique l'installation des toilettes, et son bâton d'officier voletait comme une baguette de sorcier. Il la vit, ordonna à son sergent de « continuer », et vint vers elle. « Eh bien, c'est la rose de Saron! » dit-il en souriant. C'était le surnom affectueux et malicieux qu'il lui avait donné. Il lui expliqua que plus d'une douzaine de trains entiers étaient arrivés ce jour-là. Et il en viendrait plus encore. Si vite qu'on construisait des abris ils se remplissaient, et il en fallait toujours d'autres. Mais on ne pouvait, ni ne voulait, renvoyer personne; parce qu'ils n'avaient nulle part où aller. Il passa son bâton dans sa ceinture, sortit un paquet de cigarettes de sa poche, l'ouvrit, sortit une cigarette, la mit dans sa bouche, sortit une boîte d'allumettes, l'ouvrit, frotta l'allumette, alluma la cigarette, remit paquet et boîte dans sa poche, le tout, adroitement, de sa seule main gauche. Il aspira une bouffée de sa cigarette et contempla avec elle toute cette agitation frénétique au clair de lune.

« Là où les tentes d'Israël brillent dans la nuit! » cita-t-il.

Des milliers et des milliers d'immigrants attendaient, debout près de leurs misérables valises, portant des balluchons de chiffons attachés avec des ficelles. Ils semblaient non pas tristes, mais apathiques; non pas maigres, mais squelettiques; non pas en colère, mais patients. Lisa soupira. « Pourquoi est-ce ainsi, Richard? Nous sommes faits pour être heureux et pour prendre plaisir à la vie. Que s'est-il passé? » Il secoua la tête, déconcerté, et souffla de la fumée. « Sommes-nous *faits* pour être heureux? Tu es une incurable optimiste, ma vieille! » Il écrasa sa cigarette et ressortit son bâton de sa ceinture.

« Nous manquons désespérément d'infirmières, dit-il. Peux-tu nous aider? » Il pointa son bâton vers l'infirmerie. Les lits de camp débordaient sur le jardin. Des silhouettes blanches s'activaient entre les lits. « Oui, bien sûr! » dit-elle. Elle partit vers l'infirmerie, se mit à courir, et c'est seulement à ce moment qu'elle s'aperçut que son pelvis ne la faisait plus souffrir, ni son sein.

Elle sentit l'odeur d'un pin. Sans vraiment se souvenir... Elle en fut troublée, mytérieusement, mais en même temps heureuse.

TABLE

Composition réalisée par BRODARD ET TAUPIN

IMPRIMÉ EN FRANCE PAR BUSSIÈRE
18200 Saint-Amand-Montrond
LIBRAIRIE GÉNÉRALE FRANÇAISE 14, rue de l'Ancienne-Comédie - Paris

ISBN : 2-253-03208-5

30-5765-0